长 篇 小 说

红色种子

黄河文———

著

海天出版社
HAITIAN PUBLISHING HOUSE
·深圳·

图书在版编目（CIP）数据

红色种子 / 黄河文著. — 深圳 : 海天出版社,
2020.11
ISBN 978-7-5507-2947-6

Ⅰ.①红… Ⅱ.①黄… Ⅲ.①长篇小说—中国—当代
Ⅳ.①I247.5

中国版本图书馆CIP数据核字(2020)第121917号

红色种子
HONGSE ZHONGZI

出 品 人 聂雄前
责任编辑 刘 婷 张 梅
责任校对 万妮霞
责任技编 梁立新
封面设计 蒙丹广告

出版发行 海天出版社
地　　址 深圳市彩田南路海天综合大厦（518033）
网　　址 www.htph.com.cn
订购电话 0755-83460239（邮购、团购）
排版制作 深圳市龙瀚文化传播有限公司　0755-33133493
印　　刷 深圳市华信图文印务有限公司
开　　本 787mm×1092mm　1/16
印　　张 21.5
字　　数 303千
版　　次 2020年11月第1版
印　　次 2020年11月第1次
定　　价 58.00元

谨以此书献给

永垂不朽的人民英雄

序

　　黄河文的这部小说读起来很轻松。小说主要用白描手法，一幅幅似淡墨勾成的画面，轻轻在眼前展开，且远且深，让人不忍释手。早年间读欧阳山的《三家巷》、周立波的《山乡巨变》，就曾有过这种感觉。

　　其实小说叙写的生活并不轻松，相反地，还有点沉重，颇为咸苦。小说的主人公黄近山是位烈士遗孤，出生不久后，母亲即被国民党杀害了。母亲在被杀害之前，将装在破箩匣里的黄近山交给战友，嘱咐她放在石崖观音庙，托付好心人捡去收养。这位母亲有心，她坚信共产主义，也坚信能到观音后里烧香拜佛的人都会有一副菩萨心肠。她的判断非常准确。果然，上天给孩子引来了一位善良慈蔼的母亲。这位名叫陈春的母亲下午到观音庙上香，听到了放在箩匣里的婴儿的哭声，也看到了襁褓中生母留下的小纸条。她没有犹豫，即刻将孩子带回了家。在这个家庭里，黄近山上有一个哥哥，下有一个弟弟，但他很受宠，养母将他视同己出。解放后，黄近山的身份得以公开，他们的日子本该越过越甜。谁知天有不测风云，就在黄近山刚上小学一年级时，养父遭遇一场意外，死了。一家人生活的担子，就压在了养母一个人的身上，日子变得异常艰难。偏偏黄近山又特别有个性，拗，且犟，是个非常顽劣的孩子。这时他的生父已经辗转找到了他，虽然生父在厦门当了干部，又成了家，有

1

了孩子，但还是希望他到厦门去一起生活。谁都知道，如果去了厦门，生活无疑是优裕而安逸的，可是黄近山断然拒绝了。他的理由是，他不能离开养育他长大的养母。这是个重情重义的孩子！黄近山就像一棵枝干遒劲的圆子树，由着性子在大山里野蛮生长。他的言行举止，总是越出常理，令家人和村人不能理解，也给自己带来好多麻烦。

黄近山在很小的时候，就做了一件让所有人无法理解的事情：认了地主崽黄莲英作干妈。为什么？因为黄近山被陈春捡回收养以后，没有奶水吃，是黄莲英将自家的母牛给了黄家饲养，喂养大了他。从某种意义上说，也是黄莲英救了他。那时候黄近山已经是小学生，有朦胧的阶级意识，但他天真地以为，自己是烈士后代，自己家是贫农，认了黄莲英作干妈，也许就能免了黄莲英的诸般无妄之灾。所以，在有人企图对黄莲英施行不轨时，他会厉声呵斥："她是我干妈！"面对检查站的无理习难，他会冲上去说："她是我干妈！"在批斗"四类分子"的会场上，他会冲上去大喊："她是我干妈！"……他真是太天真了！在那阶级斗争盛行的年代，好多人的人性都极度扭曲，岂是一个小孩子的一句话、一个指认就能改变得了的？相反地，他的行为还给自己带来好多不明不白的麻烦。

黄近山是天生就不怕麻烦的人。在他身上，这是他看世界和闯世界的推动力。别人遇到麻烦，会烦愁，会恼怒，他表现出来的却是一种兴奋，会拿麻烦去招惹更大的麻烦，从而也让他的人生显得更加丰富。黄近山另一个可贵的品质，就是没有媚态，更没有媚骨，不惧权贵，疾恶如仇。他一直就看不惯村里那位名叫黄海的大爷。黄海当民兵营长时，他看不惯；黄海借"文化大革命"之机打倒村支书，自己爬上了村支书的位置，他更看不惯。其实村里人也看不惯黄海，可是都知道这人蛮横心狠，又畏于他的权势，加上他手下有一帮打手（这种人往往手下有帮打手），因此不敢招惹。黄近山偏不信邪。他挑战的方式也很独特。比如黄海书记假公济私，惩罚"四类分子"上山挑石头，把挑回来的石头都偷偷移到了自己的宅基地上，为了掩人耳目，又拿稻草全部盖上。黄近山没有公开揭发（他知道公开揭发了也是没有用的），只是趁夜深无人时，过去把稻草全部掀开，堆在一边。这是一种无声的警告。果然，黄海受到了极大的震慑，无可奈何，只好叫手下的人又悄悄将石头运回公家的场地上。这种行为方式也许还谈不上"挑战"，说是"捉弄"更贴切。但这才是一个少年所做得出来的，是一种智慧，充满童趣，也更符合人物性格。小说需要的正是这样一种独特的人物性格和别具一格的表现。

　　小说写了黄近山大半辈子的生活，这也是我们这一代人曾经经历过的生活。小说中描述的日常生活图景，我们大多都很熟悉；黄近山的思想状态和成长轨迹，我们感同身受。我们的记忆，大约是从"大跃进"时期开始就有了。三年困难时期，对于饥饿的体验，至今刻骨铭心；阶级斗争的强化教育，带给我们一种莫名的优越感；"文化大革命"让我们小小年纪就看到了社会变动时的世态人心，让我们对毛主席的敬仰崇拜到了疯狂的地步，不顾父母阻拦，不怕冰天雪地，长途跋涉，去北京等待伟大领袖的接见；我们也曾像饿极了的狼，到处寻找书籍阅读；我们为恢复高考欣喜若狂，奔走相告，我们万万没有想到这辈子还有机会走进大学校园，迎来人生的转折点；我们为改革开放的洪流所裹挟、所激动，在"抢回青春"的口号下，一直努力，努力……小说中的黄近山，差不多就是这一代人的代表，作者通过他，写出了这一代人的生命轨迹，写出了这一代人的特质。曾经有人说，这一代人是不幸的，又是幸运的。细想，有一定的道理。这一代人，从出生起，心里就打上了理想主义的底色。而当他们历经劫难，重新站立起来时，理想却仍然没有湮灭。所以，小说的最后写到，黄近山官至县长，却屡遭诬陷，因而辞职

"下海"。经商取得成功后，他毅然回到家乡担任村支书，并捐出大部分资财，兴办实业，决心带领家乡人民共同致富。对黄近山的这个举动，或许现在的年轻人会不以为然，但我理解。人们总是会对青少年时期怀揣过的理想念念不忘，即便后来做了大官，发了大财，获得了大奖，但终是无法释怀、不得满足。作者黄河文懂这一代人，懂黄近山。

以我的猜想，作者黄河文的生活道路大约也不会十分平坦，这是从小说中能读得出来的。一般来说，早年多有过磨难，上了年纪以后，感情都会变得平和、超然，进入另一种境界。闯社会的时候，该经历的都经历过了，该狂热的都狂热过了，该愤慨的也都愤慨过了，经岁月淘洗，泡沫拂去，留下的只是淡淡的底子。所以作者在描叙过往的生活时，感情是内敛的，文字朴实老到，起止自在，简洁生动，表现得非常节制。作者在剪裁上很下功夫，每个片段，不过一两个情节，场景很日常，对话很日常，少有雕饰，还很少用形容词和成语，虽然简洁，却不浅白，别有意蕴，耐得住咀嚼，显示了作者对生活和艺术关系的一种领悟。

小说中几乎没有看到关于风俗风情的具体描写。作者黄河文是地道的客家人，生于斯，长于斯，还当过记者、编辑，对那块土地应该是非常熟悉的。前几年读过作者的一部长篇小说，里面一些地方描写到客家的风俗风情风光，十分细致传神。我去过作者所在的梅州，看过他们的客家博物馆，还到乡下采过风，走过一些地方，感觉到那里真是一块神奇的土地，民俗丰富深邃，民风淳朴敦厚，风光秀丽迷人。诸般种种，进了小说中一描写，一渲染，自然会增加很多色彩。新时期以来，曾经有过一段时间，作家们蜂拥而上，对民俗开掘叙写，成为一时风气。黄河文守着如此一座富矿，却如视而不见，置若罔闻，在近三十万字的长篇中，竟完全没有描写。这是疏忽么？我想，不是。他是有意为之。我想他是有过深入的反复的思考的。他不想再走别人和自己都走过的路，不想把力气花在叙写风俗风情上（虽然这对他来说不是件难事），他需要做一种探索。他应该是对客家人的民俗做过很多研究的，也很熟悉和了解笔下的这些客家人。他们的思想方式、行为方式、语言方式、性格特征，都会受到文化传统的影响，都是文化积淀的投射，这是一种无法摆脱的魔力。他们的言谈举止都带有文化的烙印。作者有自信，只写人物，让他们在言谈举止中把文化特征带出来。不着笔墨，却神气尽出。作者的探索有难度，但这种精神值得我们每一个写作的人学习。应该说，作者的探索是有效的。读完全书，你会感觉到，《红色种子》真的就是一棵生长在客家土地上的枝干遒劲、叶脉苗绿的圆子树。

我同黄河文还不认识，经朋友介绍，有过几次电话交流，但未曾谋面。三年前读过他的一部长篇，去年读过另一部长篇，现在又读到了他的新长篇。他已是年过花甲之人，据说身体还不是很好，却以一年一部长篇的写作，顽强地表达对社会的体验和感悟，这种精神让我们这些同龄人汗颜。

河文珍重！

肖建国

（著名作家、出版家）

第一章

　　陈春一早挑着两畚箕番薯来到江上镇圩场，摆出不到一顿饭的工夫就卖完了。然后她买了两只猪蹄和一包菊花糕，高高兴兴地穿过两条小巷到了圩尾的娘家。

　　父亲陈小良躺在床上，忽然听到大女儿银铃般的声音，连忙扶着床栏爬起来，靠着床头坐好，眼巴巴地望着房门外。

　　陈春在二弟陈夏、三妹陈秋、四弟陈冬的簇拥下，撩开门帘走到父亲床前，关心地问："爸爸，你的腰还痛吗？"

　　"现在感觉还有点痛，不过不要紧，昨天能下地了。"

　　"我带来了跌打草药，还买了两只猪蹄，等一下煲给你吃。"

　　"春妹，你这次又是卖木柴吧？"

　　"不是卖木柴，是卖番薯，不敢挑那么重的东西了。"

　　陈冬说："爸爸，大姐还给我们买了菊花糕。你想不想吃？我去给你拿。"

　　陈小良摇头说："爸爸不要，你们吃。"

　　"二哥，三姐，我们去吃菊花糕。"

　　陈夏说："好，我们走。"

　　看到三个孩子转身出门，陈小良急忙说："你们先别走。"

　　三个孩子又转身回来了。陈冬问："爸爸，你还有什么事？"

　　"你们都给我听着，大姐一直都在帮助我们，这次又不顾怀孕五个多月，挑东西走了十多里地，把卖番薯的钱给了我们当家用。爸爸希望你们记住大

1

姐的好，以后有出息了要懂得感恩大姐。"

陈春说："爸爸，妈妈走得早，我又是长女，帮助娘家是理所当然的，你不要给弟弟妹妹增加压力。"说完扭过头，"你们去吧，大姐还有事要单独跟爸爸说。"

陈夏说："我们走。"

陈春看到弟弟妹妹离开了，又扭过头，说："爸爸，伯旺叫我对你说，以后我不方便出远门，今天来了就要半年之后才能和你们见面，你不要生我们的气。"

"春妹，爸爸怎么会生你们的气呢，你们已经够细心的了，爸爸感谢你们。"

陈春从花色的大襟衫里拿出一个小纸包，把它放在床上，说："爸爸，这里面包着一点钱，也是伯旺叫我给你的，不要嫌少。"

"春妹，你们也不是富裕家庭，还是拿回去当家用吧。"

"我不会拿回去的，你就留着急需时用吧。伯旺有泥水匠手艺，想挣几个钱不难。我下午回家路过石崖时，会上去观音庙求观音菩萨，保佑你平平安安，弟弟妹妹学业进步。"

在陈春十六岁时，客都河涨大水，母亲在河堤上看到上游漂下一根碗口粗的杉木，觉得可以捞起来用，于是慢慢踏前两步，伸出用三米多长的竹竿绑着的钩镰。眼看就要钩到杉木了，谁知脚下泥土突然坍塌，她一下子扑进洪水中，转眼间就不见了踪影。这突如其来的灾难，令父亲悲痛欲绝。料理完妻子的后事，他接受从北京回来的表妹刘丽英的建议，以一担谷加三个银圆的嫁妆，把大女儿陈春嫁给江下镇山下村的黄伯旺做老婆。陈春嫁到山下村的第二年，生下了大儿子黄近水。黄近水今年五岁了，长得虎头虎脑，活泼可爱。

陈春边走边想，不知不觉来到了江上镇与江下镇交界的石崖观音庙所在的山脚下。这里前不着村，后不着店，给人一种惊悚的感觉。要是平时路过此地，她一定会加快脚步，生怕发生意外。但这次许诺了父亲，她不得不壮着胆子爬上了观音庙。

石崖观音庙只有一间小屋，大门敞开，里面供着一尊精致慈祥的观音像。陈春的婆婆李四娘曾经对她说，别看石崖观音庙小，香火却很旺，那里的菩萨相当灵验。陈春就是冲着这点来的。想到这点，她此刻一点也没有感到害怕了，心里想着菩萨一定会保佑她的。她虔诚地踏进观音庙，看到观音像台左边有一只箩匣，以为是哪个善男信女带来的供品，但没发现有人在香炉里烧过香烛，同时周围也没有人影。她没有想那么多，匆忙把带来的斋果糕点摆在观音像前，点上两支蜡烛插在香炉里，然后燃起一把坛香，跪在台前拜了三拜，再默念了几句心里想的话，最后把香插好。一阵寒风吹来，她打了个寒战。她走出庙门，围着观音庙转了一圈，没有看见人影。眼看太阳快要落山了，她便收拾好斋果糕点，再向观音像叩了三下头，准备回家。当她踏出庙门，忽然听到身后传来一声微弱的婴儿哭声，着实把她吓了一大跳，虽感到毛骨悚然，但她还是镇静下来，鼓起勇气返回庙里查看一番。

"呵哇！呵哇！"

陈春搞清楚了，这婴儿的哭声是从箩匣里传出来的。她感到纳闷：箩匣里怎么会有孩子？难道自己遇上了传说中的蛇精？在好奇心的驱使下，她慢慢地靠近箩匣，透过有几个破洞的箩匣盖往里瞧，只见里面放着一个出生不久的婴儿。一股母爱油然而生，她迅速打开箩匣盖，心疼地抱起了孩子，走出庙门，一连喊了两句："有人吗？有人吗？"

没有人答应，只有寒风阵阵。

陈春又胆怯地喊道："喂，是谁把孩子丢在这旦的？赶快出来带回去。"

依旧没有回音。

陈春担心婴儿着凉了，急忙返回庙里。她一边在那儿踱来踱去，一边喃喃自语："是谁这么狠心把孩子放在这里？"她等待有人来领走孩子。突然，她看到了襁褓中的一颗红五角星和一张小纸条，上面写着：这孩子是烈士遗

3

孤,一九四八年十月一日出生。父亲罗平,母亲李珍,请有缘人把他抚养成对社会有用的人。感谢!

陈春赶忙收起红五角星和小纸条,生怕被人发现了。

掌灯时分了,陈春还没到家,这使黄伯旺非常着急。他担心她在路上遇到了麻烦。

黄近水望着桌上热气腾腾的豆腐,说:"爸爸,我都饿了,妈妈怎么还不回家?"

"近水,你再忍耐一下,妈妈就快回来了。"

忽然,大门外响起一阵狗吠声。

黄伯旺估计是陈春回来了,匆匆地走出大门外。黑夜中,他看到一个人挑着东西向自己走来,不敢贸然迎上去,只好蹲在墙根望着。直到这个人来到面前,他才看清楚是自己的老婆,急忙站了起来,惊喜地喊了一声:"陈春!"

陈春一头挑着畚箕,一头挑着箩匣,突然听到老公的声音,连忙停住脚步,埋怨道:"你怎么在这里蹲着?吓我一跳。"

"你挑的是什么?"

"回家再说。"

陈春直接进了自己的房间,轻轻地把东西放下。

"呵哇!"箩匣里传出婴儿的哭声。

黄伯旺惊诧地问:"这是哪来的孩子?"

"你先别问,赶快给我装点粥汤,孩子饿了。"陈春催促道,"不,你还是去把妈叫来。"说完打开箩匣盖,小心地抱起孩子,安慰道:"孩子别哭,马上就有吃的了。"

黄伯旺擎起煤油灯照了照孩子,然后才去哥哥黄伯兴家里叫李四娘。

不一会儿,李四娘回来了。看到哭泣的孩子,她一句话也不说,又匆匆地走了。陈春问:"妈怎么啦?"

黄伯旺说："这还用问吗，妈肯定心里不高兴，不想搭理你了。"

"你还愣着干什么，给我装点粥汤呀！"

没想到，当陈春准备往孩子嘴里喂粥汤时，李四娘又回来了，还带来了大儿媳妇刘月云。

"春妹，你给孩子喂什么？"

"粥汤。"

"不要喂了，赶快把孩子给嫂嫂喂奶。"

刘月云坐在凳子上，接过哭泣的孩子，掀开自己的衣襟，在鼓鼓的乳房上揉了几下，然后把奶头塞进孩子的嘴里。

看到孩子不哭了，一张小嘴在不断地吮吸乳汁，陈春心里可乐了，微笑着说："妈，多谢你！"

"不要谢我，要谢你嫂嫂。"

陈春连忙说："多谢嫂嫂！"

李四娘问："春妹，这孩子是哪来的？"

陈春不想把孩子的身世传出去，担心被外人知道了会造成影响，说："这是我表哥的孩子。他和表嫂突然死了，我看到这孩子刚出生就没了爸爸妈妈，心里觉得好可怜，便抱来了。"

李四娘叹息道："可怜的孩子！"

刘月云问："陈春，你打算自己养，还是送给人家？"

"我领回来了，就要把他养大。"

李四娘不同意二儿媳妇去养别人家的孩子，说："春妹，你要明白，多一个孩子就多一份辛苦，何况你已有了一个近水，肚里又还有一个即将出生。伯旺，你是一家之主，这孩子是自己养还是送人，应该由你来拿主意。"

黄伯旺看了一眼陈春，觉得她的眼神里充满了渴望和支持，于是心中有数了，说："既然我们跟这孩子有缘，那就留下来自己养吧。辛苦是肯定的，但我们不担心，也不放弃，会像抚养自己的亲生儿子一样爱护这个孩子。"

陈春觉得老公领会了自己的意思，心里感到高兴，说："对，我会将他视为己出，好好养育他长大成人。"

李四娘看到儿子和儿媳妇想法一致，觉得不好再干涉，无奈地说："那好吧，既然你们夫妻铁了心，就要对这孩子尽心尽责了。"说到这里，她转过话题，"月云，你儿子近石五个月大了，以后你要学会自己照顾孩子了，今天晚上我要留下来帮春妹。同时妈还有一个要求，从明天开始，你每天要来给这个孩子喂三次奶，做得到吗？"

刘月云点头说："妈你放心，我会做到的。"

黄伯兴在床上变着法子逗儿子黄近石玩，不时逗得近石发出开心的笑声，他感受到了做父亲的快乐。眼看过了半个多小时，近石好像不愿意跟父亲玩下去了，突然小嘴一瘪，"哇哇哇"地哭起来了。他只好把儿子抱在怀里，在房间里踱来踱去，不断地重复："近石别哭，妈妈快回来了。"

无论黄伯兴怎么安慰，近石就是不听，依旧哭得那么伤心。他感到无计可施，大声地呵斥了一句："不要哭了！"

刘月云揭开门帘走了进来，生气地说："你骂儿子干什么？"

"你再不回来，我都要带儿子去找你了！"

刘月云急忙抱过儿子，边说"别哭"边撩开自己的衣襟。近石聪明，一眼就瞟见母亲的奶头，马上用小嘴含住它，拼命地吮吸起来。

"月云，妈这么晚叫你去做什么？"

"陈春又有了一个儿子。"

"哪来的？"

"陈春说，是她表哥的儿子。妈叫我去是给那个孩子喂奶，看上去孩子挺可爱的。"

"这么小，她带回来干什么？"

"陈春说她表哥表嫂死了。妈叫我每天要给那个孩子喂三次奶。"

"你答应了？"

"妈开口了，我敢不答应吗？"

黄伯兴生气了，说："月云，你要为自己的儿子着想，不应该轻易去答应咱妈。我们的近石还这么小，你的奶水又不多，近石都不够吃，怎么可能去帮助别人。"

　　"我也没办法啊，那你说怎么办？"

　　"这样下去是不行的，你让我想想。"

　　刘月云哄睡了近石之后，问："伯兴，你想到办法了吗？"

　　"暂时还没有。"

　　"我看这样吧，我先去喂几天，看看情况再说。"

　　李四娘带着孙儿近水去睡觉了。

　　黄伯旺借此机会，问："陈春，这孩子真是你表哥的吗？"

　　"是的，你不要怀疑。"

　　"说实在话，我不想养别人的孩子。你想过没有，养大了他不一定认人，与其到头来后悔，还不如现在把他送人，你说对吗？"

　　陈春不高兴了，说："黄伯旺，原来你在妈和嫂嫂面前说的都是假话，现在说出的才是你的内心话。你还是我老公吗，怎么能出尔反尔！"

　　"我当然是你老公。"

　　陈春知道了老公的真实想法，心里非常生气，说："我告诉你，黄伯旺，这孩子我养定了！如果你敢对他不好，一旦被我察觉了，我就不准你沾我的身。我说话从来都是算数的，这一点你很清楚。"

　　黄伯旺尝过老婆不理睬自己的滋味，知道她的厉害，只好屈服说："陈春，我怕了你这只母老虎了。好，我现在明确向你表个态，绝对做好这个孩子的干爸！"

　　"不行，你要把这个'干'字去掉，换成'亲'字。"

　　"可以，亲爸就亲爸吧！"

　　陈春这才定下心来，温柔地说："孩子他爸，那你给这个亲儿子起个名吧。"

黄伯旺不假思索地说："老话讲，'近水知鱼性，近山识鸟音'，就叫他黄近山吧。"

"这名字好，我喜欢。"陈春高兴地说，"伯旺，你把箩匡拿到棚顶去吊起来。"

"一个又烂又旧的箩匡留着还有什么用，把它丢掉算了。"

"万万不能丢，它可是装过近山的，留作纪念吧。"

黄伯旺把箩匡提上棚顶，吊在一个角落里。他边下木梯边说："陈春，我突然想到一个问题。"

"什么问题？"

"每个孩子都有一个乳名，近水的乳名是水货，近山也应该有，我想叫他——"

"慢！"陈春打断老公的话，"近山的乳名我来定，我们就叫他箩匡。"

"一个叫水货，一个叫箩匡，好听又好记。"

陈春瞧着熟睡的孩子，甜滋滋地叫："近山，箩匡。"

刘月云每天给黄近山喂三次奶，均表现出心甘情愿的样子，喂完后就回去了。

陈春对李四娘说："妈，我感觉有点不对劲。"

"哪里不对劲？"

"你看到没有，嫂嫂的气色好像比之前差了不少，眼眶有了黑眼圈，甚至话也不愿多说一句了。"

"你这么一说，还真是有点不对劲。"

"我担心这样下去，会拖垮了嫂嫂的身子。如果出现这种情况，那就糟糕了，大伯会骂死我的。"

"是啊，确实难为她了。"

"我们得想别的办法，否则对不起嫂嫂，也对不起她儿子近石。"

黄伯旺在附近帮邻居家砌墙，中午下工回到家，脏衣服也不换，径直走进自己房间，对抱着箩匣的李四娘说："妈，我今天听人说，哥哥和嫂嫂每天晚上都吵架。"

"他们吵什么？"

"还不是因为给近山喂奶的事情。"黄伯旺担忧地说，"哥哥对嫂嫂说，如果再继续这样下去，他就要和她离婚了。妈，我们不能害了嫂嫂呀！"

"有这么严重吗？"

"妈，哥哥的脾气你又不是不知道。那年他搬到下屋去，非要把家里的一头母猪带走，你坚决不同意，结果呢，他半夜三更把母猪偷去卖了。哥哥是说到做到的，你还是想其他办法吧。"

"哎，可惜我们家的母猪没有了。"李四娘叹息道，"不然的话，我们可以取奶去喂近山。"

"妈，你这话提醒了我，黄海松家的母狗下崽了，你赶快去跟他商量，看他肯把狗乳挤出来喂我们的近山不？"

陈春扑哧一声笑了，说："妈，你们的出发点都是好的，可这是行不通的。"

李四娘点头说："对，我们不能打这方面的主意，得再想别的办法。"

黄伯旺两手一摊，无奈地说："还有什么办法，我可想不出了。"

李四娘说："既然想不出办法，那就每天给近山喂粥汤吧。"

陈春说："没有奶喝，这样就亏了我们的近山了。"

黄伯旺说："这事定下了，那我下午出门做工时就去告诉嫂嫂，叫她不要来喂近山了。"

李四娘说："也只好这样了。"

陈春觉得对不起这个烈士后代，心里有点内疚。第二天早上，她去小卖部买东西，见到了住在附近的黄莲英。黄莲英的爷爷在马来西亚种橡胶发了大财，家里的日子过得非常滋润，可谓富甲一方。

黄莲英今年三十岁了，一直没有嫁出去，跟着母亲丘桂香过日子。她好奇地问："陈春，听说你抱回了一个儿子。你没有奶，怎么去养活他？"

"莲英姐，不瞒你说，我正在为这事发愁呢。"

"看在你家伯旺经常来我家做工的分上，我给你出一个主意。"

"好哇，你有什么主意？"

"我家养了一头母牛，前几天牛崽突然死了。我妈很恼火，把雇来放牛的人骂走了。如果你愿意给我家放牛，那我建议我妈给你这个机会，牛奶给你儿子喝，抵换工钱。怎么样，你有没有兴趣？"

"有，我有。"

"那好吧，我现在带你去见我妈。"

黄伯旺在大门口劈柴，看到老婆牵回了一头乳房涨得像蜜柚的母牛，惊喜地问："陈春，这头母牛是哪来的？"

"莲英姐家的。"陈春乐呵呵地说，"你回去告诉妈，叫她把洋瓷盆拿出来装牛奶，还要带一条湿毛巾。"

黄伯旺异常兴奋地跑回家里。

陈春把牛牵到自家的秆棚，拴在一根石柱上。

李四娘按照儿媳妇说的话，高兴地带着洋瓷盆和湿毛巾来了。

陈春说："妈，我不会挤牛奶，你来，我给你端盆。"

李四娘满心欢喜地说："好，这事妈来做。"说完，她摸了摸母牛的头，然后小心地蹲到母牛的肚皮下，再用湿毛巾把母牛的奶头揩干净。做好了准备工作，她叫儿媳妇把洋瓷盆伸到母牛的奶头下面，接着开始挤牛奶。转眼间，雪白的牛奶便淹过了洋瓷盆的底部。

陈春说："妈，有一碗了，够近山吃一天了。"

"好，那我停了，明天吃的明天再挤。"

看着近山津津有味地喝着煮熟的牛奶，陈春可乐坏了。她自言自语地说："真是天无绝人之路！"

第二章

　　宽敞的厅堂里，李四娘戴着老花眼镜，聚精会神地为孙儿缝补衣服。陈春抱着小儿子近田坐在门槛上，时不时和婆婆拉几句家常。黄近水耐心地扶着二弟近山学走路，兄弟俩不时传来稚嫩的笑声。

　　李四娘换第三根线时，老是穿不进针眼里，突然手一抖，针掉到地上了。她急忙说："近水，快来帮奶奶找针。"

　　黄近水急忙把弟弟放在地上，走上前去寻找。黄近山也快速地爬到奶奶脚旁，四处张望。找了一会儿，黄近水说："奶奶，找不到。"

　　"继续找。"

　　陈春说："细心点，一定能找到。"

　　黄近水扩大了搜寻范围，可还是一无所获，不耐烦地说："找不到，我不找了。"

　　陈春说："妈，你换一根针吧。"

　　突然黄近山抬起头，手里举起一根针，微笑着。

　　李四娘惊喜地说："哟，还是我们的近山厉害呀！"

　　陈春更是高兴了，说："妈，今天是箩匣一周岁生日，他就会帮助人了，我们是不是该奖励他一个鸡蛋？"

　　黄近水说："我帮助了奶奶，也要奖励。"

　　李四娘微笑着说："好，你们兄弟俩一人一个。陈春，你现在就去给他们煮荷包蛋！"

"好。"陈春起身走进房间，把近田安顿在床上，走出来说："近水，你进去看着三弟，妈给你们煮去。"

"妈，你快去。"

黄近山看着哥哥进了房间，自己便坐了起来，看着奶奶补衣服。

黄伯旺参加完村里的会议回来，高兴地对陈春说："老婆，我告诉你一个好消息，我们山下村要实行土改了！"

"怎么改？"

"具体我也说不清楚，不过我给你举一个例子，听了你就会懂的。"

"快说。"

"莲英姐家里不是被评定为工商业地主吗？她家里有不少土地和财产，除了留下一点能够保障她家日常生活外，剩余的全部被政府没收，分给村里的贫农，让大家都有地耕，有饭吃，过上太平的好日子。"

"这么好的事情，真让人高兴。可是，我们家原来也有几分土地，不知还能多分一点吗？"

"我们家是贫农，估计还能多分一点。"

陈春思考了一下，说："伯旺，要不你去跟林芬表姨说一说，我们家不要多分土地了，就要莲英姐家里的那头母牛。"

"我嘴笨，不知道怎么跟表姨开口，还是你自己去说。"

陈春说："我去就我去。"

林芬原来是一位地下共产党员，在消灭盘踞在当地的土匪的过程中发挥了积极作用，解放后成为山下村第一任书记。她和陈春的母亲是表姐妹，陈春嫁到山下村后才知道有这一层亲戚关系。

陈春不想被外人看见自己去找林芬书记，于是在夜幕的掩护下叩开了林芬书记家的后门。两人见面后，陈春说："芬姨，今天伯旺开会回来跟我说，政府要没收黄莲英家里的土地和财产，分给村里的贫农，是不是真的？"

"没错，你有什么想法？"

"不知我家有份吗？"

"肯定有，只是分多分少的问题。"

"我想，我就要黄莲英家里的那头母牛，别的什么也不要。"

"为什么？"

"我家有几分土地了，不想多要，只要风调雨顺，也能保证一家人的温饱。至于我为什么提出要那头母牛，是因为它的乳汁养活了我家箩匣。"

"陈春，你这个要求不是很高，但我暂时无法答应你，还得经过集体研究。若是没有反对意见，这头母牛就是你家的了。"

"好，那我回去了。"

"你别急着走，我还要跟你说一件事。"

陈春刚站起来又坐下去，问："什么事？"

"你家伯旺读了几年私塾，算是一个文化人。我想培养他入党，进入村委领导班子。可是有干部向我反映，一直以来都有人在议论，你养子来历不明，怀疑不是偷来的就是拐来的，建议我不能对这种有犯罪行为的人委以重任。这事在这节骨眼儿爆了出来，真让我骑虎难下。"

"芬姨，你问过伯旺吗？"

"上次我找伯旺谈话，问过他了。他说箩匣是你江上镇表哥的孩子，刚出生就没了亲人，你便用箩匣把孩子装回来了。陈春，你是当事人，请如实告诉我，究竟村里传的是真的还是伯旺说的才是真的？"

陈春权衡了一下，觉得今天是时候公开养子近山的身份了。她一本正经地说："芬姨，村民是胡乱猜测的，伯旺说的也不是真实情况。"

林芬瞪大眼睛，惊奇地说："你快说说真实情况。"

陈春一五一十地说出了收养近山的整个过程。

"原来箩匣是烈士后代，怪不得你那么用心。"林芬欣喜地说，"陈春，你做得很对！但我还想知道，这事你说出去了吗？"

"我没有向任何人说，包括我家伯旺。他对你说的箩匣的来历，都是我当时心急临时编的故事。"

"陈春，现在刚解放不久，我们还要对箩匣的身份保密。等时机成熟了，我再向上级组织汇报。从今以后，你一定要照顾好这个烈士后代。如果你生活上有什么困难，我也会想办法帮助你解决。"

　　"芬姨，你放心，我会照你的话去做。"

　　陈春来到山下村村委会，高兴地牵回了分给自家的那头母牛。她每次去山坡上放牛时，黄近山都会闹着跟她一起去玩。

　　说来不可思议，黄近山一点都不惧怕这头母牛，不时走到它面前，好奇地看着它用舌头卷起草来吃。一天下午，他看到母牛吃饱了躺下来休息，竟然不顾母亲的反对，骑到它的背上，吆喝道："老水牛，你驮我回家。"

　　母牛好像听懂了小主人的话，"哞"的一声，便慢慢地站了起来，驮着近山就走。

　　陈春担心儿子从牛背上摔下来，急忙走到母牛前面，牵住牛鼻圈，逼使母牛停下。她望着双手扶着牛背坐好的儿子，说："箩匣，你赶快下来。"

　　"妈，你就让我骑回去吧。"

　　"不行，一不小心摔下来可就惨了！"

　　"不会的，你赶快躲开。"

　　母牛又"哞"了一声。

　　陈春无奈地放了手，躲开了。看到母牛慢条斯理地往前走，她不安的心才定了下来，随即紧紧地跟在它的后面。母牛头也不回地走到牛栏门口，"哞"了一声，又缓缓地躺了下去，让小主人离开了它。

　　回到家，陈春把近山骑母牛回家的事述说了一遍。黄伯旺惊诧地说："这事太离奇了，真是闻所未闻。"

　　黄近水向黄近山伸出大拇指，称赞道："二弟，你太了不起了！爸爸说，武松是打虎英雄。照我说，你是骑牛英雄！"

　　李四娘抱起近山，在他脸上亲了一口，问："箩匣，你胆子真大，不怕跌下来吗？"

"我不怕，太好玩了！"

"以后你不准再去骑牛了，知道吗？"

"好，我不欺负它了，再玩其他好玩的。"

没想到过了几天，黄近山真的又做出了一件相当危险的事情。这天午饭后，他带着近田在竹林里玩耍，忽然看到一条一米多长的南蛇嘴里叼着一只小鸡，从身边溜走，越过路边的小水沟往墙边的石缝里钻。

"三弟，我们去救小鸡。"

"好。"

当南蛇还有四分之一的身子留在石缝外头时，它不动弹了。黄近山连忙跳下小水沟，爬到墙根下，用一双小手紧紧抓住南蛇的尾巴，拼命地往外拉，谁知一点也拉不动，他急得大声地喊："三弟，你快去叫爸爸来。"

黄近田说："好，你要拉住。"说完往家里跑去。

邻居黄海松挑着木柴刚好路过这里，禁不住问："箩匣，你在拉什么？"

"蛇！"

"什么？"

"一条大蛇！"

黄海松吓了一跳，说："你快放手！"说完放下木柴，一步跨过小水沟，迅速把黄近山抱回路边。

当黄伯旺拿着一根木棍赶来时，已经看不见南蛇了。他担心地问："箩匣，你被蛇咬了吗？"

黄海松说："没有被咬到，倒是蛇的尾巴让箩匣拉断了两寸多长。"

"在哪？"

黄近山说："爸爸，就在你脚边。"

黄伯旺低头看了看，一把拉过近山，边打他的屁股边训斥道："你不要命了，竟敢去捉蛇！"

黄海松说："伯旺，你教训一下就好了，别把孩子吓着！"

"不打他不长记性！"

黄近山表现出相当倔强的样子，不哭也不吭一声，任由父亲打骂。

陈春及时赶来制止，才使黄伯旺停止了打骂。黄近山一见到母亲，竟然放声大哭，眼泪刷刷地往下掉。他伤心地说："那条蛇偷吃人家的小鸡，我想把小鸡救下来，可是让它逃跑了。"

陈春心疼地说："你还小，要是蛇反过来咬你怎么办？这多危险呀，以后可不能干了。"

李四娘刚煮好午饭，儿子黄伯旺就回来了。他一回来便闷头吃饭，儿子近水喊他也不应。吃完饭回到房间，陈春跟了进来，疑惑地问："老公，看你今天心情不好，是不是有烦心事？"

"我入党的事黄了。"

"前些日子芬姨还对我说，你入党的事就要定下来了，怎么会黄了呢？"

"刚才我做工回家经过山下桥时，碰见了芬姨。她说我入党的事村党支部没有通过。我问什么原因，她说民兵营长黄海提出，我一直以来都帮黄莲英家里干活，说明我阶级觉悟不高，这样的人不能入党。陈春，你说气不气人，我冤不冤？"

"老公，这是一件小事，你不要计较。我们有这么多孩子，你还是一心一意帮我带大他们吧！"

"好！"黄伯旺点头说，"对了，芬姨叫你明天带箩匣去见她。"

"叫我带箩匣去？"

"对，她是这样说的。我就纳闷了，芬姨在我面前多次提到近山，她是不是有什么想法？"

"她能有什么想法，你不要顾虑那么多。我要上床睡觉了，下午要帮黄海松家里犁田。"

黄伯旺看着老婆躺下去，又来到床边坐下问："陈春，你常常把自家的牛借给村民使用，又不收取任何费用，有时还倒贴人工，是不是神经错乱了？"

陈春忽地坐了起来，生气地说："黄伯旺，你才是神经错乱，一点也不去想我这样做是为了什么。我可以明确对你说，我这是和左邻右舍结善缘。俗话说，帮助别人就是帮助自己，也叫行善积德，这都不明白。"

"哟，没想到你上了几天夜校，精神境界一下子提高了，让我刮目相看！"

陈春不想和老公再啰唆了，使劲将他一推，说："走开！"

黄伯旺只坐了一半屁股，一点思想准备也没有，一下子跌坐在地板上，摸着屁股喊："痛死了！"

陈春笑着说："这是你自找的，活该！"

"你还笑。"黄伯旺顾不上屁股痛，突地站了起来扑向老婆，一下子把她抱住，嬉笑道："我要你补偿！"

突然，房门被推开了，黄近水走了进来，一脸紧张地说："爸爸，二弟不知怎么了！"

黄伯旺连忙放开老婆，吃惊地问："水货，你在说什么？"

"二弟口吐白沫。"

"在哪？"

"桂花树下。"

黄伯旺迅速地跑到私塾旁边的桂花树下，一把抱起不省人事的近山，急急忙忙回到家，小心地放在床上。

陈春不停地喊："箩匣，箩匣，箩匣！"

李四娘拿来湿毛巾，一边揩去孙儿嘴角边的白沫，一边哭丧着脸说："近山，你醒醒，别吓奶奶呀！"

黄伯旺大声地说："不要喊了。我们抓紧把箩匣送去江下卫生院，再迟就来不及了！"

陈春找来背带，说："来，我背。"

"不，还是我背，我走得快。"

陈春包了几件衣服，又揣上一点钱，追上了黄伯旺。在经过林芬书记家时，陈春脑子里突然闪过一个念头：箩匣生病的事一定要告诉她。

此时，林芬正在跟江下镇廖明镇长汇报山下村成立互助组的情况，突然听到陈春带来的坏消息，觉得问题严重，连忙说："廖镇长，我刚才跟你说的那个烈士后代笋匣得了急病，你有自行车，辛苦你载他去江下卫生院。"

"好，我马上去。"

"廖镇长，你要向张平山书记汇报。"

经过及时抢救，黄近山终于脱离了生命危险。医生对赶来的江下镇张平山书记说："这孩子中毒了，再晚一点送来可就回天乏术了。"

张平山书记二十出头，十三岁参加革命。他说："医生，他是药物中毒还是食物中毒？"

"食物中毒。"

张平山书记把廖明镇长叫到一旁，叮嘱道："这个孩子是烈士后代，我们要高度重视。出现这种情况，不排除有人蓄意谋害。这事由你牵头，叫派出所配合，一定要彻底调查清楚。"

"好。"

"另外，医治这孩子的一切费用，全部由我们江下镇财政支出，不要增加他养父母的经济负担。"

"张书记，我明白。"

廖明镇长带着派出所钟所长来到山下村村委会，向林芬书记转达了张平山书记的指示。

林芬表态说："廖镇长，我们山下村村委会一定密切配合你们，将投毒分子揪出来绳之以法。"

钟所长说："我分析了一下你们山下村的治安环境，觉得有五户人家存在嫌疑，其中两户地主、三户富农，当然也不排除解放后已经被枪毙的恶霸黄显三的光棍儿子黄雄文。"

山下村民兵营长黄海说："我完全同意钟所长的看法，投毒的家伙肯定在他们中间。不过，黄雄文一直身体不好，在家里养病，不可能去作案。我觉得最值得怀疑的是地主崽黄莲英和黄新江。"

廖明镇长问："黄伯旺家和他们家过去有恩怨吗？"

"这个我不知道，只知道土改时黄伯旺家分到了黄莲英家里的一头母牛，还分到了黄新江家里的一间房子。另外，在村里批斗黄莲英她妈丘桂香和黄新江他爸时，黄伯旺还上台控诉了他们经常克扣他的工钱。"

廖明镇长把目光转向林芬，问："林书记，黄营长说的是不是事实？"

"是。"

钟所长说："廖镇长，林书记，我建议不要把侦查的范围锁死，还是先把这六户人家的户主叫来审问一下，才能稳操胜券。"

廖明镇长说："好，那就按钟所长的意见办。"

"我同意。"林芬点头说，"黄营长，你现在就去带地主婆丘桂香来村委会。"

转眼间，黄海把黄莲英带来了。

林芬问："黄营长，不是叫你带丘桂香来吗，怎么把她女儿黄莲英带来了？"

"丘桂香病了。"

黄莲英说："我可以代表我妈，你们有什么事对我说吧。"

钟所长说："我问你，黄伯旺的养子黄近山险些被人毒死了，你听说了吗？"

"我不知道。"

"你是真不知道还是假装不知道？"

"我是真不知道。"

"好，就算你没有听说，那我再问你，昨天中午一点钟左右，你和你妈在干什么？"

"我们去牛栏窝干活，然后回家。"

"要不要经过黄伯旺家？"

"要。"

"在经过黄伯旺家时，见到他儿子黄近山没有？"

"没有。"

黄海走到钟所长身边，贴着钟所长的耳朵悄悄地说："钟所长，你吓她一下，女人最怕这种手段。"

"你有什么高见？"

"你就说是抢救过来的黄近山讲，他在路边玩，碰见了黄莲英和她妈劳动回家，送给他几只野果子，吃了之后他便不省人事了。这样一来，她就会自乱阵脚露出破绽了。"

"那好，我试一试。"

谁知黄莲英听了这个瞎编的故事，不但没有害怕，反而"哈哈哈"地笑了。

钟所长感到奇怪，莫名地问："黄莲英，你笑什么？"

"近山今年还不足四岁，我又是他的救命恩人，他怎么会无中生有来陷害我？"

"这不是天方夜谭吗，你一个地主崽怎么成了近山的救命恩人？"

"近山被黄伯旺的老婆陈春带回来的时候，没有奶吃，我听到后主动向我妈提出把自家刚下崽的母牛给她饲养，用牛奶喂近山。"

"有这种事？"

"不信你问林芬书记。"

林芬说："确实有这回事。"

钟所长说："黄莲英，就算你做了一点好事，但也不能掩盖杀人的动机。你还是老实交代，不要心存侥幸了。"

黄莲英求饶道："领导，就算你把绳子系在我脖子上，我也不会承认自己想过去杀人，请放我走吧。"

"在事情没有调查清楚之前，我们是不会让你回家的。"钟所长威严地说，"黄营长，你把她关起来，严加看管。"

经过认真排查，派出所排除了其他嫌疑人作案的可能，只有黄莲英的母亲在作案时间上吻合。于是，钟所长把丘桂香带到派出所作进一步调查。

陈春回家取东西，从林芬书记那里听到这个情况，觉得儿子近山中毒与任何人都没有关系。她连婆婆做好的中午饭也不吃，便返回江下卫生院，扶着近山的肩头问："笋匣，你是一个诚实的孩子，告诉妈妈，那天你吃了什么？"

"山岗上红红的小果子，甜甜的。"

"谁给你吃的？"

"我自己摘来吃的。"

"笋匣，你可不要骗妈妈。"

"我是一个诚实的孩子，怎么会骗妈妈你。不信，明天我带你去，我还没把它们摘完。"

陈春摸着儿子的头说："乖孩子，妈妈相信你！"说完与黄伯旺打了一声招呼，径直去找张平山书记，问："张书记，听说我们山下村的地主婆丘桂香被带去派出所了？"

"是，她涉嫌谋害烈士后代。"

"张书记，你们抓错了，她没有犯案。"

张平山书记听了陈春的情况反映，觉得是派出所没有调查清楚抓错了人，于是立即派人叫来了钟所长，要求他马上把丘桂香送回山下村去。看到钟所长离开了，张书记问："陈春同志，那颗五角星和字条你拿来了吗？"

"拿来了。"

张平山书记接过五角星和字条，看了一遍又一遍，感动地说："陈春同志，我代表组织感谢你！"说完把五角星和字条还给了陈春。

"张书记，您说哪里话，我更要多谢您！如果不是你们的关照，我儿子近山也许就没了命。"

"近山是烈士后代，我们都有责任保护他，让他健康成长。"

第三章

月明风高，天气凉爽。

在李四娘的房间里，黄近水在洋油灯下朗读课文，黄近山坐在一旁托着下巴傻乎乎地聆听，黄近田在床上和奶奶玩耍。

陈春走了进来，说："妈，我出去一下。"

"你要去哪？"

"因为近山中毒的事，丘桂香从派出所回来一个多月了还卧床不起，我心里过意不去，想去探望一下。"

"这么晚了，你明天再去吧。"

"白天去不方便，人多嘴杂，不想被人误解。"

黄近水说："妈，她是地主婆，你怎么能同情她？不要去。"

陈春说："水货，做人要凭良心。你还小，不懂，好好读你的书吧。"

李四娘说："春妹，你去吧，早点回来，别让妈睡不着觉。"

陈春转身出了门，从厨房里拿上两个煮熟的鸡蛋，还有一盅炖好的猪肉汤，向村口走去。

黄近山说："哥哥，你继续读呀！"

黄近水瞪了二弟一眼，说："我读不读关你屁事！"说完沉下心，又大声地读起来了。

李四娘说："箩匣，不要妨碍你哥哥，快来睡觉吧。"

黄近山说："我还不想睡。"

黄近水合起书本，一连背了三遍，说："我背熟了。"

黄近山说："哥哥，我也背熟了。"

"你背熟了？"

"是啊，你要不要听？"

"好，你背给我听听。"

"白日依山尽，黄河入海流。欲穷千里目，更上一层楼。"黄近山结结巴巴地背完，高兴地问："哥哥，我背对了吗？"

黄近水微笑着说："你背对了，只是吐字不清楚。没想到，你听了几遍就能背下来，真是太厉害了！"

"哥哥，白日是什么意思？"

"老师说，白日就是太阳。"

"那黄河呢？"

"老师说，黄河就是一条大河，是我们祖国的母亲河，很长很宽，水也很多，能驶大船。"

"那母亲河是不是也叫妈妈河？"

"老师没说，不过我想这样理解也不会错。你去睡吧，哥哥还要做很多作业。"

黄近山不动，说："哥哥，明天你教我读书好吗？"

"可以，我先教你拼音，再教你识字、做算术。"

黄近山心里很高兴，说："多谢哥哥！"说完向房门走去。

"二弟，你去干什么？"

"我去大门口，等妈妈回来。"

黄近水做完作业，打了一个呵欠，突然想到二弟还在大门口，便去叫他回来睡觉。谁知他没有看到二弟，又在屋前屋后找了一遍，也没有发现，觉得奇怪，心想二弟在哪里呢？他急忙返回奶奶房间，摇醒了奶奶，惊慌地说："奶奶，二弟不见了。"

李四娘翻身起床，说："他可能睡觉去了，你去妈妈的房间看一下。"

黄近水连忙走进母亲的房间，没有看到二弟的身影，马上又回到奶奶身旁，说："妈妈的房间里也没有。"

李四娘心里着急了，连忙点亮好久没用的风灯，带着孙儿近水查看厕所、牛栏、水井，最后又来到屋旁那座荒废多年的私塾，站在庭院中那棵高大茂密的杨桃树下，大声地喊："笭匣，你在树上吗？"

黄近山虽然年纪不大，胆子可不小。他几次带着三弟近田偷偷来到这里，寻找从树上掉下的杨桃。捡到一个，兄弟俩分着吃。

突然，一只野猫从崩塌的残垣中跳了出来，"喵"的一声不见了踪影。

黄近水吓了一跳，说："奶奶，这里阴森森的，晚上二弟是不会到这里来的。我们还是抓紧离开，要是遇到鬼就麻烦了！"

"近水，你都这么大了，胆子还这么小。走吧，我们去竹林里看看。"

祖孙俩在竹林里转了一圈，均没有见到什么人影。黄近水说："奶奶，我曾经听隔壁的黄英说，他爸爸黄海松在山上干活时，看到有野兽在附近出没。我担心二弟被野兽吃了，要是这样就惨了！"

李四娘心里也担心发生这种事情，嗔怪道："近水，你不要吓唬奶奶。走，我们去黄英家里，看看笭匣会不会又到他家去了。"

黄英比黄近山大三个月，两人每天都在一起玩耍。有时候，黄近山晚饭后也去找黄英，玩累了就在黄英家里睡觉，每次都要陈春去抱回来。谁知这次黄近山没有在黄英家里。李四娘告别了黄英的父母，六神无主地往家里走，边走边想：笭匣凶多吉少了！

陈春看着丘桂香喝完猪肉汤侧身睡去了，便跟着黄莲英来到客厅，两人聊起了家常。在说到黄近山时，陈春感激地说："莲英姐，多亏你家那头母牛救了笭匣一条命，多谢你！最近我对他说了这件事情，希望他不要忘记你的救命之恩。"

"笭匣听得懂吗？"

"他'嗯'了一声，好像听懂了。"

24

黄莲英微微笑了一下，说："陈春，我想请你帮个忙。"

"什么忙？"

"我和妈妈从来没有下地干过活，现在要自食其力了。面对政府留给我们的几分山坑田，我都不知道怎么去耕种才有收成。看到你们的禾苗长势良好，我十分羡慕，后悔自己小时候脱离了劳动。我现在想好好改造，尽快掌握一些农活知识，但又不敢去求其他人给我指点，无奈之下，只好请你有机会时教教我，好吗？"

"好，我可以教你。过几天，我去见林芬书记，叫她同意你加入我们的互助组，只要你用心，相信很快就能学会耕田。"

黄莲英心里高兴了一下，但马上又担心起来，说："就算林芬书记答应，但你们互助组的人肯接受我吗？"

"莲英姐，这个你不必担心，我会说服他们的。时候不早了，我该走了。"

黄莲英把陈春送出大门口，说："陈春，多谢你！"

陈春走到门口，刚下了几个台阶，忽然听到旁边的一棵三米多高的蜜柚树上传来叫声："妈妈！"

陈春顿时慌了神，惊恐地扭头往右边瞅，看见一个人影从树杈上爬了下来。她定睛一看，原来是儿子近山。

黄近山走到母亲面前，说："妈妈，我吓着你了吗？"

陈春摸着儿子的头，笑着说："吓着了，妈妈差点被你吓破胆了！"

"妈妈，你胆子真小。"

陈春牵着儿子的小手往家里走，边走边问："笋亘，你怎么在这里？"

"我怕你一个人回家出事，所以就跑到这里等你了。"

"黑灯瞎火的，你一个小孩子敢走夜路，也不怕被野兽吃了。"

"我是一个男子汉，野兽见到我也会躲开！"

"奶奶知道你来吗？"

"不知道。"

"坏了！"陈春突然意识到婆婆一定急了，会满世界去找近山，连忙蹲下去，紧张地说："笐匣，来，妈妈背你。我们要赶快回去，免得你奶奶挂念。"

李四娘看到近水带着近田睡了，便来到大门口坐在石磴上唉声叹气。她担心儿媳妇陈春回来听到近山失踪的消息，一定会埋怨她没有尽到做奶奶的责任。她还担心出门做工的儿子黄伯旺回来知道了，说不定也会大骂她一顿。突然，趴在她旁边的小黄狗跳了起来，对着禾坪那端吠了两声。在夜色中，她隐约看见儿媳妇陈春回来了。她连忙站起身，冲着几米外的儿媳妇喊："春妹，你怎么才回来，笐匣不见了！"

"妈，没事。"

"儿子不见了，你还说没事，这是做妈妈的说的话吗！"

陈春慢慢蹲了下去。

"你跪我干什么？"

陈春连忙说："妈，我不是跪你，是想放下背着的笐匣。"

黄近山刚才睡着了，他脚一着地，马上就醒了，看到奶奶站在面前，立即喊了一声："奶奶！"

李四娘心里甭提多高兴了，一下子抱起孙儿，喜出望外地说："笐匣，奶奶以为你被野兽吃了！"

黄近山伸出小手，用力拍了拍自己的胸膛说："我长这么高大，都可以保护妈妈了。你们看，我口袋里还装有两块石头。野兽来了，可以砸死它。"

江下镇召开会议，张平山书记宣读了中共中央《关于发展农业生产合作社的决议》，并传达了客都县县委的指示精神。

会议结束后，林芬走到镇政府大门口，谁知被赶来的廖明镇长拦住了。廖明镇长说："林书记，张书记叫你去他办公室。"

张平山书记此时正在讲电话，看到林芬书记来了，示意她在一张木凳上坐下。他讲完电话后，拉过一张凳子，坐在林芬对面，说："林书记，我前天去参加客都县县委召开的会议，又专门抽时间到有关部门了解黄近山父母的信息，可是他们说还是没有线索。不过他们提出了一个建议：把黄近山送到孤儿院去抚养。我觉得这样可以减轻陈春同志家里的生活压力，因为她家庭也挺困难的。"

"陈春不同意怎么办？"

"那就让她继续抚养，我们尊重她的选择。"

"好吧，我回去跟陈春说。"

"另外，我和廖明镇长交换了一下意见，觉得陈春同志觉悟高，又乐于帮助有困难的村民，所以我们有一个想法：你先培养她入党，然后提拔她为山下村妇女主任。"

"其实我也有这方面的考虑。但我们山下村有些干部说她觉悟低，不能委以重任。"

"为什么说陈春同志觉悟低？"

"主要表现在三件事上：一是陈春把工商业地主黄莲英拉入了互助组，二是陈春把自家的牛栏粪送给黄莲英肥水稻，三是陈春还买营养品送给黄莲英她妈补身体。"

张平山书记站了起来，来回踱了几步，然后说："为了改造和教育好那些地主、富农及其后代，我觉得陈春同志并没有违反党的方针政策，不能给她扣上'觉悟低'的帽子。在我看来，陈春同志做的这些事情，恰恰弥补了你们工作中的一些缺失，是值得称赞的。像这样能干的同志，我们没有理由拒之门外，要把她吸收到我们党内来发挥作用。"

林芬觉得张平山书记的一番话使她茅塞顿开，高兴地站了起来，说："张书记，我领会你的意思了。"

"但是，林书记，有一点我还要提醒你，对这件事千万不要急于求成。你要积极做好那些持反对意见的干部的说服工作，只有他们心悦诚服了，你方可去发展陈春同志入党。"

"我懂了，回去后一定会办好这件事。"

当林芬走出办公室时，廖明镇长刚好从外面回来，手里提着一包东西，拦住她说："林书记，好险呀！"

林芬愕然地问："廖镇长，什么好险？"

"我慢一点回来，你就走了。"

"有什么事吗？"

廖明镇长把手里那包东西递过去，说："这是张书记叫我买的衣服，你带回去送给黄近山小朋友，作为补给他的生日礼物。"

林芬欣喜地接过那包东西，感动地说："想不到张书记这么细心！"

黄伯旺在山下村民兵营长黄海家里修建猪舍，吃午饭的时候，黄海笑着说："伯旺，你虽然是男人，但你老婆陈春比你厉害多了。"

黄伯旺最忌讳别人在他面前说这种话，只要有人伤了他的自尊心，他都会心里难受并给予强烈反击。但现在面对的是山下村的民兵营长，他再生气也不敢当面发火，于是幽默地说："她再厉害也是垫底，还是我在上面。"

"伯旺，你理解错了。我是说土改时村里想培养你入党，可是你运气差一点，没有实现。现在我们山下村成立农业合作社，你老婆碰上了好时机，前几天我们研究了，决定吸收她入党，提拔她为山下村妇女主任。"

傍晚回到家，黄伯旺对大儿子近水说："水货，你妈妈呢？"

"她浇菜去了。"

黄近田来到父亲身边，乞求道："爸爸，我也要买新衣服。"

黄伯旺不知道小儿子为什么会突然提出这个要求，说："春节还没到呢，现在不能买。"

"可二哥今天买了！"

"不可能。"

黄近水说："真的，是妈妈买回来的。"

"有这种事？"

黄近田说："那衣服就放在妈妈床上，我带你去看看。"

黄伯旺跟着小儿子走进房间，把床上的一包东西打开，发现是一套小孩的衣服，紫红色的，很漂亮。他心里不免想，陈春为什么会如此偏心眼呢？

"爸爸，我与二哥一般大，让我试一试好吗？"

"好。"

黄近田迅速把身上补了多个补丁的旧衣服脱了下来，在父亲的帮助下，穿上了这套令他羡慕的衣服。他兴奋地抖了抖身体，问："爸爸，好看吗？"

黄伯旺赞许地说："好看，赶快脱下来，别把它弄脏了。"

黄近田太喜欢这套衣服了，又一次乞求道："让我再穿一会儿好吗？"

黄伯旺觉得陈春背着他给近山买新衣服，心里不是滋味儿，听到小儿子的请求，立刻答应道："好，田板，爸决定给你穿了。"

"妈妈会同意吗？"

"她不同意也得同意。"

黄近水走进来，说："爸爸，明天学校召开优秀学生家长座谈会，是你参加还是妈妈去？"

"你想让谁去？"

"我想让妈妈去，她口才比你好。"

"水货，连你也瞧不起爸爸！"

李四娘去坎下水井挑水时，听到有人说大儿子黄伯兴的小儿子黄近草发高烧，心里不免担心起来。她放下肩上的水桶，急急忙忙赶去大儿子家里。她摸了一下近草的额头，感到有点烫手，说："还这么烫，你们给他吃什么药了？"

刘月云说："从中午到现在，我给近草喝了两次耙齿草煲的水，但没见什么效果。"

黄伯兴说："听说羚羊角、犀牛角是退烧的特效药，我去问了几家人，他们都说见都没见过，更别说有了。刚才我和月云商量，决定把近草送去江下卫生院，迟了可能会出大问题。"

李四娘说："对，时间不等人，你们现在就把近草送去卫生院。"

刘月云说："妈，那你把近石带走。"

黄近山突然出现在他们面前，问："伯母，我在门口听见你们说羚什么角？"

"羚羊角、犀牛角。"

"我家有。"

李四娘说："家里没有，近山你不要骗伯母。月云，你们赶快送近草去卫生院吧。"

"奶奶，我没有骗你们。伯母等着，我现在就回家去拿。"

刘月云说："好，伯母等你。"

黄伯兴看着侄儿离去的背影，说："十分钟后，近山要是不回来，那我们就出发。"

李四娘说："你们准备好。"

黄近山跑回家里，看到三弟穿着紫红色的新衣服，羡慕地说："哟，三弟，这衣服太漂亮了，谁给你买的？"

"我不告诉你。"

黄近山也没有把心思花在这件事情上面，说："你不告诉我，可以呀，我问得到的。"说完走进母亲的房间，爬上床，踩在一米多高的后床栏，拉开"仙人桥"上的点心匣，把小手伸进去摸出了一个油纸包，然后抓着它出了房门，向大门口跑去。

黄伯旺刚好从母亲房里出来，看到近山抓着东西往大门外跑，禁不住问："箩匣，你偷什么？"

"没什么。"

陈春浇菜回到屋角，看到近山拼命地往禾坪那头跑，大声地喊："箩匣，这么晚了，你要去哪里？"

"救人！"

陈春一进门，看到近田把张平山书记送给近山做生日礼物的新衣服穿上了，着急地说："田板，这是你二哥的，赶快脱下来。"

"我不脱，是爸爸同意我穿的。"

黄伯旺说："没错，是我同意的，田板不要脱。"

不到五分钟，黄近山便回到伯父家。黄伯兴从侄儿手中接过油纸包，展开一看，映入眼帘的赫然是一截羚羊角和一截犀牛角。他急忙对李四娘说："妈，你看是不是？"

李四娘看了一眼，说："对，我以前见过。伯兴，你赶快去拿两个碗。"

刘月云好奇地问："箩匣，你怎么知道家里有这个好东西？"

"有一天，我妈妈带我去莲英姑家里，回家时莲英姑给了我妈妈一个油纸包。我问妈妈是什么，妈妈说是羚羊角、犀牛角，专治发高烧的。回家以后，妈妈把它放在床上的点心匣里，被我看见了。"

"近山，伯母多谢你！"

李四娘说："伯兴，你把菜刀拿来。"

"妈，你要菜刀干什么？"

"刨羚羊角、犀牛角。"

羚羊角、犀牛角很坚硬，黄伯兴花了好长时间才刨下一撮粉丝。李四娘把这撮粉丝放进一只碗里，往碗里倒进三汤匙凉水，再拿过一只大碗倒过来把小碗盖住，然后放进锅里，对大儿媳妇说："月云，你在这里守着，要蒸上一小时。"

"我守着。"

为了暂时缓解一下近草的病情，李四娘又用湿毛巾敷在他的额头上。正在大家等待的时候，陈春来了，看到床上的侄儿近草和桌上的羚羊角、犀牛角，一下子就明白了发生的事情，马上打消了想要责怪近山拿走羚羊角、犀牛角的念头。

黄近草喝下了药水，很快就退烧了。

在回家的路上，黄近山忧心忡忡地对母亲说："妈妈，我刚才自作主张拿走了羚羊角、犀牛角，你打我吧。"

"箩匣，你做得对。妈妈不但要表扬你，还要送你一套新衣服。"

"妈妈，你送的那套新衣服，是不是穿在三弟亮上了？"

"你看到了？"

"看到了，我很喜欢。但我看到三弟比我更加喜欢，那就让给他穿吧，我不要了。"

"箩匾，你真是妈妈的乖孩子，善解人意！"

晚饭后黄伯旺看到三个儿子又凑在母亲的房间里了，便回到自己的房间，对低头剪趾甲的老婆说："陈春，我今天去黄营长家里干活，他说村党支部准备吸纳你入党，还想让你当村妇女主任，恭喜呀！"

陈春没有抬头，说："伯旺，我怎么觉得你今天的话听起来有点怪味，是不是心里不高兴？"

"老实说，我是有点不高兴，这是其一。其二呢，你为什么偏心眼，只给近山买衣服？"

陈春剪好了趾甲，把剪刀丢在柜台上，瞪着黄伯旺说："老公，你说我偏心眼有点过了。我什么时候做过这种事情？我跟你说，今天我去村里参加农业合作社动员大会，结束时芬姨给了我一套衣服，她说这是江下镇张书记买给我们近山的生日礼物。你现在明白了吧？"

"这就让人捉摸不透了，张书记这么大的官，为什么要给山里的一个孩子买生日礼物？话说到这里，我又联想到近山中毒的那件事，当时我们一分住院费都没有花。将这几件事情连在一起分析，我觉得张书记和近山有种特殊关系，难道他是近山的爸爸不成？"

"老公，你想到哪里去了，这是不可能的事情，传出去会被人家当作笑话的。"

"要不，近山就是张书记亲戚的孩子？"

"也不是。"

黄伯旺有点急了，生气地说："这也不是，那也不是。你告诉我，这到底是怎么一回事！"

陈春踏上床，从"仙人桥"上的点心匣里取出一颗红五角星和一张字条，交到满腹狐疑的黄伯旺手上，说："你看这个。"

黄伯旺凑到洋油灯旁，展开字条一看，惊讶地说："原来近山是烈士遗孤！"

"现在你明白了吧？"

"嗯，我算明白了。可是，你为什么一直都瞒着我？当初还骗我说近山是你表哥的孩子。"

"老公，对不起！"

黄伯旺想了想，说："陈春，你做了一件好事，我不会怪你。"

"今天，表姨还给我转达张书记的话，说客都县县委有关部门一直在寻找近山父母的线索，但还是没有这方面的消息。他们建议我把近山送到孤儿院去。张书记还说，如果我们愿意抚养近山，也可以让他留在我们家。我反复考虑，觉得我们和近山有了深厚感情，还是留下来跟我们一起生活吧。你说呢？"

"我没有意见。"

"那好，我明天开完近水的家长座谈会，就去叫芬姨给张书记回话。为了不被外人打扰我们一家的生活，我们一定不能把近山的身世泄露出去，要把它烂在自己肚子里。你做得到吗？"

"这个没问题！"

第四章

时间过得很快，转眼黄近山便到了读书的年龄。陈春从父亲那里拿来两块做窗帘的布料，亲手缝制了一套衣服和一只书包给黄近山。开学那天，黄近山穿着母亲缝制的花衣裳，背起单袋的蓝书包，告别了深情地望着自己的母亲，高高兴兴地跟着六年级的哥哥黄近水来到了山下小学。走进校门，黄近水说："二弟，放学后你在校门口等哥哥，我们一起回家。"

"哥哥，一年级的教室在哪里？"

黄近水往左边一指，说："在那里，转角的第一间教室就是。去吧，哥哥不送你了。"

黄近山来到一年级的课室门外，胆怯地将头探进教室门，只见一个三十出头的男老师站在讲台上讲话，同学们端端正正地坐着。男老师瞧见了黄近山，连忙走到门口，问："你是来读一年级的吗？"

"嗯。"

男老师温和地说："进来。"然后把近山拉到中间的一个空位上坐下。

男老师刚回到讲台上，那个和黄近山同坐一张桌的男同学站起来，说："老师，我不和女孩子同坐。"

黄近山瞪了他一眼，说："你才是女孩子！"

男老师说："这位同学，现在的座位是临时的，接下来还要重新调整，你们先坐好。"

当，当，当，上课铃声响了。

男老师说："同学们，我叫杨军，是你们的班主任兼语文老师。我现在开始点名，叫到谁的名字，谁就站起来回答一声'到'，然后坐下。你们听好了，黄双飞。"

黄近山身边的同学站了起来，响亮地说："到！"

"黄英。"

坐在最后排右角的男同学站了起来，也响亮地说："到！"说完补了一句，"我和刚才最后进来的'花姑娘'黄近山是邻居。"

同学们哄堂大笑。

"别笑，李小梅。"

黄英身边的女同学慢慢地站起来，红着脸说："到，舅舅。"

"小梅，在学校的时候，你不能叫我舅舅，明白吗？"

"明白。"

"黄双年。"

黄近山后面的男同学站了起来，说："到。我和黄双飞是双胞胎兄弟。"

黄双飞说："我大五分钟。"

"黄近山。"

黄近山坐着回答："到。"

…………

杨军老师点名后，严肃地说："同学们，今天是你们上学的第一天，老师要送给你们一份珍贵的礼物。是什么礼物呢？"他在黑板上画出一把钥匙，"这是一把金钥匙，它可以为你们打开知识宝库的大门。你们想知道打造这把金钥匙的师傅是谁吗？"

黄双飞突地站了起来，天真地说："老师，我知道，是铁匠！"

同学们又哄堂大笑。

杨军老师叩了三下讲桌，大声地说："同学们，请你们安静。我告诉大家，打造这把金钥匙的师傅就是我们伟大的毛主席。"

黄双年站了起来，问："老师，毛主席叫什么名字？"

"双年同学问得好，有谁知道吗？"

黄近山站起来，响亮地说："我知道，叫毛泽东。"

"你怎么知道的？"

"我哥哥说的。"

杨军老师肯定地说："对，毛主席就叫毛泽东！"

黄双飞问："毛泽东住在哪里？"

黄近山说："住在北京中南海。"

杨军老师说："两位同学，你们坐下。大家听我说，毛主席非常伟大，非常英明，带领全国人民推翻了压在我们头上的'三座大山'，全国人民才能过上今天的幸福生活，你们才有机会坐在教室里安心读书。"

黄双飞又站了起来，说："老师，你说的这'三座大山'是哪三座？"

"同学们，你们有谁知道？"

同学们面面相觑，你看看我，我看看你，都说不知道。

黄近山站起来，说："我知道。有一次我去外公家，听舅舅陈冬读书时知道的。"

杨军老师说："近山同学，你说。"

"帝国主义、封建主义、官僚资本主义。"

杨军老师满意地点头，说："对，就是这'三座大山'。同学们，这是中国历史，以后你们上了中学就会学到。双飞同学，近山同学，你们俩坐下。"

"老师，"黄近山刚坐下又站起来说，"黄双飞浑身药味，令人作呕。"

黄英也跟着站起来，说："我刚进教室就闻到了，熏死人。"

黄双飞感觉到同学们的目光都落在自己的身上，他恨不得地上有洞可以钻进去。

杨军老师问："双飞同学，这是怎么回事？"

黄双飞本来想按照父亲的叮嘱不要把家事告诉别人，但看到老师和同学们都在看着自己，不得不说："我每天天亮醒来帮爸爸熬草药，今天不小心，衫上溅了好多药水。我怕迟到，连衫都没换就来了。"

黄英说："老师，双飞的爸爸是卖假药、耍把戏的江湖骗子！"

黄双飞扭过头，指着黄英，气愤地说："你胡说八道！"

杨军老师不相信黄双飞身上的药味有那么浓烈，径直走到他面前，结果真的闻到了一股好呛人的草药气味，让人感到有点恶心。但杨军老师为了不影响同学们的情绪，还是心平气和地说："同学们，药味是难闻的，但它可以用来治病救人呀。双飞同学能不怕苦帮他父亲做事，这是值得同学们学习的。但老师建议双飞同学以后来学校的时候，记得要换上干净的衣服。"

没想到，黄双飞却说："老师，我家里只有一件烂衫了，换上了更会让同学们笑话。"

黄双年说："我哥说得没错，家里只有一件烂衫了。"

杨军老师心里感到一阵酸楚，顿了顿说："那老师把你的座位调到侧边去，和李小梅换，好吗？"

黄双飞高兴地答应了。

当，当，当，第一节班会课结束了。

黄近山没有走出教室，而是从书包里取出一支钢笔和语文课本，一笔一画地在课本封面写上自己的名字。李小梅看见了，惊奇地说："近山，你会写字了？"

"我五岁就会写了，是我哥教我的。你看，这支钢笔还是他的。"

"你哥真好，既教你写字，又给你讲毛主席，还送你这么漂亮的钢笔。"

"那当然了，我哥是世界上对我最好的人。不是，是第二好，第一好是我妈妈！"

突然，一只大手伸过来，抢去了黄近山手中的钢笔，随之而来的是一记耳光，打得黄近山眼冒金星。黄近山抬起头，摸着被打的左脸，难受地问："哥哥，你怎么打我？"

黄近水生气地说："你为什么拿走我的钢笔，害得我没有笔考试。等回到家，我再找你算账！"说完便走了。

"呸！"黄近山向着哥哥的背影吐了一口唾液，"有什么了不起，逞大欺负人！"

李小梅同情地问："近山，痛吗？"

黄近山虽然感到脸上火烧火燎的，但还是倔强地说："不痛！"

黄双飞走了过来，低头看了一下黄近山左脸的手印，嬉笑道："活该，女孩子就要打！"

黄近山看到黄双飞幸灾乐祸的样子，又听到黄双飞说自己是女孩子，气不打一处来，"嗖"地一拳打在黄双飞的下颚，骂道："就你话多！"

黄双飞觉得刚才要不是黄近山举报自己浑身药味，自己也不会在全班同学面前丢人现眼。现在黄近山又敢动手打自己，还打出了牙血，他一下子被激怒了，突地抓住黄近山长长的头发，使劲一拉，将黄近山拉倒在地上，接着向黄近山猛踢。黄近山痛得紧紧抱住自己的头，缩成了虾公状。

黄英想拉开黄双飞，解救黄近山，但又怕黄双飞把自己也打了，只好改变主意，大声地喊："杨老师来了！"

黄双飞吓了一跳，马上收回了刚伸出去的右脚，迅速逃回自己的座位上坐好。

黄英扶起了黄近山，拍去他花衣裳上面沾满的灰尘，然后把他拉回座位上去。

李小梅悄悄地说："近山，我带你去见我舅舅，叫我舅舅罚黄双飞放学后留堂。"

黄近山摇头说："留堂太轻了，我要让他血债血偿！"

放学后，黄近水在校门口没有见到二弟，以为二弟先回家了，谁知回到家才知道二弟还没有回来。这可把他急坏了，他先跟母亲陈春说了一声，然后匆匆忙忙地赶回学校，走进一年级教室，发现二弟竟然伏在角落里的桌子上睡着了。他急忙喊醒了二弟，疑惑地问："箩匣，你怎么不回家？"

黄近山睡眼惺忪地说："我两边屁股被人踢伤了，痛得要命。"

"谁打的？"

"黄双飞。"

"他家住哪？"

"我不知道，但听说他爸爸黄福添是卖假药、耍把戏的。"

"原来他是江湖骗子的儿子。我知道了，他家在学校对面，与我们相隔一座山。来，哥哥背你回家，改天哥哥再想办法打断他的腿，让他成为瘸子！"

趴在哥哥背上，黄近山说："哥哥，我对不起你！"

"笋匣，你是指钢笔的事吗？"

"嗯，今天早饭后，我趁你去厕所时翻你的书包，想看看有没有连环画，一看没有，我就私自把钢笔拿走了。"

陈春脱去儿子近山的衣服，看到他背上和腿上青一块紫一块的，心痛至极，眼泪都快要掉下来了。她小心翼翼地用鹅毛蘸着百草油往近山的伤痕上涂抹，边涂边说："笋匣，妈妈再三叮嘱你遇事要忍耐，不要惹是生非，你为什么不听呢？"

"妈妈，并不是我不听你的话，实在是黄双飞的话伤了我的心，逼得我忍无可忍才打了他一拳，而他却踢了我十多脚。"

"你把他打伤了没有？"

"没有。不过哥哥说，改天他要替我去修理黄双飞。"

"修理是什么意思？"

"修理就是报复，哥哥说要打断他的腿。"

陈春听了非常震惊，语重心长地对大儿子说："水货，你不能去找人家报复呀！俗话说，得饶人处且饶人。要是把人家打残了，你也会受到相应惩罚，前途就没有了，叫我和爸爸怎么抬头做人？"

"这口气我吞不下去。"

"吞不下也要吞呀，忍气的人得福。你要放下这个不好的想法，好好读书，给两个弟弟做个好榜样，将来光宗耀祖！"

黄近水沉思了一下，说："妈妈，你不要为这事担忧，我向你保证，不找黄双飞报复了。"

"这才是妈妈的好儿子。"

黄伯旺做工回来，看到儿子近山躺在床上动弹不得，了解情况后对老婆说："陈春，我担心箩匣有内伤，你最好带他去江下卫生院检查，发现问题好及时治疗，不能留下后遗症。"

陈春几次听到近山喊痛的声音，心如刀绞一般，也想过送他到江下卫生院去。但转而又想，近山不过是伤了一点筋骨，只要熬过几天就没事了。现在听了老公的建议，觉得这事也许没那么简单，还是有防无患为好，于是说："好，明天一早我背箩匣去。"

黄近山到了江下卫生院，经全身检查之后，医生说没有伤及内脏，只是背部和臀部软组织挫伤了，只需要治疗几天就会没事。

没想到这事被张平山书记知道了，他连忙叫上廖明镇长，一起赶到江下卫生院看望黄近山。他握住斜躺在病床上的黄近山的小手，疼爱地说："小近山，听说你读一年级了，张叔叔祝贺你！"

黄近山觉得这个张叔叔与众不同，但又想不明白是什么原因，好奇地问："张叔叔，我两次住院你都来看我，之前还送我新衣服，为什么你对我这么好？"

张平山书记笑呵呵地说："因为你是好孩子，谁都喜欢你，何况张叔叔我。"

"张叔叔，那你为什么从来不到我家？"

廖明镇长说："小近山，你张叔叔工作忙，哪有时间，你要理解张叔叔。"

黄近山似懂非懂地说："也是，张叔叔是个大忙人。妈妈，等到过年的时候，我要给张叔叔一块甜粄和喷香的炒花生米，但我不知道他在哪里，到时你要带我去。"

陈春看到孩子这么懂事，心里很高兴，说："箩匣，你张叔叔在江下镇上班，妈妈过年时带你去。"

张平山书记说："小近山，张叔叔明天要调到客都县工作了。以后只要有机会，张叔叔一定去山下村看你。"说到这里，他把衣兜里插着的钢笔取了下来，交到黄近山手里，"这支钢笔伴随了张叔叔十年，现在留给你用，希望你听妈妈的话，好好读书，做个有出息的孩子。"

黄近山有点难过地说："张叔叔，你走了，我会想你的。"

张平山书记拍了拍黄近山的头，说："小近山，张叔叔也会想你的。再见！"说完向陈春点了点头，走出了病房。

廖明镇长跟了出去，一会儿又回来向陈春招手，说："陈春同志，你出来一下，张书记还有话对你说。"

张平山书记在病房门口等着，看到陈春来到面前，表情严肃地问："陈春同志，我一直搞不懂，你为什么不想入党？"

陈春苦笑了一下，说："张书记，其实我很想入党，也希望自己像林芬书记那样为村里做事。可每当我看到老公为了家里累得看起来比实际年龄老了十多岁，心里感觉挺酸的，总想为他分担一点责任，做个贤妻良母。这样一来，我就要分心了，无法集中精力做好村里安排的工作。所以，我又不想入党当干部了，多谢书记的关心！"

"陈春同志，你真是这样想的吗？"

"是的，这是我的心里话。不过请你相信，无论在什么时候，做什么事情，我都不会自私自利，而且还会要求三个孩子和我一样去做好。"

"陈春同志，听了你的肺腑之言，我为烈士后代近山有你这样的妈妈感到骄傲和幸福。这样我走得也就放心了！"

早饭后，黄近山要重新回学校上课了。陈春又想叫他穿上那套花衣裳，可在房间里找遍了每一个角落都没有找到，觉得好奇怪，连忙问："箩匡，妈妈上次给你穿的花衣裳好像是放在床角，现在却找不到了。"

"妈妈，找不到我就穿其他衣服。"

"那些都是比较旧的，只有那一套才是新的。你等着，我去问你奶奶，看她拿了没有。"

"妈妈，你抓紧呀。"

陈春问了婆婆，李四娘也说不知道。正当她准备改变主意时，小儿子黄近田给她提供了一条重要信息。她回到自己房间，生气地说："箩匣，那套花衣裳明明是你拿到灶下烧了，现在还装糊涂，让妈妈辛苦找了半天。你太让妈妈伤心了！"

黄近水说："我说呢，怪不得昨晚闻到烧布的臭味！"

黄近山说："妈妈，你打我吧。"

"打你有什么用！"陈春难过地说，"你知道吗，那套花衣裳布料是外公做窗帘用的。听到你要上学了，他便送给我做衣服给你穿。衣服又是妈妈一针一线缝制出来的，花了妈妈多少心血，你却不懂得去珍惜它。"

黄近山脑海中浮现出母亲坐在昏暗的洋油灯下缝制那套花衣裳的情景，心里觉得太对不起母亲了，不无后悔地说："妈妈，我错了！"

"箩匣，你知错了，妈妈就原谅你。但妈妈想知道，你为什么要把那套花衣裳烧掉？"

"我第一天去上学，同学们看到我穿着那套花衣裳，竟然对我指指点点，取笑我是一个女孩子，还有人说我不男不女。昨天下午从江下卫生院回来，看到床角放着的那套花衣裳，担心你还要叫我穿上去学校，所以就把它烧了。"

陈春没有再说什么，从衣柜中找出一套七成新的天蓝色中山装，帮近山穿上，并且把张平山书记送的那支钢笔别在近山胸前，然后端详了近山一会儿，喜悦地说："正合身，真是一个小帅哥！"

"妈妈，这套衣服哪来的？"

"你四舅陈冬小时候穿过的。"

当黄近山走进一年级教室时，同学们都"哇"的一声，惊奇地瞪大眼睛望着他。他以为同学们又想取笑自己，心里马上又来了气，大声地说："哇什么哇，看什么看，不认识了？"边说边走到自己座位上。

李小梅侧过头，欣喜地说："近山，你太帅了！"

杨军老师走进教室，看到黄近山来了，连忙问："近山同学，你身体完全好了吗？"

"完全好了。"

杨军老师说："同学们，今天第一堂课上半节进行默写，请你们从作业本上撕下一张空白纸，把课本合上，默写学过的拼音字母。至于近山同学，你请假了一个星期，没有学，免写。现在开始！"

结束时间到了，同学们一个个把纸张拿到讲台上去，黄近山也不例外。

杨军老师不相信黄近山能全部默写出来，以为他交上来的是一张白纸，在滥竽充数。可当他看过黄近山的作业后，着实吃了一惊，黄近山不但写了出来，而且字体工整漂亮。吃午饭时，杨军老师对外甥女李小梅说："阿梅，那个和你同桌的黄近山今天也交作业了，你想知道他拿了多少分吗？"

"他只上了半天课，才学了几个字母，不是零分就是一分。"

"你再猜。"

"两分。"

"继续猜。"

"三分。"

杨军老师微笑着说："阿梅，别说你猜不到，就连舅舅我也不敢想，他得了五分满分。"

"五分？"

"想不到吧？"

"太厉害了！"

杨军老师想进一步搞清楚这件事情，不无怀疑地说："阿梅，你告诉舅舅，在默写时，黄近山是不是打开课本抄下来的？'

"不是。"

"那他是抄你的？"

"也不是。"

"这就奇怪了，难道黄近山是神童？"

第五章

陈春在土改时分到的那头母牛，因为年龄大了，牙齿也仅剩两颗，但在陈春的悉心照顾下，看上去还是长得挺肥壮的。一天，陈春像往常一样，一大早就把新鲜草料切碎拿给它吃，没想到它看到主人后，两条前腿突然跪在地上，对着陈春"哞哞"地叫了两声，眼泪直流。陈春心疼地抚摸着它的头，关切地问："你今天怎么了？是不是病了？你等着，我去叫兽医。"

当陈春叫来兽医时，它已经死了。在陈春的心里，它就像自己的家庭成员一样。现在它死了，陈春不忍心再吃它的肉，在得到老公黄伯旺的同意后，将它埋在屋旁山坡上的大圆子树下，还给它烧了一炷香和一沓纸钱。

回家时，黄近山问："妈妈，听人说牛肉很好吃，你为什么把它埋了？"

"笋匣，你刚出生时没有奶吃，是它的奶喂养了你，可以说它对你有恩。它虽然是头牛，但我们要把它当人看待，感恩它，如果把它吃了，就对不起它了。"

"妈妈，我明白了。"

"笋匣，妈妈希望你长大之后，常怀一颗感恩之心，好好报答山下村所有帮助过我们家的好心人，还有那些需要帮助的人。"

黄近山点头说："妈妈，我一定会记住你的话。"接着，他又忧虑地说："妈妈，现在天气那么热，爸爸每天干活回来都一身泥和汗，太辛苦了，你叫他在家休息几天吧。"

"笋匣，你真是一个乖孩子，懂得为大人着想了。好吧，等你爸爸晚上回来，我就叫他明天停工休息。"

谁知黄伯旺还没有听到老婆要对他说的体恤话就出大事了。事情是这样的，黄伯旺在临近中午快干完活时，突然感到眼前一黑，从高高的屋顶上摔了下来，被一起干活的徒弟刘冲之和丘能干送到江下卫生院抢救。苏醒过来后，他忍着巨大的痛苦，紧紧抓住匆匆赶来的老婆的手，说："陈春，留给我的时间不多了，我想交代你几句话。"

陈春流着眼泪，说："伯旺，你说吧。"

"如果不是为了家里这么多孩子，我就不会没日没夜地干活挣钱。我说这话并无埋怨你的意思，只是想让你知道，我早已把近山当作自己的亲生儿子，并没有偏心眼。"

"伯旺，我心里明白。我当初愿意嫁给你，就是觉得你是好人，值得我依靠、信赖。"

"陈春，还有一件事。"

"我听着。"

"在你嫁给我的那年夏天，一天上午我去高山坪种番薯，挑水时发现一个手持盒子枪的人晕倒在旁边的草丛中。我急忙把他救醒，为他包扎头上的伤口，还将带去的番薯给他吃了。他说他是共产党游击队员，和田人，叫周春文。我说我叫黄伯旺，山下村人，住屋附近有一棵几百年的大圆子树，找到那棵圆子树就能见到我。他让我等着他。陈春，我死之后，你把我葬在那棵圆子树旁，等着那个游击队员周春文回来。"

"好，我答应你！"

"陈春，我还有一个最大的担忧。"

"你说。"

"我不想把祖宗传下的香火断在我手里。"

陈春明白黄伯旺的意思，说："老公，你放心，我不会改嫁，再苦再累也会带着孩子在山下村生活下去，永远守着你，替你等待那个游击队员！"

"那我就死而无憾了！"

黄伯旺因伤及内脏，当天晚上就撒手人寰了。陈春忍受着悲痛，按照老公的嘱咐，向别人借了一点钱，在大圆子树旁做了一个简单的坟墓，将自己和三个孩子的名字刻在碑石上。

屋漏偏逢连夜雨，船破又遇顶头风。

陈春刚刚擦干失去老公的悲痛泪水，又飞来横祸，更是雪上加霜！

这天，恰逢江下镇圩日，李四娘为了减轻儿媳妇陈春肩上的压力，抢着挑柴去江下圩卖。谁知在乘船时被一个莽汉撞了一下，她没站稳，一个趔趄扑向客都河，打捞上来时已没有了生命迹象。

陈春处理完婆婆的后事，感到心力交瘁，病倒了。她看见前来慰问的林芬书记，仿佛见到亲人，流着眼泪说："芬姨，你知道吗，那天我要是不让婆婆去卖柴，她就不会死，是我害死了婆婆呀！"

林芬拿出手帕，边为陈春擦眼泪边安慰道："陈春，这又不是你故意造成的，意料之外的事谁也想不到，你没有必要自责。"

"可我寝食难安呀！"

"我说陈春，人死不能复生。你婆婆在天有灵，她也不会怪怨你的。她一定是希望你振作起来，把三个孩子抚养成人。你说是吗？"

被林芬这样一点拨，陈春心里也感到好受些了，连忙止住了眼泪，但还是愁容满面地说："芬姨，过去家里有伯旺和婆婆撑着，我感到十分幸福。可现在突然失去了顶梁柱，全部压力一下子集中在我这个寡妇肩上，叫我怎么挑起这个家？"

林芬拍着陈春的肩膀，和蔼可亲地说："陈春，你不必担心。你背后有党，有我，还有山下村那么多好心人，大家都是你的依靠！"

陈春觉得自己就像寒夜里坐在火炉旁，全身感到暖洋洋的，激动地说："多谢芬姨！多谢山下村村民！"

"陈春，你不要说客气话。"林芬说。接着，她转过了话题："昨天，我和山下小学刘小鹏校长商量了，决定从明年起，免去你孩子的学费。"

"这恐怕不好吧？"

"没事的。另外，我还有一个想法，为了减轻你的经济负担，你是不是可以考虑把近山送到孤儿院去？"

"不，不能。前几天我试探过近山，开玩笑说要把他送去有钱人家或孤儿院，但他说哪也不去，就要在山下村和我在一起。"

"他知道自己的身世吗？"

"我一直都没有向他说。"

刘月云在厨房里做饭，看到老公从外面回来了，连忙对他说："伯兴，刚才家里来了几个邻居，我把留给你喝酒的炒花生米都拿出来给他们吃了。"

"那我晚上干喝吗？"

"我给你煎鸡蛋。"

"他们都说什么了？"

"有人说，伯旺睡觉的那间房子是土改时分到的地主房子，是地主阴魂不散，夺去了伯旺的性命。"

"嗯，有可能。"

"也有人说，陈春捡来的养子黄近山是一个扫把星，冲死了伯旺。"

"嗯，有道理。"

"还有人说，陈春这么年轻就成了寡妇，说不定哪天会领着孩子改嫁他乡，断了伯旺的香火。"

黄伯兴高兴地说："月云，这是好事呀！"

刘月云吃惊地说："伯兴，你怎么把衰事说成好事，好像妈不是你亲妈，伯旺也不是你亲弟弟似的。"

"没错，他不是我亲弟弟。"黄伯兴想起以前分家时抓阄，可能是陈春从中作假，要不然自己也不会去借堂叔的杂屋居住。每当忆起这件事情，他心里就会对陈春产生怨恨，盼望有一天重新回到自己出生的老房子去生活。现在，他觉得机会悄悄地向自己走来了，心里异常兴奋，说："月云，我们的愿望马上就要实现了！"

"伯兴，你真以为陈春会改嫁他乡？"

"那是当然，这是早晚的事，你不用怀疑。"

"可是老公，那万一陈春赖着不走呢？"

"没有万一！"

"你就这么有把握？"

"我当然有把握了！今天，我去江上镇见陈春的爸爸了。"

"你跟他说了什么？"

"我先说了陈春一通好话，令老人家乐得合不拢嘴。然后，我欺骗他说，我们山下村世世代代都出现了一种怪现象，好比陈姓女孩嫁到山下村十年左右，先是老公突然死去，接着家里又会死去第二个亲人，跟着自己也改嫁他乡。如果不改嫁，过不了五十岁就会死掉。"

"伯兴，你这话太瘆人了！"

黄伯兴诡异地笑了一下，说："是啊，当时老人家吓得脸变色、手颤抖、目光呆滞，嘴里只挤出了五个字，'多谢你提醒'。"

"那后来呢？"

"我就告别老人家回家了。"

"伯兴，你够毒的！"

"没办法，无'毒'不丈夫！"

在省政府上班的陈夏从父亲陈小良的来信中得知大姐陈春家里的变故，心里十分惦记，专门向单位请了几天假，火速从省城赶回老家来了。

陈小良接到了大儿子，一口水都还没来得及给他喝，就迫不及待地说："陈夏，你回来就好了，赶快想办法帮帮你大姐。"

"爸爸，我还是先听听你的想法。"

"这十多年来，都是你大姐在照顾我们。现在她家一下子失去了顶梁柱，我们有责任帮她渡过难关。陈秋明年才大学毕业，陈冬也还在读高三，他们俩都还是消费者，我帮店家看门也只有一点收入，只有你才有经济条件，所以我希望你每月挤出一点钱寄给大姐，争取减轻她家的经济压力。"

陈夏心中十分清楚，如果不是大姐无私的资助，他不可能读完大学而且有了一份在政府部门的理想工作。自从参加工作的第一天起，他每时每刻都在提醒自己，将来一定要好好报答大姐。他说："爸爸，我这次请假回来，就是想和你商量大姐的问题。刚才你说的话，我绝对服从。不过，我想到了一个帮助大姐的最佳方案，希望能得到你的认可。"

"什么最佳方案？"

"大姐一个人带着三个孩子待在山旮旯里，万一再遇到什么大事，叫天天不应，叫地地不灵，结果难以想象！所以我想，我们把大姐一家接到江上镇来，既可以让大姐换个生活环境，也可以让三个孩子接受比较好的教育。"

陈小良听了大儿子的最佳方案，觉得还真是不错，欢喜地说："陈夏，你真聪明，想出了这个好办法。爸爸完全支持！"

"可是爸爸，不知道大姐会不会接受。"

"不接受也得接受，我们不能眼睁睁地看着你大姐中年早逝！"

陈夏吃惊地问："爸爸，你说什么？"

陈小良把黄伯兴来见他的事情说了。

"这是迷信，我不相信。"

"说实在话，爸爸也不相信，但为了稳妥起见，我们宁可信其有，不可信其无。"

第二天，陈夏借了一辆自行车，载着四弟陈冬来到了山下村。两个弟弟的突然出现，让还没有从失去亲人的痛苦中解脱出来的陈春感到非常温暖。她把两个弟弟带进自己的房间，疑惑地问："二弟，你怎么有空回来看大姐了？"

陈夏一把握住大姐略微粗糙的手，抑制住快要溢出的泪水，难过地说："大姐，我想你呀！"

陈春感动地说："大姐太高兴了！"接着把目光转向陈冬，"四弟，今天又不是星期日，你怎么也来了？"

"大姐，我也想你呀！"

陈夏不想再去提及大姐的伤心事，生怕又会引出她酸楚的泪水，转而关心地问："大姐，我那三个外甥的学习成绩还好吗？"

"我听来家访的老师说，近水在班里排名第二，今年上了六年级，还当上了班长。近山虽说刚刚走进校门，但一年级的语文、算术他都会了，老师和同学们都称他是'神童'。"

陈冬惊叹道："神童？太厉害了！"

陈夏持怀疑态度，说："难道近山有这么高的天赋？"

陈春说："其实，近山在上学前，晚上常常妨碍他哥哥读书。近水想出了一个办法，找出自己一年级读过的课本，每天放学回来教弟弟识字，做加减法。没想到近山十分高兴，晚上没有再去打扰哥哥，而是坐在哥哥旁边认真地做哥哥布置的作业。"

"原来是这样！这说明近山并不是什么神童，只能证明他很聪明。"

陈冬扭头对陈夏说："二哥，若是有一个好的学习环境，有好的老师指导，我们的外甥近山将来可能会考上好的大学。"

陈夏点头说："嗯，我也有同感。可惜近山在这个山旮旯里读书，他的智力开发会受到影响。"

"二哥，要不我们回去和爸爸商量，把三个外甥接到江上镇去读书。"

"我觉得爸爸是不会反对的，但我担心他年纪大了精力不够，无法管好三个外甥，所以我想大姐也要一起去，这样就比较理想。"

"大姐，你认为呢？"

说心里话，为三个孩子提供良好的学习环境，是陈春的最大心愿。但她综合多方面考虑，觉得带着三个孩子在山下村生活才是明智的选择，何况她已和林芬书记交了底。她平静地说："二弟，大姐多谢你们的好意。我不想离开山下村，你们的三个外甥也支持我的决定。"

"我说大姐，你的这个决定是错的！"

陈夏说："大姐，你就听我们一回劝吧。"

陈春毋庸置疑地说："你们不要再劝了，回去告诉爸爸，就说大姐在山下村生根了。"

开学两个多月，杨军老师基本掌握了自己班上四十多位同学的各方面情况，决定任命黄近山为班长。谁知当他宣布这个决定时，没有一个同学鼓掌。他感到有点奇怪，禁不住问："同学们，你们为什么不鼓掌？"

黄英站了起来，说："报告老师，黄近山一家要搬到江上镇去了，不能选他当班长。"

杨军老师愕然地问："黄英同学，你听谁说的？"

"我爸爸。"

"好，你坐下。还有谁知道这件事？"

同学们一齐举手，异口同声地说："我们都知道。"

杨军老师感到事情有点突然，连忙问："近山同学，是不是？"

黄近山站起来回答："不是。"

"坐下。"杨军老师说，"同学们，既然近山同学说不是，那我们就相信他说的是实话。来，大家鼓掌通过。"

"慢！"黄近山扬起右手说，"老师，你还没问我接不接受呢，怎么就鼓掌通过。"

"难道你不愿意？"

"我不愿意！"

"为什么？"

"老师，以后你就会知道为什么。不过我提议，这个班长由李小梅来当，我觉得她最合适。"

黄近山的话音刚落，同学们都热烈地鼓掌，还有同学大声地说"好""对"。

杨军老师本来想安排外甥女李小梅当学习委员，想不到现在情况突然有了变化，觉得外甥女当班长也能够胜任，于是说："好，那就让李小梅同学当班长，黄近山同学你来当学习委员。"

黄近山站了起来，毫不含糊地说："老师，我不想当班干部！"

同学们都齐刷刷地向黄近山投去无比诧异的目光。

杨军老师教了十多年书，从来没有碰到像黄近山这样有个性的学生。下课后，他来到校长室向刘小鹏校长反映，说："我们班的黄近山同学，今天的表现又让人猜不透。"

"他又做什么了？"

杨军老师把黄近山不愿意当班干部的事说了出来，然后说："刘校长，你觉得奇不奇怪？"

"你把他叫来，让我了解一下他的内心想法。"

黄近山被杨军老师带到刘小鹏校长面前，表现出一副心事重重的样子，胆怯地问："刘校长，我又没做错事，你叫我干什么？"

刘小鹏校长温和地说："近山同学，你没有做错事，不用紧张。我听说你学习成绩非常好，老师们都很满意。可你为什么不愿意当班干部，能告诉我原因吗？"

"我想读二年级。"黄近山低声说。他心里想，这样就可以让妈妈减少一年负担。

"呵，好大的口气。你一年级的知识还没有掌握，怎么能跳到二年级呢？"

"一年级的知识我都记在心里了。"

"你怎么会无师自通呢？"

黄近山抿着嘴笑了一下，高兴地说："我早有老师教了。"

"谁呀？"

"我哥哥黄近水，你认识吗？"

"黄近水是六年级的班长，我怎么会不认识？他平常功课那么紧张，还有时间教你？"

"有哇，他现在都教我二年级的知识了。"

一直陪在旁边的杨军老师心里明白了，黄近山不愿意当班长，是因为想读二年级。他建议道："刘校长，既然近山同学想跳级，那我们就出题目考他一下。"

"好，你把一年级升级考试的语文、算术试卷拿来，我亲自监考。"

杨军老师离开之后，刘小鹏校长说："近山同学，你有把握考好吗？"

"我也不知道。"

"只要你考得好，那我会考虑你的请求。"

语文、算术两科的考试时间合起来是两个小时，可黄近山只用了一个半小时就交卷了。刘小鹏校长叫来杨军老师和另一位算术老师现场评卷，没想到黄近山语文考了九十八分，算术考了一百分。

刘小鹏校长觉得黄近山确实肚里有料，心里感到高兴，赞许地说："近山同学，你真聪明！"

"校长，我现在考也考了，你们也知道我的成绩了，是不是可以让我明天去二年级插班了？"

"你先回班里去，等待杨军老师的通知。"

黄近山以为这事定了，中午放学回到家里马上告诉了母亲，希望她也分享一下自己的喜悦。

陈春满意地说："箩匡，你给妈长脸了！"

谁知下午放学后，杨军老师对黄近山说："近山同学，你的请求不能实现了。"

"为什么？"

"刘校长说，山下小学没有跳级的先例。所以，你还是要读完一年级才能升上二年级。"

"那我不读书了！"

第六章

江下圩是一个小圩场，人称"蟑螂圩"，上午九点开市，十一点散场。

山下村村民黄福添领着大儿子黄双飞早早来到江下圩，像以往一样占据了靠近码头的空旷场所，将带来的水火药和耍把戏的工具摆放好。眼看圩场人气逐渐旺起来了，他便开始大声吆喝："各位兄弟姐妹，叔叔伯伯，阿姨阿婆，好戏就要开场了，你们快来看呀！路过的赶快回头，错过了你会后悔。大家不要犹豫，赶快来看吧！"

霎时间围上来不少观众。

黄福添又吆喝了几次，看到火候到了，马上说："大家不要拥挤，不要喧哗，尽量把眼睛睁大，看我表演了。"说完，他取过一只洋瓷碗和一只十厘米高的瓷杯，边拿给近处的观众看边说："你们看，这是我们家家户户常用的碗和茶杯，里面没有装什么东西，但我可以让它们发挥神奇作用，变出喷香的白酒。你们说神奇不神奇，想不想尝？"

很多人附和："想！"

"那好，请三位乡亲站到我面前，马上就可以尝到。"

黄福添话音刚落，立即走出了一位老伯和两位中年男子。他蹲了下去，将碗盖在茶杯面上，颠来倒去，然后放在地上，再伸出右手做了一个手势，指向盖着碗的茶杯，说了一声"来"。随后托起盖着碗的茶杯，问站在面前的三位观众："你们是不是真想尝？"

"是。"

黄福添说："好。"说完把扣着的碗拿去，把茶杯伸到他们鼻孔下，"你们闻闻，有没有酒味？"

"没有。"

"有没有东西？"

"没有。"

黄福添说："这就对了，什么也没有，也没有酒味。"说完又把碗和茶杯展示给其他观众看。

黄双飞说："你骗人！"

又有一个后生说："对，你骗人！"

黄福添嬉笑了一下，说："对，我刚才是骗人，没有把酒请来。现在，请大家看好了。"说完又蹲下去把刚才的动作重做了一遍，然后站起来说："现在茶杯里有酒了，你们信不信？"

黄双飞说："不信！"

黄福添说："你小孩子又不会喝酒，不要乱插嘴。"说完把扣着的洋瓷碗拿开，让面前的三个人闻闻茶杯。

老伯说："有酒味。"

另两个中年男子也说："有酒味。"

一位观众说："让我们也闻闻。"

黄福添说："好，让你们也闻闻。"说完把茶杯拿给四五个人闻。

他们都说："是有酒味。"

其中一个人说："怎么没酒？"

黄福添说："怎么会没酒，有！"说完回到那三个人面前，"你们都把嘴张开，我倒给你们尝尝。"

瞧！三个人都张开了大嘴。

黄福添把茶杯倒过来，分别向他们嘴里滴了三滴。然后，他又走到两个观众身旁，也给他们俩分别滴了一滴。

这五个尝到的观众都说："是酒，很香！"

不少观众都感叹道："太神奇了！"

黄双飞和黄近山突然四目相对，他连忙招手叫黄近山过来。黄近山背着书包挤出人群来到黄双飞身旁，说："双飞，你爸爸太厉害了！"

"后面还有更厉害的呢！"

"看来我今天要大饱眼福了。"

"你看，又开始了。"

黄福添大声地说："各位兄弟姐妹，叔叔伯伯，阿姨阿婆，接下来我要表演更带劲的节目。"说完，他拿起半米长的火把，在火把上点着火，向着众人挥了几下，然后牵出黄双飞，把火把交到他手中，又拿起一个装着液体的塑料瓶往嘴里灌了一大口，对着火把上的火苗喷去，霎时间，火苗蹿起两尺多高。

观众齐呼："哇，太精彩了！"

突然鸡蛋大的火球落下来，不偏不倚从黄双飞那只擎着火把的手的手背上滑过。他旋即把火把一丢，往手上一摸，哭丧着脸喊："师父，你烧伤我了！"说完把手伸给观众看。

一位观众说："是，手都烧红了。"

黄福添从地上拿起一瓶水火药，抓起黄双飞被"灼伤"的手，说："孩子，你别怕，只要用我这个水火药往你灼伤的部位抹上去，即刻就会褪红。"说完拧开瓶盖，将里面的药水往自己手心里倒了一点，然后抹到黄双飞被灼伤的手背上，即刻那块泛红的皮肤恢复了正常。

观众们啧啧称奇："哟，这么好的水火药！"

黄福添对黄双飞说："孩子，还会痛吗？"

黄双飞摇头说："不会了。"

"大家都看到了吗，我这个水火药是祖传秘方，对开水烫伤、火烧伤都有神奇的疗效。我今天把家里的存货都拿来了，一瓶一角钱，需要的赶紧掏钱购买，错过了你会后悔一辈子。"

转眼间，黄福添卖出了三十多瓶水火药。当他把工具收拾好之后，递给黄双飞一角钱，说："双飞，你今天表现不错，奖励你一角钱，带你同学去逛街、吃饭，下午回去上学。"

"那你呢？"

"我还要去桥头卖老鼠药。"

黄近山很少来江下圩赶集，觉得什么东西都养眼。看到一处地摊上摆着那么多连环画，他连忙蹲下去翻了一本又一本。黄双飞站在一旁傻等。

摊主说："这个小鬼，你不买就走开，别影响我做生意。"

"多少钱一本？"

"一分钱。"

黄近山口袋里半分钱也没有，心里又想买四本看中的连环画。在情急之下，他扭头对黄双飞说："你借我四分钱，以后还你。"

黄双飞真够同学，马上拿出四分钱给黄近山。然后，黄双飞牵着黄近山的手，一起走进一家小饭店。

黄近山边吃边问："双飞，你爸爸茶杯里的酒是怎么变出来的？"

"那只茶杯是特制的，双层底，靠上层有一只小孔，下层预先灌进了一点酒，只要倒过来稍稍摇一下，酒就会渗出来。"

"那你的手被烧红又是怎么回事？"

"这个也很简单，当时我右手并没有烧到，只是我左手先蘸了一点特制的红药水，往右手一抹，皮肤上就显出红色来了。后来，我爸爸将水火药往我假伤的地方一抹，红色马上就褪去了。"

"那水火药也是假的吧？"

"我老实跟你说，把戏是假的，药可是真的。"

走在回家的路上，黄双飞问："近山，你今天怎么也没去学校上课？"

"我不读书了。"

"那你下午去我家玩，好不好？"

"好。"

黄近山在黄双飞家里玩了一下午，当看到黄双飞的孪生弟弟黄双年放学回来了，他才依依不舍地背起书包回家。

吃晚饭时，陈春问："箩匣，你上午放学后去哪里了？"

"黄双飞叫我去他家吃饭。"

"吃了饭呢？"

"教他做算术作业。"

陈春微微笑了，说："你自己才半桶水，就敢去做人家的老师，也不怕人家笑话。"

"我不怕，反正我比黄双飞懂得多。"

黄近水放学后留下来出黑板报，回到家刚好赶上了吃晚饭。他对母亲说："妈妈，今天下午一上课，我们的班主任说，刘小鹏校长传达了林芬书记的指示：客都县县委掌握了一个重要信息，最近有一股国民党特务潜进我县准备搞破坏活动，县委要求全县人民一旦发现可疑人员或可疑情况，要第一时间向当地公安机关报告。班主任叫我们回来向你们家长宣传一下，使大家做到心中有数。"

"妈妈知道了。"

黄近水侧头问："二弟，你们一年级传达了吗？"

黄近山没有去学校，不可能听到这件事情，但他又不想让母亲知道自己逃学了，只好应付道："传达了。"

第二天早饭后，黄近山又像往日一样躲在房间里看连环画，他想等到哥哥去学校了才背上书包出门，谁知今天哥哥走进房间叫他一同去学校。当他跟着哥哥走到山下桥时，突然说："哥哥，我想拉屎，你先去。"说完往桥下走去。

"好，拉完后赶快去学校，不要迟到了。"

黄近山坐在一块大石板上，又拿出连环画看了起来。这几天他都躲到这里先看一下连环画，接着伏在石板上完成哥哥前一天布置的二年级作业，然后再去小溪里抓小鱼。听到学校放学的钟声响了，他又背起书包若无其事地回家。这天，当他差不多做完作业时，忽然听到桥顶传来货郎敲响铁片的声音，叮叮当，叮叮当。但他没有理会，依旧在做着自己的事情。

货郎挑着担子向桥下走来，到了溪边把担子放下，掬起一捧清澈的溪水洗了把脸，站起来时瞄见了猫着腰的黄近山。他慢慢地走过去，问："小孩子，在做什么呢？"

黄近山连忙转过头，坐在石板上，说："没做什么。"

货郎看见书包和作业本，说："呵，原来是一个逃学的孩子。你为什么不去上学呢？"

"没意思。"

货郎瞄了瞄附近没人，说："小孩子，我想向你打听一个叫黄雄文的人，你知道他住在哪里吗？"

"我知道。"黄近山指着小溪上游说，"你顺着小溪旁边的路走到前面三百米外的山脚下，看到右边半山坡一间低矮的锁头屋，那就是他家了。"

货郎从裤袋中拿出四分钱递给黄近山，说："小孩子，这钱给你买纸笔。"

黄近山本来不想要，但想到自己借了黄双飞四分钱，正好还给他，于是接过了钱，说："多谢叔叔！"

货郎挑起担子走了。

黄近山把最后一道算术题做完，高兴地拿出货郎给的四分钱，一张一张地看。他脑海中突然想起昨天哥哥说的"国民党特务"一事，心里禁不住想："村里曾经来过不少货郎，唯独这个货郎一次也没见过，还有他那鬼鬼祟祟的眼神，他要找的又是恶霸的儿子，难道这个人是国民党特务？"黄近山不敢相信这是真的，但他想自己反正也闲着，何不去搞清楚这个货郎的身份？主意已定，他迅速背起书包上了山下桥，远远望见那个货郎穿过了几户人家，快到山脚了。为了赶在货郎见到黄雄文之前，他撒腿跑上了一条盘山小道，一口气跑到了黄雄文屋旁，藏在高高的草丛中。

货郎敲打铁片，吆喝着"收鸡毛、鸭毛、烂铜烂铁"来到了黄雄文家大门口，停了片刻，又继续敲打铁片和吆喝。随后，他叩了三下大门。

大门"吱"的一声开了。黄雄文走出大门，说："我没有你想要的东西，走吧。"

"我知道你没有我要的东西，但我带来了你要的东西，而且我还知道你叫黄雄文，别名叫'山精'。"

"你不是货郎？"

货郎伸出右手食指"嘘"了一声，说："我们进你家里说。"

黄雄文把货郎带进屋里，走进自己住的房间，斟了一杯水给货郎喝。

黄近山没有听清楚他们俩说的话，当看到他们俩进了房间，他马上蹑手蹑脚地绕到黄雄文屋后，贴着后窗下面的墙壁竖起了耳朵。

货郎问："山精，你家里还有其他人吗？"

"我爸爸解放后被枪毙了，老婆带着孩子跑了，我也被赶出宽敞豪华的大院，在这个之前圈养牛羊的小屋安身度日。"

"山精，你辛苦了！我回去之后一定会向'龙头'反映你的遭遇，叫他想办法帮你离开这里去享福。"

"我早就盼望有这么一天，可以尽快离开这个鬼地方。说吧，'龙头'对我有什么指示？"

"'龙头'正在实施'冬季行动'计划，具体怎么做，'龙头'会给你们布置任务。后天中午，'龙头'会在石崖观音庙接见你们这些精英。"

"到时，我想带上一个叫黄伯兴的兄弟一起去。"

"这个黄伯兴可靠吗？"

"在他十七岁时，我介绍他去当兵，后来回到了家乡。多年以来，我和他还保持着联系，觉得他是可以为我所用的人。"

"山精，现在正是用人之时，你认为黄伯兴这个人可靠，那后天你就带上他，但一定要保密，不能走漏半点风声。"

"你放心，这事我会高度重视。"

"那就这样，我走了。"

黄近山回到了山下桥下，躺在石板上回想起刚才听到的黄雄文和货郎的对话，认为这个货郎真的是国民党特务，还有恶霸的儿子黄雄文也是，而且伯父黄伯兴也有嫌疑。现在怎么办？他想向林芬书记报告，也想向民兵营长黄海报告，但最后还是选择回家告诉了母亲。

陈春听到这个消息，觉得这是一件天大的事，应该马上向林芬书记汇报。于是，她叫小儿子近田在家把粥煲好，然后领着二儿子近山就走。

林芬听后震惊地说："这个问题相当严重，一刻也不能耽搁。走，我们去向江下镇领导汇报。"

廖明书记听了黄近山的详细回忆，问："林书记，你知道石崖观音庙在哪里吗？"

林芬摇头说："我听过，但不知道具体在什么地方。"

陈春说："廖镇长，我知道石崖观音庙在什么地方，我带你们去。"

"陈春，你不能叫他廖镇长了，应该叫他廖书记。"

陈春恍然大悟地说："廖书记，我叫错了。"

"没关系。"廖明书记和气地说，"你们去外面等一下，我要打电话向县委报告。"

廖明书记讲完电话，又把他们叫了进去，说："陈春同志，刚才县委书记在电话里表扬了你们母子俩，说你们立了大功。另外，县委书记要求你们回去之后，不要向任何人透露这件事情。"

林芬表态道："请领导放心，我们会严格做好保密工作。"

廖明书记走到黄近山面前，摸着他的头问：'近山小同学，听说你读一年级了，学习成绩还好吗？"

"当然好，每次考试都是全班第一名。"

"很好，看来廖叔叔要奖励你。"

"你要奖励我什么东西？"

"听说你入学时埋怨妈妈给你穿花衣服，只穿了一天就把它烧了。廖叔叔跟你说，妈妈给的东西都是好的，你不能随便糟蹋。这事已经过去，以后不要再伤妈妈的心了。你看——"廖明书记指着挂在墙上的灰白色书包，

"那墙上挂着的书包，你喜欢吗？"

"喜欢。"

"喜欢就送给你。廖叔叔希望你好好读书，将来考上大学。"

"多谢廖叔叔！"

陈春洗好碗筷来到客厅，刚想剪趾甲，还没动手就看见杨军老师来到了面前。她连忙招呼杨军老师坐下，然后喊："近山，杨老师来找你。"

黄近水在房间里说："二弟不在，我叫三弟去把他找回来。"

黄近田赤着脚走出房间。

杨军老师说："春姐，先不要去叫，我跟你说点事。"

陈春向小儿子挥手，说："田板，那你还是回大哥房里去。"

"春姐，你儿子近山几天都没来上课了，他在家干什么？"

陈春不相信，说："不对吧，他怎么会没去学校？"

"真的，他没来学校。"

"这就奇怪了，他每天都去干什么呢？我想起来了，他那天上午回家对我说，刘校长答应让他去二年级上课，杨老师你还不知道吧。"

"不是，后来刘校长没答应，还是叫近山留在一年级。当时近山跟我说，他不读书了。我以为他是随便说的，没想到他真的不来学校了。他后来没跟你说吗？"

"你不说，我还被蒙在鼓里呢！等他回来，看我怎么收拾他。"陈春生气地说，"田板，去看看你二哥在不在黄英家，把他叫回来。"

黄近田迅速跑出大门外找二哥去了。

杨军老师说："春姐，我建议你稍微批评一下近山就得了，不要去打骂。其实，凭近山掌握的知识来看，我觉得他已达到了读二年级的水平，无奈学校没有跳级的先例，刘校长不敢擅自作主。"

"我不会打他，但骂是免不了的。"

黄近田回来了，说："妈妈，二哥不在黄英家里。我又去问了几个人，他们都说没见到他。"

"这么晚了，他会去哪里呢？"

杨军老师站了起来，说："春姐，我还要去另一个同学家里，就不等近山回来了。"

"好，明天我一定叫近山去学校。"

杨军老师前脚刚离开，黄近山后脚就回来了。

陈春肚里蓄着一股火气，本想马上喷在近山身上，但她觉得还是稍等一下，便忍住了，问道："笭匣，你不在家学习，跑到哪里野去了？"

"我去近石哥那里了。"

"干什么？"

"我向他了解今天二年级老师教的课程，没想到我预习的速度超过了他们，而且近石哥带回来的作业我全都会做。"

"笭匣，你不要自以为了不起！我再问你，有没有把今天发生的事说出去？"

"妈妈，你儿子有那么蠢吗？你要相信自己的儿子，在什么时候都能做到爱憎分明，就像连环画中的英雄刘胡兰、董存瑞一样。"

"笭匣，妈妈还想问，你大伯在家吗？"

"大伯不在家，我去了那么久也不见他回来。其实，我今晚是借故去找近石哥，真正目的是想观察一下大伯有没有反常的状态。妈妈，你说大伯现在是不是和黄雄文在一起？"

"说不定。"

"妈妈，假如大伯被黄雄文拉拢，成了坏人，公安机关是不会放过他的。到时候，伯母和近石、近草兄弟俩也抬不起头了。我真希望大伯有点头脑，不要上黄雄文的当。"

"妈妈我也是这样想的，但愿你大伯不会走上这条歪路。"陈春说到这里，话题一转，"刚才杨老师来家访，我才知道这几天你 ——"

"妈妈，你不要说了，我主动交代。"

"好，你说清楚。"

黄近山不想再隐瞒母亲，详细地把自己这几天的活动轨迹公开，然后说："妈妈，事情就是这样，要打要骂由你了。"

陈春觉得二儿子有对也有不对，再去打骂没有必要，还是原谅他吧，于是说："箩匼，打骂就免了，但不能就这样算了，还是要对你有一点处罚。"

"什么处罚？"

"明天准时去学校上课。"

"这个处罚我乐意接受！"

山下村党支部在山下小学召开会议，全校两百多名师生列席参加。林芬书记在大会上说："社员们，我告诉大家一个特大消息，我们客都县公安机关抓获了一群国民党特务，一举摧毁了他们的'冬季行动'。我们山下村的黄雄文就是其中一个。黄雄文贼心不死，还想与人民为敌，重新骑在人民头上，那是白日做梦，等待他的将是正义的审判！还有我们村的黄伯兴，险些也被黄雄文拉拢过去，好在他明辨是非，没有上当受骗，上级对他宽大处理，不追究他的责任了。县委书记说，这次能够取得辉煌的战绩，我们山下村人功不可没。他还赞扬我们山下村人思想觉悟高，具有强烈的爱国主义精神。"

大会结束后，陈春没有急着回家，而是找到了刘小鹏校长，自报了家门。

刘小鹏校长笑眯眯地说："你就是黄近山的妈妈。你生了一个聪明的儿子，之前我把他叫来，给了他两张试卷，没想到他语文考了九十八分，算术考了一百分。"

"刘校长，不瞒你说，近山不是我的亲儿子。他打小调皮捣蛋，从四岁起，我大儿子黄近水就教他背诵唐诗宋词，后来又教他一年级的文化知识，没想到他一学就会，一听就懂。我爱他，将他看得比自己的生命还重要。我担心他再次逃学出现意外，那我就是罪人了。我今天来见你刘校长，就是希望你破个例，让近山上二年级安心读书，满足他的心愿好不好？"

"原来近山不是你亲生的。"刘小鹏校长恍然大悟地说，"最近一年级的杨军老师又向我反映，近山虽然回到了教室，但心还是非常躁动，上课随便插嘴，还随意前后走动，特别是在同学们做作业时，不是摸一下这个同学的头，就是拍一下那个同学的肩，搞得同学们心烦意乱。如果不采取措施，他可能会像你说的那样再次逃学。为了使近山静下心来读书，那我就冒着被撤职的危险，成全近山了。你先回去，我现在就去落实好这件事情。"

黄近山放学回到家，高兴地对母亲说："妈妈，告诉你一个好消息，刘校长答应我明天去二年级插班了。"

"开心了吧？"

"特别开心。"

"那你答应妈妈，从今以后要改正坏毛病。"

"只要我能上二年级，我一定会做到最好。"

第七章

　　山下村成立了八个合作社，其中六个聚集在酷似锅形的山沟里，另两个分散在山那边的两个山坳中。上坳叫"鹧鸪窝"，山高林密，主要经济来源是出售野生山货。下坳叫"油茶坑"，漫山遍野都是天然的油茶树，生产纯正的山茶油是当地群众的主要副业。

　　刘冲之是上坳人，丘能干是下坳人。因为机缘巧合，他们俩都在为黄莲英家建新房做小工时认识了泥水匠黄伯旺。在新房完工那天，他们俩和黄伯旺一起喝酒，都表示要拜黄伯旺为师。黄伯旺没有推辞，高兴地认下了这两个比自己小七八岁的徒弟。从此，黄伯旺无论去哪里干活，一定会带上他们俩。谁知他们俩出师还不足一年，师父黄伯旺却走上了黄泉路。后来，看到师父的母亲也驾鹤西去，家里只剩下遗孀陈春和三个幼小的孩子，他们俩的心情都非常沉痛。

　　一天，刘冲之和丘能干完成了山下小学的修缮工程，领到了一笔报酬。刘冲之问："师弟，这钱怎么分？"

　　丘能干有自己的想法，但没有马上表态，平静地说："你是师兄，原则上以你的意见为准。"

　　"以前师父活着的时候，所有的收入，他都三人平分。虽然我和你坚持要师父多分一点，但师父始终不答应，说我们有爸爸妈妈，还有弟弟妹妹，负担比他重。所以，我想沿用师父的做法，平分。"

　　"我们俩平分？"

"你的意见呢？"

"我不同意你这样做。"

"那你想怎样分？"

"师兄，没有师父就没有今天的我们。我想还是分三份，师父得一份。"

刘冲之欣喜地说："师弟，你的想法和师兄我的不谋而合。现在，我们就把师父那份钱送去给师娘。"

丘能干摆手说："慢。"

"怎么了？"

"师娘的为人比师父还耿直，这一点你和我都心知肚明。如果我们直接向她说出这是师父的工钱，你说她会接过去吗？不会的！"

"师弟，你这个担心是有道理的。我们送钱时是要有一个让她认同的说法，这样才不至于唐突。你比师兄我有头脑，赶快想出一个好办法。"

丘能干在刘冲之面前走来走去，过了一会儿说："师兄，有了。你可以对师娘说，过去你向师父借了好多钱，现在还给师娘一部分，剩下的再慢慢还。"

"以我的名义？"

"对！"

"假如师娘问我因什么事向师父借那么多钱，我该怎么回答？"

"师兄，你爸爸去年不是大病了一场吗？这事师娘是知道的，你可以用它当借口。"

"嗯，这个办法好。"

"师兄，为了增加可信度，这事最好不要有外人在场。所以，我就不跟你去见师娘了。"

刘冲之觉得丘能干言之有理，于是独自带着钱来到师父家中，刚好见到了陈春在为孩子们补衣服，连忙喊了一声："师娘。"

陈春问："冲之，听说你和能干在山下小学干活，是吗？"

"已干了两个多月，今天完工了。"

"以后你们在干活时，可一定要注意安全啊！"

"师娘，我们会留心做事。"刘冲之感动地说，"今天，学校给我们结清了工钱，我匀出了一部分还给你。"说完从口袋中取出钱递给陈春。

陈春没伸手去接，问："你什么时候借我钱了？"

刘冲之庆幸自己有了思想准备，毫不含糊地说："去年我爸爸生病时，我向师父借了一大笔钱。"

"你师父没跟我提过这件事，所以我不能收你的钱。"

"师娘，欠债还钱天经地义。虽然师父没有向你说，但这是板上钉钉的事实，我不能昧着良心做事。"刘冲之煞有其事地说，"师娘，这钱无论如何你都得收下，我晚上睡觉才会心安。"

陈春感觉这事不像是假的，同时觉得目前家里确实经济困难，很需要这笔钱，只好勉强把钱接了过来，说："好吧，那师娘就收下了，多谢你！"

国庆节那天，三年级班主任黄晖老师带着全班同学瞻仰了革命烈士纪念碑，聆听了先烈们为实现伟大的奋斗目标和远大理想，甘愿抛头颅洒热血，献出自己宝贵生命的事迹。

到了第二天周会课，黄晖老师说："同学们，通过昨天瞻仰革命烈士纪念碑的活动，大家都懂得了我们今天的幸福生活来之不易。你们是革命事业的接班人，长大了也要报效祖国。现在，请同学们都来说说自己将来的梦想。谁先来？"

黄利兵站了起来，说："我的梦想是做一名军人，保家卫国！"

黄晖老师说："很好，请坐下。"

学习委员站起来，说："我的梦想是考上清华大学，做一名知名科学家。"

黄晖老师说："有志气，请坐下。"

黄近石站了起来，说："我的梦想是家里日日有饭吃，月月有余粮，年年有谷祟。"

同学们哄堂大笑。

黄晖老师说："大家不要笑，近石的梦想是广大农民的共同心声，将来一定能够实现。"

黄近山站了起来，说："我的梦想是当一名桥梁工程师，在我们江下镇建一座横跨客都河的客都大桥，方便两岸人民出行。"

黄晖老师问："近山同学，你为什么会有这个梦想？"

"以前我奶奶过渡河时掉到客都河淹死了。如果有大桥的话，她就不会被客都河夺去生命。"

"近山同学的梦想，一直以来都是我们客都人民的愿望，我相信这个梦想将来一定会成为现实。"

下午准备上课时，学习委员来到黄近山桌旁，俯在黄近山耳边悄悄地说了几句，随后离开了。黄近山心里顿时燃起一股怒火，匆匆地走到黄利兵身后，伸手一巴掌扇在黄利兵右脸上。

黄利兵捂住右脸，扭头看见是黄近山打自己，连忙站了起来，责问道："烂箩匡，你竟敢打我？"

"活该！"

黄利兵是山下村民兵营长黄海的小儿子，哪个同学敢在太岁头上动土？他气愤地说："我不是好欺负的！"说完，他用力拍了一下课桌，然后扑向和他一般高的黄近山，两人厮打了起来。

上课铃响了，他们都还不放手，纠缠在一起。

黄晖老师走进教室看到这个场景，急忙喝道："你们俩干什么，赶快回座位上去！"

黄利兵和黄近山不敢继续纠缠，迅速爬起来回到自己座位上。

黄晖老师问："黄利兵，这是怎么回事？"

黄利兵站了起来，有点委屈地说："我在座位上坐着，黄近山突然来到我背后，使劲扇了我一巴掌，直到现在我的脸还痛呢！"

黄晖老师说："黄近山，你站起来，是你先动手的吧？"

黄近山站了起来，说："对，是我先动手的。佇事情是黄利兵惹出来的，不信你问他。"

黄利兵问："我惹什么事了？"

"你在班里散播谣言，说我是野种！"

"你本来就不是山下村人，不是野种是什么，难道是杂种吗？"

"你再说，看我不打破你的狗头！"

"我就说，你是野种，野种，野种！"

黄近山愤怒地向黄利兵冲去。

黄晖老师迅速跑下讲台，抓住黄近山的左手肘。谁知黄近山挥起右手掌劈到黄晖老师的手腕上，她痛得放开了黄近山的手。黄近山看到黄晖老师眼里含着泪花返回讲台，觉得这回自己摊上大事了，低着头回到自己座位上。

黄晖老师边抚摸边瞧被黄近山劈痛的已经有点红肿的部位，心里好想狠狠地批评一下黄近山，然后再罚他站在教室后面听完一堂课。但她很快又改变了主意，觉得这样做于事无补，反而会更加伤害到黄近山的自尊心，还不如先进行冷处理，找时间再教育他。于是，她装出若无其事的样子，心平气和地说："同学们，请大家安静，坐好，现在开始上课了。"

黄近山觉得对不起黄晖老师，一个下午上课都心不在焉。放学后，他拒绝了学习委员邀他去小溪抓鱼的诱惑，心情不畅地独自回到家中，坐在大门口的石礅上看连环画。忽然他看到黄英的母亲挑着松树枝回家，于是产生了一个想法，连忙回到自家柴房找出五根长长的藤条，用麻绳捆好放在大门外的围墙下面。晚饭后，他溜出大门，背上捆好的藤条，踏着淡淡的月光来到了山下小学，在黄晖老师房间外跪下，喊道："黄晖老师，黄晖老师。"

黄晖老师在房间里批改学生作业，忽然听到门外传来黄近山的声音，急忙打开房门走了出来，看到黄近山的样子，惊讶地问："近山同学，你这是在干什么？"

"黄晖老师，我负荆请罪来了！"

黄晖老师心里颤动了一下，脑海中立刻跳出了四个字：孺子可教！她急忙弯下腰，双手牵起了黄近山，卸去他背上的藤条，把他拉进了房间。

　　陈冬去读大学了，家里只剩下父亲陈小良。在陈小良的强烈要求下，陈春同意让大儿子黄近水转学到江上中学读初中一年级，每天陪伴他老人家。这天，黄近水回到外公家，边吃午饭边说："外公，我妈妈被人打伤了。"

　　"你听谁说的？"

　　"我村里有一个堂哥，今年考进了江上中学读高一，今天他一到学校就告诉了我。"

　　"什么时候的事？"

　　"堂哥说来学校时，在江下渡船头碰到有人抬着我妈妈去江下卫生院。"

　　陈小良担忧大女儿出现意外，连忙带上二儿子陈夏刚寄回家的钱，急急忙忙地赶到江下卫生院，见到了闭着眼躺在病床上，头上扎着绷带输液的陈春。他刚想开口叫陈春，但马上被护士摆手制止了。瞧了一会儿有些憔悴的大女儿，他走出病房找到了医生，忧虑地问："医生，我女儿有危险吗？"

　　"现在不好说，只要熬过今天晚上就会没事。"

　　林芬走进卫生院大门，看见陈小良站在过道里发呆，急忙走上前去，问："表姐夫，你什么时候来的？"

　　"刚到不久，陈春是怎么受伤的？"

　　"她是被人打伤的，目前还不知道是谁。刚才我们去江下派出所报案了，钟所长说马上会向廖明书记汇报。"

　　廖明书记来了，见到林芬他们便问："林书记，陈春同志醒过来没有？"

　　"还没有，但医生说呼吸比较正常了。"

　　"我和派出所钟所长研究了一下，决定明天由他带队去山下村调查了解此事。"

　　陈小良问："林芬，他是什么领导？"

　　"我们江下镇的廖书记。"

　　"廖书记，你告诉我，我大女儿招惹谁了，怎么会飞来横祸？"

"陈叔，你生了一个好女儿，还有一个聪明的外孙黄近山。之前你外孙近山听到一个国民党特务组织准备搞破坏活动的消息，你女儿陈春同志在第一时间带着近山向我们报告，帮助我们抓获了一群潜伏的国民党特务。我想，不排除心怀叵测的坏人对陈春同志打击报复。"

陈小良赞许地说："他们母子做得对！"接着又变了声调，难过地说："可惜我大女儿命苦，不知还能不能醒过来。"

"陈叔，你不要往坏处去想。我这就去找院长商量，送陈春同志去县医院，想办法把她抢救过来。"

院长看到廖明书记对这事那么重视，也担心陈春病情加重，点头说："廖书记，你的建议是对的。我马上和县医院联系，请他们立即给我们派救护车。"

"救护车一来一往需要多久？"

"大约三个小时。"

"不行！"廖明书记焦虑地说，"我看这样吧，你们做好转院准备，我马上叫镇上的司机把吉普车开来接送陈春同志。"

陈小良对林芬说："表妹，我随车去照顾陈春，近山、近田兄弟俩就拜托你照看了。"

"表姐夫，这事你放心。我一回到村里，马上就把他们兄弟俩接到我家，好好照顾他们。"

掌灯时分，林芬来到陈春家里，看到地主崽黄莲英正在和近山、近田兄弟俩一起吃饭，禁不住问："莲英，你怎么在这里？"

"听说陈春出事了，想到她两个孩子没人照顾，我就来了。"

"难得你有心，我替陈春多谢你！"

黄近山问："姨婆，我妈妈是不是伤得很严重？"

林芬坐在近田旁边，安慰道："没事，过几天她就会回来。你们兄弟俩赶快吃，吃饱了去姨婆家里。"

黄近田问："哥哥，去吗？"

黄近山摇头说："不去，我们就在家里，有莲英姑照顾我们。"

林芬问："莲英，你愿意照顾他们兄弟俩？"

"我愿意，但不知道你是否答应？"

林芬经过多年对黄莲英的观察和了解，特别是听了陈春对黄莲英的称赞后，觉得黄莲英虽然出身于工商业地主家庭，但属于可教育好的子女，应该大胆地给予她一点信任。林芬认可地说："莲英，我答应你。但我对你有一个要求：必须全心全意！"

"我一定做到，决不让书记你失望！"

林芬摸着黄近山的头说："近山，既然你们兄弟俩不去姨婆家里，那就要听你莲英姑的话，每天准时上学，准时回家，别让你们的妈妈担心。"

"姨婆，我们会听莲英姑的话。"

江下派出所钟所长领着两个干警勘查了陈春出事的厕所现场，又走访了十多个村民，最终锁定了两个嫌疑对象。

第一个嫌疑人是鹧鸪窝的刘冲之。干警抓他的时候，他和丘能干在邻村盖房子。当他被五花大绑时，惊慌地问："你们绑我干什么？"

"你涉嫌故意伤人！"

在派出所审讯室，钟所长问："刘冲之，听说你经常给受害人陈春送东西，还多次去她家吃饭，动机是什么？"

"我师父黄伯旺死后，陈春师娘一个人带着三个孩子过日子。我心疼她，不，更多的是同情她，希望能成为她一家的依靠。"

"她感受到你对她的爱吗？"

"也许她感受到了，一直对我都充满了热情。但后来她叫我把心思用在成家立业上，不要再去找她了。我说：'师娘，我们光明正大，你担心什么？'她说寡妇门前是非多，不愿意被好事者无端地在背后说三道四。为了不干扰她的生活，我无奈地答应了，从此不敢再进她家的大门。"

"可是刘冲之，有人看见三天前天亮时，你还出现在陈春家门口。"

"我是偷偷去给她送钱，你们怎么知道？"

"若要人不知，除非己莫为。"

"你们怀疑她是我打伤的？"

"刘冲之，你要明白一个道理，坦白从宽，抗拒从严。只要你老实交代，公安机关会对你从轻处理，否则罪加一等。"

刘冲之表情痛苦地说："你们不要冤枉老实人。"

"伤了人还说自己是老实人，这不是天大的笑话吗？刘冲之，你不要心存侥幸了。"

"我想知道，她脱离危险了吗？"

"已经脱离危险了。纵使你不老实交代，她也会说出真相。到时候，你还能过得了关吗？"

"难说。"

第二个嫌疑人是黄伯兴。干警绑他的时候，他还在床上做着好梦。干警带他来到派出所，又把他关进了上次侦破"国民党特务案件"时拘押过他的讯问室，没想到他刚被关进去就放声大哭起来。

钟所长问："黄伯兴，你哭什么？"

"我鬼迷心窍！"

"怎么鬼迷心窍？"

"陈春是我伤的。"

"你为什么要伤她？"

"事情是这样的，那天黄雄文来我家诱使我参加特务活动，我不想与人民为敌，装病回绝了他。原以为这事神不知鬼不觉，没料到还是被你们绑到这里关了三天三夜。后来我打听到，出卖我的人是陈春这个妖精。从此我怀恨在心，总想找机会报复她一下。"

"黄伯兴，你这是恩将仇报。我实话告诉你，要不是陈春当时出面向张平山书记求情放过你，上次你就出不去了，说不定你今天还在监狱里呢！"

"我不是人，把她的好心当作驴肝肺，简直是一个畜生！"

廖明书记听了钟所长的汇报，高兴地说："现在看起来，伤害陈春同志的凶手基本上确认了，但还需要得到陈春同志的证言才能下定论。所以，上报材料先不要做，但可以口头向上级公安机关报告。"

"是不是把刘冲之放了？"

"他的嫌疑还不能排除，暂时不能放，一切都要等到陈春同志出院回来才能得出结论。"

刘月云听到老公黄伯兴打伤陈春的事情，感觉天都要塌下来了。但她不相信这是事实，匆匆忙忙地跑到林芬面前，痛苦地问："林书记，他们说我家伯兴打伤陈春，是真的吗？"

"他承认了。"林芬肯定地说，"我说月云，陈春又没有做对不起你们家的事，伯兴为什么要对她起歹心？"

"我估计这事与一件事有关。伯兴曾经对我说过，他当初离开老屋去借房住，是陈春害他的。"

"怎么害的？"

"我们当时一大家人只有两间老房子，一间婆婆住，另一间伯兴和伯旺兄弟俩住。婆婆放出了话，兄弟俩谁先娶老婆谁就住老房子，还没结婚的就搬到其他地方去。谁知伯旺先带回了陈春，婆婆便句人家借来了两间杂屋给伯兴住。但伯兴不同意，兄弟俩吵得天昏地暗，最后陈春建议抓阄定输赢。婆婆同意，兄弟俩也答应，于是婆婆叫陈春用草梗做了两个阄。婆婆说抓到长的留下，短的走人。伯兴先抓，没想到抓到了短的，不得不离开。"

"人穷阄下愿，怎么能说是陈春害的。"

"我也是这样跟伯兴说的，但他说陈春做了假阄，上次又害他进了派出所，被关了三天三夜。"

"月云呀，小心眼会害了自己，害了家人。现在事情已经发生了，谁也救不了他。你要静下心来，好好带着两个孩子。"

丘能干看到师兄在自己面前被派出所抓走，心焦火燎，不相信他会干出对师父不敬的事情。他担心刘冲之的父母因此想不开，专门放下工作去到鹧鸪窝看望两位老人家。

刘冲之的父亲见到丘能干，不解地问："能干，你天天和冲之在一起干活，能不能告诉我冲之是从什么时候开始学坏的？"

"在我和师兄多年的交往中，没有发现他有坏心眼，也没有看到他做过出格的事情。不过我之前和他喝酒时，他说只要陈春师娘同意，他愿意充当师父的角色，一生一世照顾他们母子四人。后来，他又跟我说，陈春师娘拒绝他了。难道……师兄突然大脑短路，起了杀人之心？"

刘冲之的母亲哀愁地说："万一冲之回不来了，那我们一家人怎么办？"

丘能干安慰道："叔叔、婶婶，请你们放心，我会像师兄关照陈春师娘那样去照顾你们。"

陈春苏醒过来之后，一直都挂念着三个孩子，也不断地思忖近几年家里发生的事情。她不顾医生反对，提前出院了，回到江下镇。

廖明书记见到有些憔悴的陈春，关切地说："陈春同志，你回到家还需要静养，不能过于劳累。"

"我会静养几天，再下地干活。"

廖明书记给派出所拨了一个电话，说："钟所长，你来一下。"说完微笑着说，"陈春同志，我们有一件急办的事需要你配合，可能要耽搁你一点时间。"

"好。"

钟所长赶来了，说："陈春同志，本来我们明天想去医院问你点事，没想到你今天回来了。"

"什么事？"

"我们经过缜密侦查，发现两个涉嫌故意伤害你的人，一个是黄伯兴，另一个是刘冲之，两个都被我们关起来了。黄伯兴承认了是他打伤你的，但刘冲之拒不承认。你是受害者当事人，你的证言对破案非常关键，可以说是重要证据。你跟我们说一说，当时是谁把你打成重伤的？"

陈春思考了一下，说："钟所长，你们不应该去抓他们，是我自己撞伤的。"

"不可能！"

"真的，那天，我上厕所，脚下一滑撞到了墙角。"

"陈春同志，你如果包庇嫌疑人，那就是纵容犯罪。你明白吗？"

"我明白。"

廖明书记说："陈春同志，你是不是失忆了？记不起当时的情况？"

"不会，我记得十分清楚。"

廖明书记摇头说："想不到，万万想不到会是这个结果。"

钟所长说："我还是有一个疑问，黄伯兴为什么要主动承认呢？"

陈春说："他一直身体不好，患有精神病，村里的人都知道。他说的话，你们千万不能相信！"

"廖书记，你说这事怎么收场？"

廖明书记无奈地说："我们没有确凿证据，只有先把他们俩放了！"

第八章

　　黄莲英在陈春家厨房里煲粥，择番薯叶，忽然听到黄近山和黄近田说笑的声音，连忙说："近山，你们兄弟俩放下书包来一下。"

　　黄近田先进厨房，看到饭桌上饭碗里装着两个鸡蛋，惊喜地问："莲英姑，这是哪来的鸡蛋？"说完伸手去拿。

　　"刚从煲里捞起来，很热，不要动。"

　　黄近山来了，也瞄见了鸡蛋，高兴地说："莲英姑，你真是说话算数。"

　　黄莲英走近饭桌，摸了一下鸡蛋，说："不烫了，你们兄弟俩一人吃一个。"

　　看着两个孩子津津有味地吃鸡蛋，黄莲英心里感到很惬意。她问："近山，我叫你去问林芬书记，问了吗？"

　　"问了，她也说不知道妈妈什么时候回家，叫我们兄弟俩要听你的话。"

　　黄近田说："莲英姑，我们听你话吗？"

　　"非常听话，姑很满意。"

　　"所以，你才奖励我们鸡蛋是吗？"

　　"也不全是。姑主要担心你们营养不够，专门去村里的代销店买了四个，还有两个留到明天给你们吃。"

　　黄近山说："莲英姑，我想和你商量一件事情。"

　　"什么事情？"

　　"明天是星期五，我们班下午第二节课召开家长座谈会，妈妈在医院还没回来，我想求你代妈妈去参加，好不好？"

黄莲英连连摆手，说："不行，不行，我又不是你什么人，哪有这个资格。"

"莲英姑，要不我认你作干妈，你认我作干儿子，这样你就有资格了。"

黄莲英心里早就有这个想法，但考虑到自己是工商业地主出身，所以一直不敢向陈春提出来。想不到黄近山自己说了出来，她当然乐意了，微笑着问："近山，你这是随便说的还是真心的？"

"真心的！"

"那好，你现在叫我一声。"

"干妈！"

"哎！"黄莲英激动地回答了一声，然后说："山儿，你们先去做作业，干妈煮好了饭菜会叫你们吃。"

黄近山刚走出厨房，就瞟见母亲和外公踏进了大门，兴奋地说："妈妈回来了！"说完向母亲跑去。

陈春在两个儿子的簇拥下走进自己的房间，刚坐下就问："你们想妈妈了吗？"

黄近田抢先说："想，一万个想。"

陈小良问："那想外公了吗？"

"也想。"

陈春问："笭匣，妈妈不在时，你欺负弟弟了吗？"

"每天有莲英姑管着我们，我哪敢动他一根汗毛。"

黄近田说："妈妈，二哥认莲英姑作干妈了。"

陈春问："什么时候的事？"

"五分钟前。"

"她人呢？"

"在厨房做饭。"

黄莲英听到陈春回来了，急忙把留下的两个鸡蛋调匀，倒进锅里煮。

陈春感到此事有点唐突，但仔细一想，觉得并非一件坏事，心里也就默认了。她缓步来到厨房，看见黄莲英端着两碗热气腾腾的鸡蛋汤，不等黄莲英开口，她先叫了一声："莲英姐！"

黄莲英说："陈春，刚才我和近山还在说你呢，没想到你转眼便回来了。"说完将鸡蛋汤放到饭桌上，"陈春，我煮了两个鸡蛋，你们趁热吃吧。"

陈春坐在凳子上，感激地说："莲英姐，多谢你这么多天照顾我两个孩子。"说完从黄莲英手中接过一双筷子，和父亲一起品尝这特殊鸡蛋的味道。

快过年了，陈春像其他家庭主妇一样，炸油角、芋丸和糯米丸子。但这次有点特别，是以丘能干送来的高山茶油为辅助原料。

黄近山一边帮忙一边问："妈妈，今年做了这么多，是不是拿去送人？"

"对呀！要送给你外公、你干妈，你廖叔叔如果还在镇上，我也要给他送去一点。"

"妈妈，听说我干妈今年三十多岁了，你知道她为什么不嫁人吗？"

"你问这个干什么？"

"不为什么，但我想知道。"

"你干妈是高中生，家里生活条件好，过着衣来伸手饭来张口的日子。由于找不到门当户对的如意郎君，一年拖一年。解放后，她家被评为工商业地主，因成分不好，想嫁出去都难了。前些日子，我还问过她这件事情，她说心已死，宁愿做老姑婆了。"

"听上去挺可怜的。"

"箩匣，你干妈的心肠是好的，你不要因为她成分不好就歧视她。既然你认她当干妈，那你就得担起干儿子的责任，以后对她好点。"

"我懂。"

忙了半天，到了傍晚才大功告成。陈春说："箩匣，我装了一竹篮东西，吃了饭给你干妈送去。"

"我还有作业要做，明天送好吗？"

"白天去不好，晚上才方便。"

黄近山提着竹篮去到黄莲英家门口，看见大门没关，便直接朝黄莲英住的房间走去。黄莲英的房门虚掩着，但窗户里透出了灯光。他刚想开口喊"干妈"，忽然听到房里传出了民兵营长黄海的声音："黄莲英，你如果顺从我，以后有什么事我都会保护你。否则的话，我会让你从此不得安生。何去何从，你自己掂量吧！"

"你这个胆大包天的色鬼，我是不会满足你的兽欲的！"

"你不答应是吧，那我就动手了。"

"你敢？我叫人了！"

"我不怕，你就是喊到天亮，也不会有人来救你。"

"救 ——"

黄近山踮起脚尖往窗户里面瞧，只见黄海捂住黄莲英的嘴，将一块手帕塞进她嘴里。然后，黄海使出牛劲，把黄莲英按倒在床上，先扯掉她的裤子，再脱去自己的裤子，野蛮地压在她的身上。

黄近山被眼前的情景惊呆了，双脚无力地蹲了下去，不知道怎么办。

"黄莲英，想不到你还是一个处女。如果你敢把这事传出去，损害了我的名声，我手上这支枪可是不长眼的！"

黄近山听到黄海这句吓人的话，这才回过神来。他一脚踢开房门，厉声呵斥道："她是我干妈，你不准欺负她！"

黄海一把揪住黄近山的衣领，凶神恶煞地说："你小子多管闲事！"

"我去镇政府告你！"

"你敢去，我就杀掉你全家！"

"放手！"

黄海放开黄近山，从墙角抓起猎枪走了。

黄近山向黄海的背影啐了一口唾沫，然后走到床前，将干妈嘴里的手帕取下，说："干妈，你赶快穿好衣服，别着凉了。"

黄莲英穿好衣服，痛苦地问："山儿，你什么时候来的？"

"我来了一会儿。"

“刚才黄海欺负干妈，你都看见了？”

“嗯。”

“发生了这样的事，你还爱干妈吗？”

“爱。”

“山儿，你要替干妈保密。”

“干妈，我觉得你要去告他。”

“我告不赢他的，还是放弃算了。”

“干妈，那你亏大了。”

“有什么办法，只能自认倒霉！”

陈春从儿子口中获悉了这件事，气愤地说："这个黄海，心也太坏了，专找软柿子捏。”

“妈妈，我很想替干妈出一口气，向廖叔叔投诉，处罚他。”

“箩匣，你的心情妈妈能够理解。我觉得你干妈担心的不无道理，你就听干妈的，不要去把火烧大了。”

“只要有机会，我非教训他不可！”

“箩匣，事情已经过去，你就当作风吹过了！”

“我不会忘记！”

陈夏在大年二十六领着新婚燕尔的妻子何梅回家来了。当天晚饭后，他对父亲陈小良说："爸爸，明天我想带何梅去见大姐。”

“她后天就回娘家了，你着急什么？”

“我有件事要问她。”

“再急也不差这两天，在家等着吧。”

“爸爸，你知道大姐的养子近山是从哪里捡到的吗？”

“我知道。”陈小良边抽水烟边说，“上次你大姐在客都医院治疗，我专门问过她。她说在我跌伤腰骨的第三天，她来看我，回家时去石崖观音庙求神保佑我平安吉祥。离开时发现一个婴儿装在箩匣里哭，她觉得可怜，就捡回家了。"

"呵，对上号了。"

"什么对上号了？"

"在回家之前，我带着何梅去感谢给我们俩做媒的一位领导，在他家里看到了一份报纸，上面刊登了一条'寻找箩匣装的儿子'的消息。我认真读了一下内容，发现文章里面有'五角星''客都''石崖''观音庙'和'箩匣'这样的字眼。我当时就想，我们去大姐家的路上不是有一块路碑写着'石崖'两字吗？"

"对，是有这样一块路碑。那消息里有写时间吗？"

"有，写着一九四八年十月一日，就是全国解放前一年。"

陈小良惊讶地说："对，对，时间也对上了。记得那天你大姐来看爸爸，买了两只猪脚，还有你们爱吃的菊花糕。"

"爸爸，你这么一说，我也记起来了，那天我和三妹、四弟都抢着吃菊花糕。"

"陈夏，爸爸还想起一件事，那天你大姐出院回到家，我还听到你大姐叫近山'箩匣'。"

陈夏高兴极了，说："现在看起来，这事不可能是巧合，十有八九近山就是那个'箩匣装的儿子'！不过，这事还要得到大姐证实之后才好下结论。"

"如果是，那就要把近山还给人家，你大姐一定会很伤心的。"

"爸爸，还有一点你不知道，这个孩子是革命烈士的后代。大姐是一个非常坚强且是非分明的女人，虽然要经受与近山的分离之痛，但她一定会深明大义，把近山还给烈士的家人。"

"陈夏，后天见到你大姐，如果她心情不好，你就不要跟她提这件事，以后再告诉她。"

"我明白。"

陈春带着儿子近山和近田回娘家了。第一次见到大弟媳何梅，她瞧了又瞧，说："陈夏，你媳妇皮肤白，身材高大，不是我们南方人吧？"

"大姐，你说对了。何梅祖籍山东，她爸爸是南下干部。她出生在福建，在广州长大。"

"能听懂我们的客家话吗？"

何梅微笑着说："我爸爸有几个老部下都是客家人，他们经常到我家，我向他们学习了好多客家话，不是很深奥的都能听懂。陈夏，你说是吗？"

"对，我和何梅平常交流都用客家话。"陈夏说。接着他问："大姐，你看上去精神状态不错，身体恢复原样了？"

陈春点头说："现在食得做得，一切正常。"

黄近山说："二舅，我告诉你一个好消息，妈妈入党了！"

陈夏欣喜地说："大姐，祝贺你！"说完又问，"近山，你学业有进步吗？"

"有，我刚上二年级就加入了少先队，第二学期又当上了班长，现在读三年级了也是班长。"

"真不错！"

"二舅，我想要你奖励一样东西。"

"好哇，你要二舅奖励什么？"

"你和三姨、四舅小时候一定看过好多连环画，有留下的吗？"

"很多，起码还有一百本。"

"那就奖励给我吧。"

"可以，你回家时全部都带走。"

陈小良给陈夏使了一个眼色，说："近山，外公也要奖励你和近田一双新鞋，现在带你们上街去买。"

陈夏看到父亲和两个外甥离开了，关上房门，从挎包里取出一沓钱，说："大姐，这钱是我和三妹给你过年用的，你先装好。"说完把钱递过去。

陈春收下了钱，问："三妹和四弟今年都不回家过年吗？"

"医院忙，三妹春节要留下值班。四弟跟着教授去江门乡下了，听说是去搞社会调查。他们俩都叫我代问候你，祝你春节快乐！"

"四弟在大学读什么专业？"

"农学专业。"

"我光顾说话，差点忘了给你喜欢吃的东西。"陈春打开竹篮盖子，从里面取出一包糯米丸子。

陈夏边吃边说："大姐，我想问你一个问题，近山是怎么到你家的？"

陈春沉默了。

陈夏看到大姐不愿意说，觉得只有抛出自己掌握的一些信息，才能让大姐和盘托出。于是他说："大姐，其实你不说出来，我也知道大概情况。"

"那你说给我听听。"

陈夏将父亲刚才说的复述了一遍，然后问："大姐，我说得对不对？"

"你是听爸爸说的吧？"

"没错，我是听爸爸说的。你告诉我，这事是不是真的？"

"是真的！"陈春点头说，"本来我还想保密的，现在看来不可能了。你为什么要问这件事？"

陈夏把报纸上刊登的寻人消息一事说了出来。

"没想到，这一天终于来了。"陈春又惊又喜地说，"二弟，现在事情已经到这个地步了，你认为大姐要怎么做？"

"大姐，我觉得回避是不行的，没有必要去烦恼，这一点你要想清楚。我回广州以后，先把情况汇报给有关领导，到底怎么处理这件事，组织上会派人和你沟通的，你积极配合就好了。"

"好，我等着。"

丘能干按照几天前和陈春约定的时间来到陈春家里，分别给黄近水三兄弟派了一个过年利市。他没有见到陈春，禁不住问："近水，你妈妈去哪儿了？"

"去我伯父家了，你稍等一下。"

"近水，你去江上镇读书才半年，没想到长得差不多和叔叔我一样高了。

你外公家里的饭好吃呀！"

陈春回到家，从房间里提上一只竹篮，对丘能干说："我们走吧。"

他们走了半个多小时山路，在一个转弯处望见刘冲之在家门口劈柴。陈春停了下来，说："能干，我先告诉你一件事。昨天我回娘家，去见了一个女孩子，想介绍给冲之做老婆。他年纪比你大，希望你不要对师娘有意见。"

"师娘，我高兴还来不及呢，怎么会对你有意见。"

"能干，我就知道你会理解的。以后师娘发现有合适的，也会为你做媒。"

"多谢师娘！"

"走吧。"

刘冲之看见师娘和师弟来了，连忙放下斧子迎了上去，兴奋地喊了一声："师娘！"然后接过陈春手里的竹篮，领着他们回到家里。

陈春没有看见刘冲之的父母，问："冲之，你爸爸妈妈呢？"

"去菜园了，一会儿就回来。"

"冲之，你是不是还在生师娘的气？"

"我哪敢呀！"

"其实，你生师娘的气很正常。"

"师娘，那都是我的错。"

陈春突然变了脸色，现出一副生气的样子，说："我确实要骂你两句，包括能干。你们为了报答师父，编了故事，多次给我送血汗钱。特别是我撞伤的那天，你一早去做工，把一沓钱放到我饭桌上，害得你被派出所关了几天，险些落下罪名。我对不起你！"

丘能干说："师娘，你火眼金睛，到底没有瞒过你。"

"瞒不了的，以后不要这样做了。"

刘冲之的父母抱着青菜回来了。刘叔见到陈春，怒容满面地说："你来干什么，还想再陷害冲之是不是？"

刘冲之生气地说："爸爸，你在说什么？"

"如果不是腿脚不方便，我早就上门去骂你了！"

"爸爸，你误会了！"

丘能干也说："对，刘叔你错怪师娘了，她是个好人！"

刘叔说："她哪点好？"

"她把我和冲之当作亲弟弟看待，什么事都为我们着想。今天，师娘除了看望刘叔你和刘婶之外，还给你们带来了好消息。"

"什么好消息？"

陈春一开始被刘叔的话震惊了，但很快她的心又平静了下来，说："刘叔，我给冲之说了一个对象，女方是江上镇人，各方面条件还不错，就是瘦了点。如果你们没有意见，在大年初二我回娘家时，你们跟我去江上镇和女方家见上一面。"

刘婶问："女方愿意嫁到我们大山里来？"

"这话我问了，女方的爸爸妈妈都说，大山里好做食，何况男方又有手艺，只要男方同意，他们就愿意把女儿嫁过来。"

"那要给女方多少彩礼？"

"十九元九角九分。"

"这么多，我家哪里拿得出这笔钱。"

陈春微笑着说："刘婶，你不用愁钱的事。冲之早就把钱存放在我手里了，这事能干也知道。"

丘能干说："对，对！"

刘叔脸上露出了笑容，高兴地说："陈春，多谢你！大年初二，我们跟你去江上镇相亲。"

第九章

星期天早饭后，黄近山又拿了两本连环画出门，刚好被母亲陈春堵在房间门口："箩匣，今天不要出去玩，跟妈妈去翻地。"

"可是妈妈，我昨天答应了一个同学借他两本故事书，现在要送去。"

"答应了人家的事要做到，你去吧。"

黄近山走了两步，又停了下来，说："妈妈，要不你等一下，我用不了十五分钟就回来，跟你去干活。"

"好，妈妈等你。"

陈春看见近山回来，马上带着他来到山那边的一块山坡地。这块地将近一亩，是她五年前开垦出来的。刚开垦出来的时候非常贫瘠，种下的花生几乎都是空壳的，但经过多年的土壤改良，去年种下的花生颗粒饱满，拿到市场上卖，成了抢手货。

黄近山像模像样地挥着铁耙翻地，问："妈妈，今天翻了地，什么时候才能种上花生？"

陈春边卖力地挥着锄头边说："俗话说，春雨贵如油。在第一场春雨后，花生就可以落种了。"

干了一个多小时，黄近山说："妈妈，我有点累了。"

"那你休息一下。"

黄近山就地坐下，看见远处有两头牛在吃草，忽然灵光一闪，禁不住问："妈妈，人死三年后骨头还保存得很好，牛死了是不是也一样？"

"妈妈哪里知道。你怎么会问这种事？"

"我突然想起我们家那头死去的母牛，很想去挖开它的坟头看看。如果它的骨头完好无损，我就收集起来，刻上文字，当作宝贝保存起来。"

"箩匣，你小小年纪，怎么会有这个想法？"

"我看了一本故事书，说古人用兽骨制作甲骨文。我很想在牛的骨头上试试看能不能也做几片牛骨文。"

陈春被儿子不着边际的想法逗乐了，笑着说："箩匣，你一个黄毛鸡仔，翅膀还没硬，不要胡思乱想，赶快干活吧。"

黄近山站了起来，又挥起了铁耙。

陈春说："箩匣，妈妈今天叫你来干活，主要是想跟你说一件事情。"

"妈妈，为什么要来这里说？"

"这事非同小可，它关系到我们母子是否分离。"陈春伤感地说，"来，我们还是坐下说。"

黄近山走到母亲面前坐下，问："妈妈，你是不是要改嫁？"

"不是妈妈要改嫁，而是你要离开妈妈了。"

"我去哪里呀？"

陈春将近山的来历和陈夏过年回家说的事情一股脑儿倒了出来。

"我是烈士后代？"黄近山觉得有点匪夷所思，不相信地说，"妈妈，你在骗我！"

"箩匣，妈妈不骗你！估计过不了多久，他们就会来人把你带走。"

"妈妈，你是希望我走，还是希望我留下？"

"箩匣，妈妈怎么舍得你走呢？"

"妈妈，我也不愿意离开你，离开这个家，离开山下村。"

"唉！箩匣呀，你是一个乖孩子，妈妈打心眼里喜欢你，爱你。可是，我们家生活条件不好，很难让你健康长大。妈妈还是希望你换一个好的生活环境，也了却妈妈当初带你回来的心愿。"

黄近山想起自己在这个家里生活的点点滴滴，觉得虽然自己家穷，但件件事情都非常顺心惬意。他深情地说："妈妈，我是你一把屎一把尿拉扯大的。你对我的爱全部都刻在我心里。你是世界上最好的妈妈，家里再穷，我也不愿意离开你去大城市生活！"

"笋匣，你能这样想，妈妈心里很高兴。但如果真的有条件，妈妈还是希望你在更好的环境里成长。"

"妈妈，你放心吧，到时我都会听你的！"

星期一第一节算术课，黄晖老师迟迟没来上课。同学们乱作一团，有的还走出教室在走廊里溜达。黄近山焦急地跑去找黄晖老师，可她的房门锁着。他又来到校长室，向刘小鹏校长反映了班里的情况。

"近山，你是班长，先回去维持好班里的秩序。黄晖老师可能有事还没到校，我叫人去她家看看。"

"我不知道能否管得住同学们。"

"动动脑筋。"

黄近山灵机一动，一回到教室就在黑板上写下一段话：黄晖老师家里有事来不了。她要求同桌之间互出两道应用题，考一考对方，作为一次测验。请同学们认真对待。

同学们马上安静下来了，纷纷拿出作业本，各自从课本上抄了两道已学过的应用题交给同桌。

下课后，黄近山把同学们的作业本收了上来，一切都做得井然有序。放学后，他见到了刘小鹏校长，得知黄晖老师患了阑尾炎，前天晚上被送进县医院做了手术。他担忧地问："那明天的算术课怎么办？"

"在黄晖老师回来上课之前，我会安排其他老师代课。"

下午放学后，黄近山召开班干部会议，说："我们都是班干部，是黄晖老师的学生。现在黄晖老师还在医院，要过几天才能回家。在过年时，好多同学都从大人手中拿到了利市。我有一个想法：动员全班同学捐点钱给黄晖老师。"

学习委员问："班长，我们班干部捐点钱没问题，但其他同学愿意吗？"

副班长说："我估计有一半人不愿意。"

黄近山说："行动靠自觉。我们不要求大家勉强做这件事，能捐多少是多少。"

学习委员问："班长，你捐多少？"

"五分钱，这是我大舅过年时给的。你呢，捐多少？"

"我捐两分钱，也是我大舅给的。"

副班长说："我捐一分钱。"

卫生委员黄近石说："我没钱，但我可以捐两个鸡蛋。"

体育委员说："我也捐两个鸡蛋。"

黄近山高兴地说："大家都这么爽快，很好。那明天上午我向同学们宣布这个倡议，下午开始捐助活动。"

转眼到了第二天下午。除了三个同学缺席外，其他三十七个同学都留在教室里坐好了。黄近山走上讲台，郑重地说："同学们，为了帮助生病住院的黄晖老师，今天我们组织了这次捐助活动。虽然我们今天做的事情很小，但意义非常之大。请捐钱的同学把钱放进左边的纸箱中，捐东西的同学将东西放进右边的竹篮里。捐助结束之后，我会送给每位同学一本连环画，作为此次捐助活动的纪念品。现在我宣布，捐助开始！"

同学们踊跃走上讲台，一个个手里拿着钱或物，脸上都写满了笑意。

黄近山看到黄近石帮自己发完了连环画，兴奋地说："同学们，大家不要吵，先把精神集中一下。经过当场清点，一共捐了五角一分钱，十八只鸡蛋，两只鸭蛋，两只鹧鸪蛋，还有一瓶高山茶油。数量虽然不多，但代表了我们全班同学的心意。我和副班长现在将这些东西交给校长，由他转送到黄晖老师手中。"

热烈的掌声响了起来。黄近山和副班长拿着全班同学的慰问品走出了教室。

陈春去参加江下镇召开的党员大会，结束后与林芬书记一起回家。林芬说："陈春，我昨天去了鹧鸪窝，在刘冲之家里坐了一下，他爸爸妈妈都高兴地说，刚进门的儿媳妇脾气好，又能干，还说要多谢你这个媒人。"

"我原来担心新媳妇过门，不知能不能和睦相处，现在听你这么一说，觉得自己真的办了件好事！"

"陈春，你做了很多好事，我觉得有一件事让我特别佩服。"

"哪一件？"

"上次你受伤，明明不是自己撞的，而是黄伯兴用棍子打的。想不到你为了开脱他的罪责，竟然做了假证，让公安机关没办法将他绳之以法。现在事情过去那么久了，你能否告诉我为什么这样做？"

"他向我认错了！"

刘小鹏校长骑着自行车从她们后面过来，拨响了自行车的铃声。她们连忙靠到一边，等待刘小鹏校长过去。但刘小鹏校长却下了车，尊敬地喊了一声："林书记！"

陈春也喊了一声："刘校长！"

林芬问："刘校长，你去哪里了？"

"我去江下中心小学开会，汇报我们山下小学的德育工作。"

"听说代课的黄晖老师患病住院了，现在病情好转了吗？"

"前天出院了，在家里休息。"

"那你们要买点东西去慰问她一下。"

"我们昨天已经去了，还带去了三年级全班同学捐赠的慰问品。"

"怎么，学生也有这个觉悟？"

"林书记，你想知道这个牵头的同学是谁吗？是班长黄近山！"

陈春愕然地问："是我儿子牵头的？"

"是啊！你有一个非常有爱心的好儿子！"

看到刘小鹏校长离开后，林芬说："陈春，看来近山将来一定会大有作为！"

"唉！"陈春叹了一声，"就算他以后当了大官，也与我无关了。"

"这话怎么说？"

陈春无奈地将过年时二弟陈夏带回家的消息讲出来。

"陈春，无论近山走到哪里，永远都是你儿子！"

"芬姨，我天天都在想这件事情，担心哪天有人突然把近山带走，我就见不到他了。"

"陈春，为了近山的发展前途，你必须舍得放手。"

一天吃早饭时，屋后响起了喜鹊的叫声。黄近田说："喜鹊叫，好事到。妈妈，我们家有好事了。"

黄近山说："可能二舅又寄钱来了。"

但陈春预感到今天喜鹊叫不是因为陈夏又寄钱来了，而是家里要来客人了。她洗好了衣服，又取下了棚顶吊着的箩匣，细心地擦去附在箩匣上的尘灰，然后坐在客厅里剥花生种。

果然，十点钟的时候来了四个人。一个是林芬书记，一个是江下镇廖明书记，一个是穿军装的中年军官，一个是提着公文包的年轻军人。

陈春招呼他们坐下。

廖明书记说："我给你们介绍一下，这位是陈春同志，是黄近山的养母。这位是解放军罗平团长，是黄近山的生父。这位是刘参谋。"

罗平团长站起来，握住陈春的手说："陈春同志，感谢您！"

陈春笑容满面地说："不用谢，不用谢！"

"陈春同志，您坐。"罗团长放开陈春的手，自己也坐了下去。

廖明书记说："陈春同志，罗团长说，他今天来有两个目的：一是感谢你帮他照顾养育了黄近山这么多年，二是他想要把黄近山接到他身边读书。"

罗平团长说："对，对！"

陈春不露声色地说："罗团长，你不用多谢我，也欢迎你带近山去大城市读书。但我一直非常想知道，你们当初是在什么情况下把近山丢掉的？"

"我十五岁参加红军，曾经做过东江纵队司令员的警卫员。后来我率领一个连阻击敌人，不幸身负重伤，幸好从死人堆里爬了出来。我爱人李珍是一名军医，以为我牺牲了，便怀着身孕跟着留守人员撤退。后来因为部队转移时又冲散了，她只身带着护士小云一路往江西寻找部队，最后躲到了一个小山坳里。在她临产那天，当地的国民党保安团接到密报，便派人来到这个小山坳搜寻我爱人她们。在这紧急关头，老乡为了保护她们，把我们刚出生的儿子装进一个箩匣交给小云，催促她们赶快跑。她们跑出去躲起来后，保安团的人严刑逼问老乡，叫他交出两个共产党员，不然要将老乡一家五口杀害。我爱人不愿意连累老乡，急忙写了一张字条，又摘下自己帽徽上的红五角星，同时交给小云并叮嘱道：'小云，你把它收好。在万不得已时，你把这两样东西放进箩匣，将孩子藏在山上的观音庙中，让好心人把他收养。'说完，我爱人打开箩匣盖看了一眼儿子，然后不顾虚弱的身体，毅然返身回去，枪杀了两个保安团的人，但因寡不敌众，最后被捕，壮烈牺牲了。可怜的是，老乡一家五口也没有躲过一劫。国民党保安团的人又四处搜寻护士小云。小云提着装了孩子的箩匣拼命地跑，最后到达了石崖观音庙。她想起我爱人交代的话，连忙把红五角星和字条装在箩匣里，将箩匣藏到观音庙内，然后引开了保安团的人。幸运的是，小云没有被他们抓到，可她返回观音庙时，却发现箩匣和我儿子不见了。"

"那后来呢？"

"我一直打听我爱人和孩子的下落，终于有一天见到了护士小云，从她嘴里了解到事情的全过程。当时，我既高兴又担心，高兴的是多年寻子有了结果，担心的是不知孩子还在不在人世。我抱着一线希望，在多家报纸登出了'寻找箩匣装的儿子'的消息，没想到很快就有了回音，多亏了在广东省政府工作的陈夏同志。"

林芬说："罗团长，你说的这个陈夏同志就是陈春的弟弟。"

"呵，真是太巧了，没想到原来提供线索的人是我儿子的舅舅。"

陈春为了稳妥起见，说："罗团长，我还有一个问题请教，你爱人留下的那张字条，上面是怎么写的？"

"小云告诉我，字条上写着：这孩子是烈士遗孤，一九四八年十月一日出生。父亲罗平，母亲李珍，请有缘人把他抚养成对社会有用的人。感谢！"

　　陈春不再怀疑了，肯定地说："罗团长，你说的一切都准确无误，证明近山是你亲生儿子。为了记住这件事，我给近山起了一个小名叫'箩匣'。"说完，她回到自己房间，拿出了珍藏多年的红五角星、字条和箩匣。

　　罗平团长接过字条看了，又抚摸着红五角星，激动地说："陈春同志，谢谢您抚养我儿子这么多年！"说完向陈春敬了一个军礼。

　　"罗团长，你不要这样，我担当不起！"

　　罗平团长叫刘参谋从公文包里取出一大沓钱，放在陈春面前的茶几上。他感激地说："陈春同志，这钱不多，但代表了我的一点心意，请您收下。"

　　"我一分钱也不要，你拿回去给近山读书用。"

　　"您为近山付出了那么多，一定要收下，我心里才踏实。"

　　廖明书记说："陈春同志，你就收下吧。"

　　陈春说："我认准的事情，一旦做了，是不求回报的。罗团长，你要是不拿回去，那我不同意你把箩匣带走。"

　　"这……好吧。"罗团长叫刘参谋把钱装回公文包里。

　　陈春站起来，说："箩匣差不多从学校回来了，我去收拾一下他的东西，你们稍坐一下。"说完回到房间，一边收拾近山的日常用品，一边潸然泪下。

　　罗平团长又看了一回字条，感叹道："廖书记，在我来的时候，以为今天不会那么顺利，没想到你们客家妇女却如此开明、豁达。这种精神真是难能可贵！"

　　戴着红领巾的黄近田背着书包回来了，一进门就高兴地说："妈妈，我今天加入少先队了。"

　　罗平团长见了，以为是黄近山，觉得不像自己小时候的样子，禁不住说："林书记，我怎么觉得这孩子不像我呀？"

　　林芬笑了，说："罗团长，他是你儿子的弟弟黄近田。"

　　"呵，我还以为搞错了。"

黄近山唱着歌儿踏进家门，看到林芬和廖明书记，连忙停了口，喊道："姨婆，廖叔叔。"

　　罗平团长一看到黄近山，马上眼前一亮，觉得这个孩子长得和自己小时候一模一样，问："孩子，你就是黄近山？笋匣？"

　　"是。"黄近山疑惑地问，"解放军叔叔，你们来我家干什么？"

　　廖明书记说："近山，这位解放军叔叔是你亲爸。"

　　"我不信，廖叔叔你骗人！"

　　林芬说："近山，他真是你亲爸。"

　　"姨婆，你怎么也骗人？"

　　罗平团长说："孩子，他们没有骗你，我确实是你的亲爸。"

　　陈春从房间出来了，说："笋匣，他真是你亲爸，今天是来带你走的。"

　　黄近山"嗖"地跑进房间，把门闩上。

　　罗平团长笑道："这孩子认生，不好意思呢！"

　　陈春走到房门口，喊道："笋匣，你不能没有礼貌，赶快打开门出来！"

　　黄近山竟然不予理睬，趴在床上哭了。

　　"笋匣，你要听妈妈的话，不然妈妈会生气的。"

　　黄近山哭着说："你生气，我比你还生气呢。反正我不走，你叫他们离开！"

　　"笋匣，你不是答应过妈妈了吗？现在怎么又反悔了？"

　　"我原来说的是骗你的话！"

　　陈春无奈地返回他们身边，说："罗团长，你看这事怎么办？"

　　"这孩子像我一样固执，有个性。我当年想去参加红军，爸爸不答应，我就把自己锁在房间里，饿了三天三夜。爸爸没办法，只好同意我的选择。既然他现在不愿意跟我回福建，那也不要勉强他，以后再商量这事吧。"

　　"好，只好慢慢来了。"

　　"陈春同志，我给你留下联系方式，但我想把红五角星和字条带走。"

　　陈春点头说："好，你带走吧。"说完，她走到房间门口，"笋匣，你爸爸答应你暂时不离开妈妈了，赶快出来吧。"

"真的吗？"

"真的！"

黄近山擦干眼泪，打开门走了出来，跟着母亲回到他们中间。

"箩匣，你爸爸要回去了，快叫他一声爸爸。"

黄近山看到罗平团长渴望的眼神，终于鼓起勇气，轻轻地喊了一声："爸爸！"

"哎！"罗平团长答应了一声，然后一把抱住黄近山，在他的小脸上亲了又亲，激动得泪流满面。刘参谋马上从公文包里拿出相机，拍下了这激动人心的一刻。

第十章

星期五上午，语文老师讲完著名作家巴金写的《鸟的天堂》，布置同学们写一篇读后感。

黄近山站起来，说："老师，我家圆子树上也有一个鸟的天堂，真的。每天都有数不清的不知名的小鸟聚集在那里，唱呀、跳呀、飞呀，看得人眼花缭乱。"

"哪天你带老师去参观一下。"

当天傍晚，四年级的五个班干部和三年级的李小梅来到了黄近山家里，全都集中在黄近山的房间，你一言我一语，热闹极了。

黄近田走了进来，说："二哥，我看到妈妈挑着一担木柴回来了。"

"走！"黄近山带头走出去，在大门口接过满头大汗的母亲肩上的木柴，嗔怪地说："妈妈，你怎么才回来，让我同学他们等了这么长时间。"

"你约的同学到齐了？"

"到齐了。"

"傻孩子，那你们先去看吧，回来再吃饭。要不然天黑下来就什么也看不见了。"

黄近山领着这些同学经过了私塾旁边的桂花树下，朝山坡上走去。

学习委员问："上面那棵杨桃树真大，不知是甜的还是酸的？"

黄近石说："甜的。"

"桂花那么多，真香呀！"

“我们会摘回去，放在房间里。”

黄近山说：“你们不要大声说话，脚步放轻一点，差不多到了。”

“对，不要吓走了那些可爱的小精灵。”

黄英的父亲黄海松放牛回家，碰到了黄近山他们，好奇地问："近山，这么晚了你们要去哪里？"

“先向你保密。”

黄海松在牛栏圈好了牛，想着黄近山他们神神秘秘的，觉得有点不对劲，于是家也不回，先来到陈春家里，对正在做饭的陈春说："陈春，我看见近山带着几个同学往山坡上走去。我问他去哪里，他不愿告诉我。我怀疑他们可能去干坏事，你赶快把他们追回来吧。"

陈春笑着说："他们不是去干坏事。"

“那就好。”

黄近山他们来到山坡上那棵圆子树旁，找到一处稀疏的草丛，迅速铺开一张宽大的塑料薄膜，然后六个人排排坐在薄膜上面，一个个都把头抬起来，仰望宛如伞盖的树冠。虽然看不见飞鸟，但听得见树冠上叽叽喳喳的鸟叫。

黄利兵说："我从未听过这么多鸟叫。"

黄近山突然感到有什么东西掉在额头上，伸手一摸，觉得那东西软绵绵的沾在手上，拿到眼前一看，惊呼道："鸟屎！"

学习委员问："这么茂密的树叶，鸟都难以发现，你还能看见鸟屎？"

“我是说鸟屎落在我头上了。”

黄利兵说："班长，屎带财！"

黄近山又看见面前的薄膜上有一堆鸟屎，连忙说："大家起来，我们换一个地方。不然的话，大家都要沾鸟屎了。"

黄近石说："对，我们要找个最佳位置。"

黄近山想了想，带着他们来到了父亲黄伯旺的坟旁，说："这里就是最佳位置。大家听着，现在是百鸟归巢的时候，请大家不要大声喧哗，静静地守候鸟的天堂。"

转眼间，一群群大大小小的鸟儿陆陆续续从四面八方飞到圆子树上，以不同的方式庆祝今天的幸福和欢乐。

半个小时后，天色完全暗下来了。他们恋恋不舍地踏着淡淡的月色回到黄近山家里，边吃饭边高兴地议论鸟的天堂。晚上，他们挤在黄近山的床上，一个个都睡得很香。当东方泛起鱼肚白时，陈春把他们叫醒。他们又迎着凉爽的晨风，不声不响地来到昨天傍晚坐过的地方，迎接他们的是圆子树上鸟儿朗朗的早读声和歌唱声。

学习委员说："我好像听到一种鸟在说'我饿了，我饿了。'"

黄利兵说："我好像听到一种鸟在喊'快来吧，快来吧。'"

黄近石说："我好像听到一种鸟在唱'吃饱了，吃饱了。'"

黄近山称赞道："你们太富有想象力了！"

天亮不久，圆子树上恢复了平静，但偶尔还能看到几只小鸟飞出去。

学习委员走近墓碑，瞧见碑石上刻有黄近山的名字，惊奇地问："班长，你爸爸黄伯旺死了？"

"那是我刚上学那年，他帮人干活，从屋顶上摔下，没有抢救过来。"

黄利兵问："班长，现在我们干什么？"

"我原来不是说了吗，去高山坪观看日出。"

他们爬了半个多小时的山坡，到达了高山坪。这是山下村周边最高的一座山，山顶是一块大平地。平地中间有一座古墓，因年久失修，蓄了齐膝深的水，长满了青青的水草。同学们来回穿梭，兴奋之情溢于言表。

黄利兵说："站在这里，我们整个山村尽收眼底。"

李小梅说："没想到我们山下村这么美，就像一幅山水画！"

黄近山说："是啊，简直让人陶醉了！"

学习委员来到古墓旁小便，不经意间看到墓碑上一行有点模糊的字：黄凌霄。抗清将士。他大声地喊："班长，你们快来看，这里有一位抗清将士！"

同学们纷纷跑了过去，一个个争相观看。

黄近山感叹道："想不到我们山下村还出了一位抗清将士，真了不起！"

黄利兵说："你们看，东边泛出了红光。"

黄近山往右边一指说："走，我们到旁边坐下来欣赏日出。"

坐下后，李小梅说："我有点饿了。"

黄利兵说："我也是。"

黄近山说："你们忍耐一下，等一下就有吃的了。"

在同学们的惊叹声中，太阳从东边冉冉升起来了。

黄近石说："东方日出红似火。"

黄近山说："我们的生活充满阳光！"

突然，学习委员说："班长，你妈妈来了！"

大家不约而同地回过头，只见陈春挑着竹箩出现在他们身后。陈春说："同学们，你们都饿了吧，我给你们送吃的来了。"

同学们一手拿番薯一手端饭碗，咬一口番薯喝一口粥，吃得十分开心。

黄近山问："妈妈，刚才我们去看了中间那座古墓，发现那个墓主人是一位抗清将士，叫黄凌霄。你听过他的故事吗？"

陈春坐在一个土堆上，摇头说："我没听过，但听你爸爸讲过一个他救治游击队员的故事，地点也是在这里。"

李小梅说："婶婶，你讲给我们听听。"

同学们一下子就把陈春团团围住。

陈春伤感地说出了老公黄伯旺在高山坪救治游击队员的经历。

黄近山说："妈妈，原来爸爸还有这样的奇遇！"

学习委员说："那个游击队员后来不知是死是活？"

黄利兵说："这件事情过去十多年了，一直到现在都毫无音讯，我猜测他已经不在人世了。"

陈春酸楚地说："如果真是这样子，那近山你爸爸的遗愿无法实现了。"

"妈妈，爸爸他们一定会在天堂相见！"

罗平团长离开陈春家时，要求儿子黄近山要经常给他写信。在母亲陈春的多次督促下，黄近山鼓起勇气给亲生父亲写了第一封信。从此，这对父子通信愈发频繁，近山对罗平团长的感情逐渐培养起来了。

一天上午，黄近山放学回家，在屋门口从邮递员手中接过了罗平团长寄来的一封信。罗平团长的这封信写得很短，只有七八十个字，但让近山感到心焦和不安。他回到家对躺在床上的母亲说："妈妈，我爸爸来信了。"

"他是不是看了你的作文很高兴，表扬你了？"

"第一句是表扬我写的《迷人的山下村》立意好，很吸引人。但后面几句说的是他生病住院了，刚脱离了生命危险，很想让我去看他。"

"笋匣，你心里是怎么想的？"

"我想去见他一面。"

陈春满意地说："笋匣，你的想法是对的，妈妈支持你。但你这一走，起码要十多天时间，会不会影响学业？"

"我会把课本带在身边，有时间就自习，应该影响不大。"

"你决定什么时候去？"

"我下午向老师请假，明天出发。"

陈春几天前挑猪粪肥田时扭伤了腰，无奈地说："可惜妈妈身体不好，没办法陪你去。"

"我自己去。"

"路途这么远，我不放心你一个人去。"

黄近山思考了一下，说："那叫干妈跟我去，你说好不好？"

陈春觉得叫黄莲英陪儿子去不是不可以，但问题是黄莲英成分不好，担心招来麻烦。这让她感到有点为难了。"笋匣，这事妈妈还不敢答应你，先让妈妈去问一下你姨婆，看她是什么看法。"

"你能走吗？"

"没事，我慢慢走。"陈春下了床，梳了一下头发，然后朝门外走去。

黄近山把母亲送出大门，说："妈妈，你走路要慢点！"

陈春见到林芬书记，把近山想叫黄莲英陪他去福建看望生父的事说了。

林芬问："除了黄莲英，还有其他人选吗？"

陈春摇头说："没有。"

"这事又不能阻拦近山，难得他有这个孝心。既然这样，那就让黄莲英去。我会给她开一封山下村村委会的介绍信，出入做事就方便了。"

陈春带着村委会的介绍信来到黄莲英家里，正赶上黄莲英和她母亲吃午饭。黄莲英放下饭碗，把陈春带入自己房间，问："陈春，你这个时候来有事吗？"

"我想叫你明天陪近山去福建见他亲生爸爸，可能要十天左右，不知你能否安排时间？"

"我可以去，但要有村委会的介绍信，我才敢到外地去。"

"介绍信我已给你准备好了。"陈春从兜里取出介绍信，交到黄莲英手中。

黄近山从母亲口中得知情况，欢喜地说："妈妈，你办事效率相当高，不到一小时就办好了两件事！"

第二天中午吃饭时，黄近田对母亲说："妈妈，我昨晚问二哥，走了还回来吗？他笑着说，那里条件比这里好，不回来了。"

陈春惊诧地问："你没有听错？"

"妈妈，你不用怀疑我的听力。"黄近田以为母亲不相信，心情紧张地说："伯父对我说过，家里有什么难事都可以找他，现在碰上了，不如叫他去把二哥追回来？"

"时间已过去了一个上午，他早坐车走远了，除非孙悟空才能追上他。"陈春感到心有点凉，无可奈何地说："算了，让他走吧，本来他就不属于我。"

黄莲英以干妈的身份带黄近山去见他父亲，心里感到从未有过的激动和幸福。第二天上午，这对"母子"又坐上解放牌长途客车，出了广东地界。

黄近山说："干妈，我好像闻到了鱼腥味，你闻到了吗？"

"我也闻到了。"

突然，客车停了下来。司机说："旅客们，请大家带好证件下车检查。"

下了车，黄莲英牵着黄近山的手，排在长长的队伍后面。

黄近山悄悄地问："干妈，为什么这里的检查这么严格？"

"我不知道。"

不一会儿，轮到检查黄莲英和黄近山了。黄莲英把村委会的介绍信递过去，平静地看着检查人员。她以为自己也和其他旅客一样马上能过关，可想不到事情出现了意外。

"什么成分？"

黄莲英说："介绍信不是写清楚了吗？"

"这里没写，你说。"

黄莲英没有见过世面，一时语塞。

黄近山急忙说："贫农。"

检查人员斥责道："小孩子别插嘴！"

黄莲英胆怯地说："对，对，贫农。"

检查人员说："这位大姐，看你说话的语气和表情，一看就不是贫农，你们也不像母子。走，你跟我去说清楚。"说完拉上黄莲英的手往里面走去。

黄近山上去拦住检查人员，说："她是我干妈，你们不能带她走！"

黄莲英说："山儿，你走开，等干妈回来。"

"不，我要跟你去。"

检查人员说："好，走吧。"

他们走进五米外的一间小房间，检查人员说："这位大姐，客车马上就要开了，只要你实事求是地说出自己的身份，我们即刻让你们走。"

黄莲英以为他们是例行检查，不可能造成什么影响，说："我是工商业地主，我干儿子是贫农。"

"你是工商业地主？"

"同志，我说的是实话。"

"你们要去哪里？"

黄近山说："我们去厦门见我爸爸。"

"你爸爸是工人还是农民？"

"军人！"

"姓什么？"

"姓罗！"黄近山说完，从书包里搜出父亲给他的来信。

检查人员接过信看完，说："你们稍等。"然后转身走出门，一会儿又回来了。"这位大姐，我请示了领导，他说厦门是每防前线，闲杂人员不得进入，我们会派车把你送回广东境内。但这个小孩可以不回去，我们也会派车送他去见他爸爸。"

黄莲英急了，说："同志，我不是坏人，让我陪干儿子去吧！"

"不行！"

黄莲英眼泪都出来了，不得不叮嘱了眼泪汪汪的近山几句，然后拿回那封介绍信，坐上了检查站的专车走了。

黄海松的弟弟黄海涛回家探亲了。

黄海松感到喜从天降，激动地说："弟弟，你怎么今天才回来！"

"要不是回来办点事，我还回不了呢！"

黄海涛十九岁去广州读大学，还没毕业便弃笔从戎，参加过解放海南岛，还参加了抗美援朝。后来因为身体病痛，转业到北京政府部门工作。

吃了晚饭，黄海涛和哥哥拉了一下家常，然后说："时间还早，我想去见见同宗兄弟黄伯旺。"

黄英插嘴说："叔叔，你见不到他了。"

"他去哪了？"

"在窝尾守山。"

黄海松笑着说："弟弟，你侄子在逗你。伯旺已死了几年了，葬在窝尾。"

"哦，没想到。"黄海涛有点难过地说，"伯旺他老婆陈春呢，改嫁了没有？"

"好多人在打她的主意，但她没有动心，说谁再提这件事就骂他个狗血淋头，从此她一个人带着三个儿子艰难地过日子。"

"难得，实属难得！"黄海涛感慨地说，"这样的女人了不起，代表着我们客家人的一种精神。她在生活中有困难的时候，哥哥你要想办法帮她。"

"陈春人缘好，村里很多人都在帮她。"

"我离开山下村将近十三年了，不知窝尾那棵圆子树还在不在？"

"还在，没人敢爬上去了。伯旺的坟墓就在圆子树旁，听说是他要求陈春把他葬在那里的，好像是要等一个什么人。"

"是不是游击队员？"

黄海松高兴地说："对，对！你在北京工作，怎么也听到了这件事？"

"哥哥，我这次回家，就是冲着这件事来的！"

第二天早上，黄海涛在哥哥的陪同下，来到窝尾的圆子树下，抚摸了一下粗壮的树身，说："哥哥，你到那边去，看看兄弟俩抱得过来吗？"

黄海松试着抱了一下，无法碰到弟弟的手，说："弟弟，我看还要增加一个大人才能抱过来。"

"这是一棵古树，起码有三百多年的历史了，还依然茂盛。"

"老人说，它可能成精了！"

兄弟俩又来到黄伯旺坟前，除去了一些杂草和尘土。黄海涛从裤兜里掏出一个精美的盒子，从里面拿出一枚勋章，摆放在墓碑下面，对着墓碑鞠了三下躬，默念了几句话。

黄海松满腹狐疑地问："弟弟，你这是干什么？"

"三五句话讲不清，回去再慢慢跟你说。"

黄英正在吃早饭，看见爸爸和叔叔回来了，连忙说："叔叔，陈春婶婶刚刚来找你。"

黄海涛看了一下手表，说："哥哥，我现在去见陈春。"

"吃过饭再去。"

"不，我回来再吃。"

陈春在客厅里扫地，看见黄海涛来了，连忙招呼他坐下，高兴地说："海涛，昨天晚上我就想去见你了。"

"我也想来看你。"

"海涛，你今天这么早起床，都去哪儿逛了？"

"我去看伯旺了。"

"海涛，多谢你还记得他！"

"我和伯旺虽然不是亲兄弟，但我们小时候的感情比亲兄弟还好，所以我一回来最想见到的就是你们。"黄海涛深情地说，"我这次回家，本来想给伯旺一个天大的惊喜，可惜他英年早逝无法收到了。"说完，他又把那个精美的盒子拿出来，从里面取出那枚勋章，交到陈春手中，"你看看这个。"

陈春把这枚勋章翻过来倒过去看，赞许地说："这勋章太珍贵了！"

"这是一位老游击队员周春文托我送给伯旺的．但伯旺不在了，只好由你代伯旺收藏了。"

"海涛，你不把事情说清楚，我怎么敢收呀！"

"陈春，伯旺向你说过他在高山坪救了一个游击队员的故事吗？"

"他临死时对我说了这事，还要求我把他葬在圆子树旁，等待那个游击队员回来。"

"陈春，送给伯旺勋章的老游击队员就是伯旺要等的那个人！"

"你是怎么知道的？"

"那时我在战场上负了重伤，被送回祖国治疗。在病房里，我认识了比我伤得更加严重的一个连长。他说他是客都县和田人，名叫周春文，家里三兄弟，二弟周春明大学毕业后回客都县教书了，三弟周春光一出生就送人了。我说我是客都县江下镇人，周春明是我大学同班同学。他可高兴了，说我们是客都老乡。周连长在临死的前一天对我说，他今生还有一件十分遗憾的事情。我问他是什么事情，他便把自己和伯旺相遇又相约的经过说给我听。我说我就是山下村人，和伯旺是同宗兄弟。周连长把他荣获的一枚勋章交到我手里，并且嘱咐道：'黄老弟，拜托你有机会回老家时，替我亲手把它送给我的救命恩人，告诉他我虽然没回去见他，但我的心意到了。'"

第十一章

罗平团长以为儿子黄近山还小，不会千里路远赶来看望自己，如果能给他寄一封问候的书信，也就心满意足了。可没想到，在他出院回家调养的当天傍晚，儿子黄近山却突然出现在自己面前。他兴奋地对眼前的妻子说："林萍，你赶快去市场上买几只大龙虾！"

林萍是一位大学老师，嫁给罗平团长之后生了两个孩子，大儿子罗爱国今年五岁，小儿子罗卫国也三岁了。谁知她买回来的是花蛤和海虾，各样合起来只有三两重。

罗平团长嗔怪道："林萍，你听错了吗？"

"大龙虾卖完了。"

罗爱国说："爸爸，妈妈一定是说假话！"

林萍瞪了大儿子一眼，说："爱国，你别乱说话！"

吃过晚饭，罗平团长拉着黄近山走进自己的书房，关上门，问："箩匣，你陈妈妈怎么会放心让你一个人出远门？"

"她腰扭伤了，叫我干妈陪我来。没想到我干妈在半路上被检查人员截住，送回去了。"

"为什么？"

"她成分不好。"

罗平团长剥了一根香蕉给黄近山，说："我和你林妈妈商量了一下，想让你留下来与我们一起生活，不要回去了。"

"我一定要回去。"

"为什么？"

"这里人生地不熟，我住不习惯。"

"不出两个月，你就会适应的。"

房门被推开了，罗爱国探进头来，说："爸爸，妈妈说大院里放电影，是关于打仗的，叫哥哥一起去看。"

"箩匣，去看吧。"

黄近山摇头说："我不去，要读书。"

第二天早饭后，罗平团长家门口驶来一辆吉普车。林萍以为罗平团长要去上班，不高兴地问："老公，医生说你还不能过多走动，怎么不听劝告？"

"我不去上班，是让小陈载箩匣到城里走一走，熟悉一下周边的环境。"

林萍看到黄近山坐车离去，问："老公，箩匣答应留下来吗？"

"还没有。"

"那我要不要联系好他读书的小学？"

"你先去打招呼，做好准备。"

黄近山上午在城里参观了几个景点，午饭后又到了海边，看见大海茫茫，一艘艘或大或小的船在海面上穿梭。他禁不住问："陈叔叔，我怎么没有看到军舰呢？"

"过几天陈叔叔载你去军港。"

"能上军舰吗？"

"不可以，只能远远眺望。"

"那没意思，我不去了。"

"小罗，不去就不去，以后你在这座大城市里生活，机会有的是。"

检查人员载着黄莲英，一到广东境内，便叫黄莲英下车，叫她自己拦车回去。谁知她拦了半天，一辆车都没有停下来。这里前不着村，后不着店，她担心等到天黑还坐不了车，那就麻烦了。正在她翘首以盼的时候，忽然来了一个骑自行车的中年男人。她像抓住了救命稻草似的把他拦住，焦急地说："大哥，你帮我拦一辆车好吗？"

"你要去哪里？"

"广州。"

"你是广州人？"

黄莲英突然留了一个心眼，说："我是福建人，想去广州探亲。"说完指着右边，"大哥，你看车来了。"

中年男人走到路中间，向着车扬起了右手。货车停了下来，司机探出头斥责道："你想被撞死吗？快点躲开！"

中年男人边闪开边骂道："你才想被撞死！"

黄莲英说："大哥，后面又有一辆。"

中年男人急忙跑前几步，又扬起了右手。这辆车响了一下喇叭，在他面前呼啸而过。接着，他又拦了几辆，没有一个司机搭理，全一溜烟地驶离了。

黄莲英看到太阳快要落山了，哭丧着脸说："这么晚了，我怎么办？"

中年男人心中暗喜，说："老妹，要不你到我家里住一夜，明天我骑自行车载你去广州。"

"你家在哪里？"

"在前面山脚下。"

"你不会骗我吧？"

"我是好人，走吧。"

黄莲英坐在自行车尾座上，心情忐忑地跟着他走了。天黑之后，黄莲英被带进一座破旧的老房子。看到家徒四壁，黄莲英禁不住问："大哥，这是你家吗？"

"是，这就是我家。"

"你家人呢？"

"爸爸妈妈死了，家里只有我。一个人吃饱，全家都不饿。"

110

"太可怜了！"

中年男人突然狡黠地说："老妹，你来了，大哥就不可怜了！"说完，他一把抱住黄莲英，将她绑了。

黄莲英惊叫道："救命呀！来人呀！"

中年男人奸笑道："老妹，没有人会来救你的。你等着做我的新娘吧！"

黄莲英觉得自己遇到色鬼了，心里十分害怕，霎时泪如泉涌。她乞求道："大哥，你放过我吧！"

"放过你？那我就成傻子了！"

"大哥，只要你不欺负我，我可以给你一笔钱。"

"我不稀罕！"

黄莲英感觉此劫难逃了，深深地呼出一口气，心里竟然平静了下来，止住泪水，说："大哥，我饿了，有吃的吗？"

中年男人煮了两个鸡蛋，一口一口地喂黄莲英吃，看得出他很有耐心。

黄莲英喝下最后一口汤，问："大哥，你叫什么名字？"

"村里人叫我黄牛牯，你呢？"

"村里人叫我黄牛嬷。"

"我是牛牯，你是牛嬷，以后我们的孩子就是牛崽。"

黄莲英这下有点明白了，这个黄牛牯想让自己做他的老婆，传宗接代，不是一个心血来潮劫色的主儿。她试探地问："牛牯，你是不是想叫我嫁给你做老婆？"

黄牛牯点头说："是的，让你猜对了！"

"既然话已挑明，那你就不能乱来，要让我有思想准备，强扭的瓜不甜，你知道吗？"

"不行，今晚我要你先成为我的女人。"

"我已是你砧板上的肉了，也想赶快和你成为夫妻。但我担心两人一时快活了，到头来损害了你的身体，我于心不忍呀！"

黄牛牯吃惊地问："你这话什么意思？"

"我在老家时看了好多医生，他们都无法把我的性病治好，导致我一直无法嫁出去。没办法，我只好求村里写了一份到广州探亲的证明，实际上是想去大医院治病。如果看不好，也许只有等死了。"

"你骗我？"

"我书包里有村委会的证明和一瓶药水，你拿出来看看。"

黄牛牯在黄莲英书包里翻出那张证明和一瓶药水，问："是不是？"

"嗯，就是。"

"我不识字，你念给我听。"

"好，把洋油灯拿过来。"

黄牛牯一手擎着煤油灯，一手捏着证明，说："念吧。"

"兹有我村村民黄牛嬷去广州探亲，请广东人民一路放行，特此证明。"

黄牛牯捋了一下头发，还是似信非信地说："我好不容易骗到你，怎么会遇上你这种有坏毛病的呢？"

"牛牯，如果你认为我讲的是假话，那你现在就把我睡了。一旦染上性病，你可不要埋怨我没有提醒。来吧！"

黄牛牯心想不能去冒这个险，无奈地说："好吧，今天我先饶了你，但不会放你走的。"说完解开绑在黄莲英身上的绳子，离开了房间，把门锁上了。

黄近山跟着两个弟弟来到大院，在假山边的小桥上瞧了一会儿水中嬉戏的锦鲤，又跑到操场边玩了几趟秋千，随后坐在石凳上观看两个弟弟欢快地在草坪上追逐打闹。

林萍提着一袋蔬菜经过黄近山时，问："笋匣，你怎么不去玩？"

"我玩过了。"

"再过半小时，你们回来吃晚饭。"

黄近山"嗯"了一声，目送着后妈远去了。

罗卫国跑到黄近山面前，说："大哥，我有点口渴，你回家给我拿瓶汽水，爱国哥也要一瓶。"

黄近山快步走到家门口，听到父亲和后妈在客厅里说话，担心进去会打扰他们，便停下了脚步，坐在门口台阶上。

　　罗平团长问："林萍，你回家时看到三个孩子了吗？"

　　"箩匣在树下坐着，爱国和卫国在草地上玩。"

　　"箩匣到南街小学读书的事，你今天去落实好了吗？"

　　"没有。"

　　"这事箩匣来的第二天我就交代你了，今天是第五天了，你还没有落实，难道又要我带病去奔波吗？"

　　"老公，你不要上火，这样会影响身体。"林萍疼爱地说，"我今天到了南街小学门口，但没有进去见校长。"

　　"为什么？"

　　"当时我突然想，现在我肚里又有了孩子，再加上箩匣，我们一家就是六口人了，将来家庭负担重。你想过没有？譬如箩匣来的那天，你叫我去买大龙虾，市场上不是没得卖，而是我袋里的钱还要维持到月底，不敢买呀！说实话，我心里不愿意让箩匣留在我们身边，希望你能理解我的苦衷和无奈。"

　　"林萍，我们家的难处我一清二楚，你这样想也没有什么错。但箩匣毕竟是我的孩子，刚出生就没有了妈妈，怪可怜的。我们花了那么大的精力把他找到了，就有责任把他从农村带进城里，给他良好的教育，才能让他生母走得安心。"

　　"老公，我是通情达理的人，这些大道理我都懂。如果你坚持己见，那我也不再说什么了。明天我就去落实好箩匣读书的事。"

　　罗平团长笑着说："知我者贤妻也！"

　　黄近山听到父亲和后妈为自己的事操心，心里感到不是滋味儿。他不想进去拿汽水了，心情低沉地返回弟弟那里，说："卫国，我没有找到汽水。"

　　"大哥，你太差劲了。"

　　罗爱国说："真是乡巴佬！"

　　黄近山回到石凳上坐下，想起这几天来经历的事情，觉得好像做了一个

113

梦。吃晚饭时，他拿起筷子又放下了。

罗平团长问："箩匣，你怎么啦？"

"我明天要回家了。"

林萍说："这里就是你的家，不要回去了。我已联系好南街小学，你后天就可以去那里读书了。"

罗平团长说："是的，你林妈妈今天下班回家跟我说了。箩匣，你就答应留在爸爸身边吧。"

"爸爸，我也不想回去。但我感到浑身不自在，可能是水土不服，再不回去就要进医院了。"

林萍说："之前我刚到这座城市时，也有过这样的感受，晚上睡觉都无法合眼呢。箩匣，你是不是这样？"

"是，十分难受。"

"老公，要不我们让箩匣回去吧。"

罗平团长夹了一个扇贝放到黄近山饭碗里，说："箩匣，你先吃饭。"

黄近山还是不拿筷子，说："爸爸，你不答应我就不吃。"

罗平团长透了一大口气，勉强地说："好吧，明天我叫刘参谋送你回去。"

刘冲之听说师娘陈春的腰扭伤了，带上早晨网到的一只鹧鸪赶来问候。

陈春问："冲之，你儿子学爬了吧？"

"会叫爸爸妈妈了。"

"这段时间，要不是政府号召'大炼钢铁'，搞得大家忙忙碌碌，加上又伤了腰，不然我早去看你儿子了。"

"你的腰好了吗？"

"好了，没事了。"

"师娘，昨天干活时，我听丘能干说近山去福建见他爸爸了，什么时候才会回来？"

"我不知道，说不定留在那边读书了。"

“你抚养了他这么多年，那不亏大了？”

陈春在近山身上倾注了太多的母爱，心里不希望与他从此别离。但她觉得这也许是命运的安排，自己一个弱女子哪能左右得了。她说：“冲之，你说我亏大了，这话不对。我可以把近山当作出嫁的女儿，以后他一定还会回山下村见我这个妈的。”

“师娘，你真豁达！”

陈春把刘冲之送走了，准备将收集的几件烂铁器挑到村委会去。突然，黄近山和刘参谋出现在她的面前，令她惊喜万分。她急忙放下扁担，一把抱住扑上来的近山，在他额头上亲了一口。

“妈妈，我好想你！”

“箩匣，妈妈也好想你！”

刘参谋把两袋海产品放下，问：“陈春同志，你这是挑去卖的吗？”

陈春放开近山，说：“不是卖，是送去炼钢铁。”说完引刘参谋来到客厅里坐下。

“陈春同志，罗团长要我转告你，以后有什么困难，随时都可以跟他说，希望你不要把他当作外人。”

陈春感激地说：“刘参谋，请你回去代我多谢罗团长！你们部队这么忙，还叫你送箩匣和他干妈回来，我有点过意不去。”

黄近山说：“妈妈，干妈没去爸爸那里，早回来了。”

“她没回来呀！”

黄近山将自己和干妈在路上分别的事说了出来。

陈春感到有点诧异，惊慌地说：“箩匣，我担心你干妈出事了！”

刘参谋说：“或许她去广州亲戚那里了。”

“我曾经听她说过，她在广州没有亲戚。刘参谋，你帮我分析一下，检查人员有可能把她送到广州汽车站吗？”

“这个不大可能，最多送到两省交界处，然后叫她自己搭车去广州。”

“她从来没出过远门，万一没搭上车，晚上去哪里过夜？会不会碰上了什么坏人？"

"陈春同志，你这个担心不无道理。时间不能拖，我建议你赶快报警。"

黄近山说："妈妈，我知道那个检查站在什么地方，要不你带我去问清楚情况，回来我们再报警。"

刘参谋说："小罗的主意不错，我刚好有车载你们去。但陈春同志，你要先报警，叫他们派一个警察跟你们一起去。"

"好，我们现在就去。"陈春当机立断地说，"刘参谋，你稍等一下，我去跟近山的伯父打个招呼，叫他关照我的小儿子。"

"妈妈，你快去。"

第二天上午十点，他们到达了检查站，找到了当时送黄莲英回去的检查人员。检查站领导对此非常重视，叫检查人员带他们来到了黄莲英下车的那个地方。待检查人员离开后，陈春说："刘参谋，你们回去吧，不用陪我们了。"

"我们不急，先看看情况再说吧。"

陈春看到一百米外有几间店铺，说："我们去那边问问。"

他们问了几个人，随后走进一间自行车修理店。陈春问："这位老板，打扰你一下。"

"你有什么事？"

"六天前的中午，有一个穿花衣服的妇女在前面拦车，你有没有看到？"

"看到了。"

"搭上车了吗？"

"没有。"

听到这个消息，大家心里都有点高兴。刘参谋说："老板，这个拦车的妇女是我嫂子，失踪几天了。如果你知道她的下落，请告诉我，我会给你丰厚的报酬。"

随行的江下镇派出所警察说："对。"

老板看到他们一个穿军装，一个穿制服，心里觉得有点虚，说："解放军同志，你嫂子被附近一个叫黄牛牯的人骗走了。"

刘参谋说："老板，请你带我们去黄牛牯家里救我嫂子。"说完从公文包里取出一点钱，递到老板面前，"这钱给你，拿着。"

老板接过钱，走出修理店指着右边，说："解放军同志，你们来得巧，这个黄牛牯刚刚进了前面的小卖部，你看，门口那辆旧自行车就是他的。"

"你带我们去。"

"我不想被他知道是我告密，你们自己去吧。"

警察问："黄牛牯有什么特征？"

"额头高，嘴边有一撮长长的胡子。"

刘参谋说："陈春同志，你和小罗在路边等着，我们去抓黄牛牯。"

他们迅速走进小卖部，看见黄牛牯提着一大袋食品准备离开。说时迟，那时快，刘参谋出其不意地抱住黄牛牯，警察马上从腰间掏出手铐把黄牛牯的双手铐上。

黄牛牯惊恐地问："你们铐我干什么？"

警察严厉地说："你拐骗妇女！"

黄牛牯像泄了气的皮球，精神颓废地耷拉着脑袋，蹲了下去。

"你快说，六天前你拐骗的妇女被弄到哪里去了？"

"在我家。"

"起来，带我们去！"

黄莲英被解救出来了。她紧紧地抱住陈春，喜极而泣，回到家像疯了似的。

第十二章

一天，江下镇丘书记接到一封告状信，觉得反映的问题很严重很尖锐，不能等闲视之，于是叫办公室主任通知林芬书记马上到镇上来。

林芬以为镇上又要召开紧急会议，立即赶到了丘书记办公室，刚坐下就问："丘书记，有什么要紧的事？"

"今天我叫你来，是想向你了解一件事情。"

"什么事？"

"有人举报你私开介绍信给地主崽黄莲英，支持她到福建探亲。是不是？"

"是。"

"你把整件事情说一说。"

"那是半个月前，我们村第四生产队的党员陈春身体不好，叫黄莲英帮她送儿子去厦门见爸爸，专门求我给黄莲英开一封介绍信。我觉得这是人之常情，应该支持才对，所以就给她开了。"

"黄莲英回来了吗？"

"回来了，好惨呢！"

"怎么个惨法？"

"因为她是地主成分，在路上被查了出来，去不了厦门。没想到返回时，她被人拐骗了，经历了六天的折磨，多亏陈春他们，才把她救出来了，现在还有点神经错乱呢！"

"说明你的思想觉悟不高。"

"这一点我承认，我愿意接受组织上的批评。"

"另外，他们还告你在'大炼钢铁'中瞻前顾后、畏缩不前。是吗？"

"这一点我也承认。"

几天后，黄近山听到一个消息，心里感到不安，好不容易等到下午放学了，急急忙忙地回到家丢下书包，一口气跑到母亲干活的地方，上气不接下气地说："妈妈，姨婆的书记职务被免了，由民兵营长黄海代理。"

"你听谁说的？"

"我同学黄利兵，他是黄海的儿子。"

"我昨天下午在村里开会还见过你姨婆，任她只字没提这件事，显然这是一个谣言。"

"妈妈，这不是谣言，就是今天上午发生的事。你要去了解一下情况，并去安慰安慰姨婆。"

晚饭后，陈春来到林芬家里，听到林芬教书的儿子黄育兴在房间里大声说话，便停在门口不敢进去。

"妈妈，你是一个老游击队员，对党赤胆忠诚，在我们山下村威信高，社员们都说你是一个好书记。他们突然把你书记职务免掉，换为狂妄自大的黄海，我实在不服。明天，我要找社员们联名上诉，把你的书记职务保下来。"

"儿子，妈妈不赞成你的想法，也不允许你找社员们联名上诉。妈妈有点累想睡了，你回自己房间去吧。"

黄育兴踏出房门，瞧见陈春往大门走去，急忙喊道："春姐，你什么时候来的？"

陈春停下脚步转过身，说："刚到一会儿。"

"我妈妈还没睡，进去坐吧。"

"我明天再来。"

林芬闻声，连忙走出来，说："陈春，回来。"

陈春本来想不打扰林芬睡觉，悄悄地离开，谁知还是被表弟发现了，只好返回去，说："芬姨，你被免职的事我听箩匣说了，心里也像表弟一样难受，十分不理解他们的做法。是什么原因造成的？"

"主要有两个原因：第一，他们说我开介绍信给黄莲英去厦门，思想觉悟不高；第二，他们说我在'大炼钢铁'中瞻前顾后、畏缩不前，意志不够坚定。"

陈春气愤地说："他们这是乱扣帽子。"

"陈春，这件事不要说了，我们换个话题吧。黄莲英现在情绪有好转吗？"

"今天中午，我又去见她了，状态还是和原来差不多，一连对我说了两次她不想活了！"

"看来这件事对她伤害太深了！你要多多安慰她，鼓励她振作起来。"

"芬姨，我儿子箩匣有一个想法。"

"说出来听听。"

"箩匣说，莲英姐是因为他成了这个样子，我们有责任将她从痛苦中解脱出来。他叫我把莲英姐接到家里住一段时间，防止她想不开结束自己的生命。"

林芬感叹道："箩匣小小年纪就有这样一份感恩之心，不愧是烈士后代！"

"芬姨，你认为这个想法好吗？"

"好，我支持！"

"那我现在就去接莲英姐。"

"她是爱面子的人，会同意吗？"

黄海以山下村党支部代理书记的身份坐在主席台上，第一次主持召开全村党员扩大会议。

林芬以普通党员身份参加，与陈春坐在一块，大家纷纷向她投去异常复杂的目光。

黄海穿着崭新的白衬衫，还是掩盖不住他黝黑的皮肤。他向大家招了一下手，说："各位，请不要交头接耳，现在开会了。上级把山下村村支书的重担交给我，那是对我黄海的信任，再苦再累我都要挑起来。这就需要在座各位的支持与鼓励，协助我做好村里的各项工作。今天开一个短会，只需要半个小时，但内容十分重要，请大家用心记住。昨天，我到镇上开会，丘书记在会上说，我们山下村对'大炼钢铁'认识不到位，工作滞后，在十六个村子中排名倒数第一，拖了全镇的后腿。我觉得丘书记批评得对，我们要积极改正。你们说怎么改？"

第三生产队的积极分子黄大胆说："黄海大哥，不，黄书记，你说怎么改，我一定支持！"

第五生产队的积极分子黄多事说："我也支持！"

黄海满意地说："好，多谢黄大胆和黄多事。我昨天想了一个晚上，决定成立一支'大炼钢铁'专业队，每个生产队挑选一个队员，我当队长，黄大胆和黄多事当副队长。从明天开始，专业队在村委会集中行动。现在，请各生产队队长把本队参加的名单报上来。"

会场顿时热闹起来了。

黄海看到报上来的名单中没有第四生产队的队员，问："陈春，你们生产队为什么不报？"

"我有一个问题不明白，你先回答我。"

"什么问题，你说。"

"家家户户的烂铁、旧铁都上交了，相信其他村也一样。你成立这个专业队，是想去客都河捞，还是想去其他地方抢？"

"我明确告诉大家，我们山下村有很多钢铁资源可以挖掘。"

"在山上，还是在地下？"

"在你们身边，只是你们没有留意。"

陈春摸了一下头发，笑着说："我身边只有一个发夹，再没有其他铁器了。"

大家哄堂大笑。

"陈春，你想捣乱是不是？"

"我不敢。"

"那你不许乱说话了！"黄海生气地说，"我说的身边，是指你们住的老屋，每个窗棂都是用铁做的，只要把这些窗棂拆下来，就是一笔不小的数目。到那时候，我们山下村的排名肯定会跃居全镇第一。"

黄大胆说："黄书记，你这个办法好！"

黄多事说："高招！"

陈春说："这是老祖宗留下来的东西，我们应该保护好。我提醒大家，我们的林芬书记，就是反对他们的馊主意，结果被小人举报免了职。黄书记，我不同意你的主张，我们第四生产队不派人了。"

"你这是拆台！"

"我这是无奈！"

黄海愤怒地说："陈春，你身为共产党员，不积极配合组织工作，反而煽动大家起来闹事，性质十分恶劣，我要向上级请示，开除你的党籍！"

"你不怕人家在背后指着脊梁骨骂，那你就去做吧！"

"我不是为自己，不怕人家骂。"黄海自以为是地说，"少一个人也没关系，专业队照样运作。黄大胆、黄多事你们俩留下，其他人散会。"

林芬和陈春一起走出会场，看到身边没人了，问："陈春，黄莲英到你家几天了，反应如何？"

"看上去精神好多了，没有再提寻短见的事了。"

"嗯，很有成效。"

"箩匣发挥的作用很大，左一声'干妈'，右一声'干妈'，叫得莲英姐心花怒放，合不拢嘴。"

陈春去江上镇父亲那里住了两天，回来时买了两双布鞋。天气凉了，她想让孩子穿上布鞋去上学，别冻坏了双脚。看到近山放学回来了，她连忙把布鞋拿出来，说："近山，妈妈给你买了一双新鞋，你快来试试。"

黄近山将鞋穿上，走了几步，高兴地说："妈妈，很舒服。"

"明天你就穿去学校吧。"

"妈妈，从明天开始，我们去学校要蹚水了，穿不了鞋。"

"蹚什么水？"

"山下桥被黄大胆、黄多事他们砸得粉碎，把里面的铁条全部都取走了。"

"无知！"

黄莲英说："陈春，你要向林芬书记反映，让她出面，马上制止这种鲁莽行为！"

"我现在就去。"

林芬家里来了几个村民，其中一个是耍把戏的黄福添。林芬看到陈春来了，心里已猜到她来的目的，说："陈春，你也是来反映情况的吧？"

"是，好好的山下桥让专业队毁了！"

黄福添说："何止是山下桥，他们还拆了我家的铁窗棂。我当时去制止他们，没用，右臂还被他们打伤了。"

其他几位在座的村民都说，他们家的铁窗棂也被专业队拆了。

陈春说："芬姨，我担心不出半个月，我们山下村三十多座老屋都会遭到专业队的毒手。你虽然不是书记了，可还是一位老党员，现在带我们去制止黄海的行为，叫专业队不要再去干这种不得人心的事了。"

黄福添说："陈春说得对，林书记你带我们去吧。"

林芬觉得光靠这几个人的力量作用不大，应该发动全村的群众都来参与这个行动才会产生效果。她说："我们现在去不一定能见到黄海，再说我们人手少，也达不到目的。我想你们几个辛苦一下，分头去通知自己生产队的队员，向他们说明村里面临的问题，然后叫他们明天上午八点半到村委会去。"

陈春点头说："对，人多力量大！"

第二天上午八点，黄海来到村委会打开大门，接着其他"大炼钢铁"专业队队员也到了。他把队员们召集在一起，说："你们这两天的工作非常有成绩，希望再接再厉，打响我上任第一炮，为我们山下村赢得荣誉。"

黄大胆说："也为黄海大哥早日去掉'代理'二字，成为名正言顺的书记！"

"对，对，大胆你把大哥的心事说出来了。"黄海满意地说，"等下你们把昨天的'战利品'送到江下镇炼铁厂去，下午去拆——怎么回事？"

门外一下子拥进四五十个村民，个个都怒容满面。

黄海心慌地问："你们想闹事吗？"

林芬挤到黄海面前，和气地说："黄书记，我们不是来闹事的。"

"那你们这是？"

"我们希望你马上收手，不要去干缺德的事了，积点德吧！"

黄海恼火地说："你看，你们明明是来闹事，还说不是！我告诉你们，我这是执行上级的决定，不是为了我个人，完全是为了我们山下村的荣誉。谁敢再阻挠，我即刻把他送到派出所去！"

陈春走到林芬旁边，说："黄书记，你把我送到派出所去吧。"

不少村民也说："把我也送去！"

黄海怒气冲天地说："你们想翻天是不是？"

"谁这么大胆想翻天？"

黄海看见丘书记从大门走进来，连忙迎了上去，说："丘书记，你怎么来了？"

"我来你不高兴吗？"

"高兴，高兴。"

丘书记走到村民们面前，说："各位村民，我今天这么早赶到这里，不是为了其他工作上的事情，也不是为了支持黄海同志，而是要制止黄海同志这种过左的行为。昨天晚上，我得知你们村面临的严重问题，连夜召开了会议，形成了一个决议。现在我宣布，恢复林芬同志书记职务，撤销黄海同志代理书记职务。"

黄福添竖起大拇指，高兴地说："英明！相当英明！"

丘书记对林芬说："林书记，你讲几句话。"

林芬激动地说："多谢组织和丘书记信任我，再次给我服务山下村的机会。现在我宣布，解散'大炼钢铁'专业队！"

大家都散去了，只留下林芬和丘书记。

丘书记说："林书记，我向你透露一下，'大炼钢铁'将要告一段落了。你要适应新的形势，做好村里的各项工作。"

"我会做好的。"林芬保证道，接着问："丘书记，今天的事你是听谁说的？"

"你们村的陈春同志，昨天晚上九点，我还在办公室看材料，值班人员把她带了进来，一同来的还有她儿子黄近山。"

"呵，这个好主意一定是她儿子黄近山出的。"

"那孩子看上去挺机灵的。"

"他还是烈士的后代！"

第十三章

　　黄近山因跳级没有和黄双飞同班读书了，但他们俩还常常在一起玩耍，慢慢地有了一定的感情基础。一天，他听黄双飞的孪生弟弟黄双年说，黄双飞不读书了。下午放学后，黄近山背着书包去黄双飞家，想劝说黄双飞要继续读书。

　　黄双飞在父亲房间里，听到黄近山在喊他，连忙回答："你在厅里等着，我马上出来。"

　　厅里有三个小孩在玩耍，个个面黄肌瘦。两个大的穿得破破烂烂，小的女孩一丝不挂，慢慢地爬到黄近山面前，坐起来，瞪着黄近山看。

　　黄近山把书包放在地板上，蹲下去问："妹妹，你为什么不穿衣服？会冻着的。"

　　女孩还不会说话，大的那个男孩说："我妹妹没有衣服。"

　　黄双飞赤着上身，下身裹着一块肥料袋，从房间里出来。

　　黄近山惊讶地说："双飞，你怎么这个样子？"

　　"家里穷。"黄双飞苦笑道，"你看我妹妹，两岁多了还不会走路，身上一块布也没有。为了保证双年上学有衣服穿，我就成了这个样子，你可别笑话我啊。"

　　"你爸爸会耍把戏，可以出门挣钱。他为什么不去挣钱呢？"

　　"前几年还可以，这两年就不行了，村委不允许。三天前，我爸爸冒险去和田圩卖跌打药，谁知还没回到家就被民兵截住，把他的钱和耍把戏的工具全部缴了，还把他押到村委会关了一夜。我爸爸回来后就病倒了，刚才我还帮妈妈给他喂药呢。"

黄近山心里酸酸的，同情地问："双飞，你们一家七个人，接下来怎么办？"

"不知道！"

回家吃晚饭时，黄近山说："妈妈，黄双飞家里太惨了！"

"怎么了？"

黄近山说出了在黄双飞家里看到的景象，然后说："妈妈，以前公社化吃大食堂，大家都很高兴。可现在到了'大跃进'，为什么还有人这么穷？这究竟是为什么？"

"妈妈不知道。"

"可你是党员，又是生产队队长，经常去开会，总该懂得一点点。"

"箩匦，这是国家大事，不要多问，读好你的书。"

"妈妈，我有几件烂衣服，你有时间补一下，我要送给黄双飞。"

黄近田说："妈妈，我也有几件烂衣服，你补了二哥的再补我的。"

陈春问："你也要拿去送人？"

"是，我要送给我的同桌。"

"好，妈妈今晚就是补到天亮也要补好，明天让你们带去。"

十点了，陈春还在客厅里补衣服，看到儿子房间里还亮着灯光，关心地问："箩匦，作业还没做完吗？"

"我在写信。"

"给谁写信？"

"二舅和三姨。"

"你怎么想起给他们写信了？"

"我有事想求他们帮忙。"

"该睡觉了，明天再写吧。"

"这事等不得，我写好了就睡。"

十月一日国庆节，山下小学举行演讲比赛，共有十位同学报名参加，其中一个是黄近山。为了增加节日气氛和促进学校与家长的沟通联系，在林芬书记的支持下，刘小鹏校长邀请四至六年级的家长出席。

　　陈春提前来到山下小学，见到了刘小鹏校长，开门见山地说："刘校长，我想求你一件事。"

　　"什么事？"

　　"这四五天，我儿子近山天天晚上八点左右才回家。我问他去哪里了，他说去同学家里。我问去干什么，他说做事。我问做什么事，他不告诉我。我担心他去干坏事，不学好。所以我想请你帮我问问他，这些天到底去干什么了？"

　　"好，我帮你问。"

　　演讲开始了。台下坐满了师生和家长，一个个都全神贯注，屏息静听台上同学的演讲。

　　黄近山是最后一个出场的。他虽然穿着有好几个补丁的蓝衣服，但还是显得非常精神。他说："各位老师，各位家长，各位同学，今天是中华人民共和国的生日，也是我黄近山的生日，对于我来说，意义重大。我今天演讲的题目是《我爱山下村》。我是烈士后代，出生那天是陈春妈妈把我从观音庙里捡回来的。当时没有奶吃，我伯母喂了我几天。后来，陈春妈妈免工钱帮我干妈放牛，用换来的牛乳哺育我。记得有一次，我得重病要赶送医院，好心的叔叔伯伯伸出了援助之手，让我起死回生。当我黄伯旺爸爸和李四娘奶奶接连不幸去世时，左邻右舍安慰我陈春妈妈要振作起来，有什么困难大家会帮助解决，要她一心一意带好三个孩子。有一天，陈春妈妈语重心长地对我说，近山啊，是山下村人给了我们家太多的爱，你长大了一定要懂得感恩，好好报答他们。我说妈妈，我是喝山下村的水长大的，我会铭记在心。本来，我有机会到大城市去读书，过上无忧无虑的生活。但是我觉得自己是山下村人，既舍不得陈春妈妈，也舍不得山下村的一草一木，还有叔婆伯母、兄弟姐妹。我爱山下村，我现在要好好读书，将来有出息了，一定要以实际行动报答山下村。这是我的肺腑之言！我的演讲完了，多谢大家！"

台下响起热烈的掌声和喝彩声。

林芬对身旁的刘小鹏校长说："刘校长，你培养的学生口才这么好，说得在情在理，将来也可以当老师。"

"我的看法不一样，他长大了可能更有出息。"

经过评选，黄近山得了演讲比赛第一名。主持人说："下面请山下村林芬书记讲话，大家鼓掌欢迎！"

林芬走到台上，笑容满面地说："我代表山下村领导班子，祝贺山下小学国庆演讲比赛取得圆满成功！也许大家还记得，几年前客都县公安机关侦破的国民党特务案件，就是我们山下小学的黄近山同学提供的线索。黄近山同学说爱山下村，我觉得他做到了，而且做得很好！我们大家都要向他学习！"

吃午饭时，黄英的母亲在大门口喊："陈春，邮递员来了，你快去我家门口领包裹单。"

黄近田说："妈妈，我去。"

看到弟弟离去，黄近山高兴地说："妈妈，今天上午刘校长找我，我把这几天自己做的事情告诉他了。上星期我了解到学校十二户贫困同学的情况，便邀上李小梅去了这些同学家里，包括黄双飞家，为他们和他们的弟弟妹妹量身高。"

"你想干什么？"

"送衣服给他们穿。"

陈春感到不可思议，惊奇地问："你哪来这么多衣服？"

"我写信给二舅和三姨，叫他们俩收集邻居孩子不要的旧衣服，哪怕有点破的也可以，而且越多越好。"

"原来那天晚上，你写信给他们俩就是因为这件事？"

"是的，妈妈。"

"这是一件好事，可你为什么要背着妈妈？"

"我怕你骂我去找二舅和三姨的麻烦，又担心他们俩不支持。后来，看到他们俩回信答应帮忙，我便物色了要帮助的对象。"

"箩匣，你真是妈妈的好儿子！"

黄近田拿着包裹单回来了，喜悦地说："妈妈，二舅又给我们寄过年穿的新衣服了，想不到今年这么早。"

黄近山说："三弟，这不是新衣服，是旧的。"

"你怎么知道？"

"我叫二舅寄的，想拿去送同学。"

"妈妈，这是真的吗？"

陈春点头说："是真的。"

黄近山说："妈妈，今天是星期六，下午你和我去江下镇邮局领回来好吗？"

"不知有多少？"

"我估计不会少，你挑一担箩，我挑一担畚箕去装。"

果然，陈夏和陈秋共寄回了四袋旧衣服。一回到家，他们便一袋一袋倒出来查看，发现全部是三五成新的小孩衣服，一共有一百多件，其中三十八件有不同程度的破损。

黄近山说："妈妈，你辛苦一下，能否在明天下午以前全部补好这些破损的衣服？"

黄近田说："太多了，会累死妈妈的！"

陈春说："我尽力吧。"

黄近山想了想，说："妈妈，还是叫干妈来帮你，这样可减轻你的压力。"

黄莲英来了，还带上之前她家里存起来的各种颜色的布块和缝衣服的线。为了赶时间，黄近山还叫来了伯母刘月云。

黄近山叫弟弟帮忙，把没有破损的衣服一件一件地摆放在客厅里。他从书包里取出学生尺，每量一件，就在这件衣服上贴一张写着编码的小纸条，然后分性别登记在作业本上，在性别旁边注明编码和尺寸。

足足花了一整天时间，陈春她们补好了破损的衣服，黄近山也把衣服尺寸登记完毕。

陈春对刘月云说："嫂子，你挑几件好的带回去，给近石和近草穿。"

黄近山说："伯母，你挑吧。"

黄近田说："二哥，我也挑几件给我的同学好吗？"

"可以。"

陈春说："笋匣，黄英四兄妹也缺少衣服，是不是给他们几件？"

"妈妈，这事你说了算。"

"近田，你去叫黄英的妈妈过来。"

黄近山数了一下，还剩下九十六件。他又从书包里取出两张纸，上面记录着十二户人家三十八个孩子的名字和身高尺寸。他把这两张纸记录的数据和笔记本登记的数据进行比对，尺寸合适的，在名字旁边写上衣服的编码和尺寸。比对结束后，他叫母亲和干妈帮忙，把送给每一户人家孩子的衣服捆在一起，再贴上写着贫困同学名字的纸条。

吃了晚饭，黄近山和母亲把这些分配好的衣服挑到山下小学刘小鹏校长的房间里。刘小鹏校长惊喜地说："近山，你二舅一下子寄回这么多衣服，真是太好了！"

黄近山把记录着十二户贫困同学名字的两张纸交到刘小鹏校长手里，说："刘校长，这事请你不要对外宣传。"

陈春说："是的，刘校长。"

"这么高尚的事情不宣传，可就埋没了你们母子的功劳。"

黄近山说："我们愿意！"

"那好，我代表这些贫困学生多谢你们！"

放寒假的时候，黄近山收到亲生父亲罗平团长的一封信。看完信，他对母亲说："妈妈，我爸爸转业了，担任厦门市一个部门的局长。"

"他有没有叫你去过年？"

"没有，但随信夹了三十块钱，给我们过年用。"

陈春从近山手中接过钱，说："箩匣，妈妈原来有一个想法，在拆掉的山下桥旁边搭一座简易木桥，方便过往行人，可惜手头没有钱。你们三兄弟要是同意，妈妈就用这笔钱买几根木材，叫你们的冲之叔和能干叔免费帮忙，在过年之前把木桥搭建起来。"

黄近水说："妈妈，这事我们不会反对。但问题是现在田里的水冷得吓人，没有工钱，不知道冲之叔和能干叔肯不肯干？假使他们答应，但人手也不够。"

黄近山说："哥哥，我们可以帮忙的。"

黄近田说："妈妈，还可以叫上伯父一家。"

陈春看到三个孩子通情达理，心中十分高兴，说："好，这事就这么定了，我下午去找你们的冲之叔。"

动工那天，林芬来了，黄晖老师来了，黄双飞和他的父亲黄福添也来了，还来了几个热心的村民。虽然天气寒冷，冷风呼啸，但没人袖手旁观，一个个都干得非常起劲。快收工时，挑泥的黄晖老师突然"唉哟"一声，跌坐在潮湿的草地上，脸上现出痛苦的表情。

陈春走上去问："黄晖老师，你怎么了？"

黄晖老师双手抟住右下腿，说："我踩到很尖的东西，痛死了！"

"我看看。"陈春抬起黄晖沾满淤泥的右脚，看到脚心插着一枚生锈的铁钉，一半刺进肉里，渗出了鲜红的血。她惊讶地说："黄晖老师，你踩到铁钉了。"

"春姐，帮我拔掉。"

陈春拔去了黄晖老师脚下的铁钉，扶着她慢慢地走到溪边，掏出手帕蘸上水，小心地擦去她两只脚上沾着的泥土，又放下她的裤脚。陈春说："黄晖老师，铁钉上生了锈，会引起伤口发炎。"

"那怎么办？"

"你回去后，叫你老公找几个大田螺，把螺肉捣烂，加上一撮饭粒和几粒粗盐搅匀，敷在伤口上，一天换一次，两三次后就会没事了。"

"这么神奇吗？"

"这是民间流传下来的经验，应该有点效果。"

"可是我老公出门办事去了，要明天上午才能回来。"

"我帮你弄，你在家等着。"

黄晖老师挑着畚箕一瘸一拐地回家了。

陈春把黄近田叫到面前，吩咐道："田板，你去生产队鱼塘捞几只大田螺。"

"水又深又冷，下去会冻僵，我不去。"

"不听妈妈话了？"

"你叫二哥去。"

黄近山走过来，问："妈妈，什么事？"

"黄晖老师的脚被铁钉刺伤了。你马上去生产队鱼塘捞几只大田螺，给黄晖老师做消炎药，快去快回。"

黄近山二话没说，转眼间捏着几只大田螺回来了。

陈春赶忙洗净手脚，说："箩匣，你跟妈妈去黄晖老师家里。"

黄晖老师坐在厨房里，指导八岁的女儿做饭。看见陈春他们来了，想站起来招呼。

陈春摆手说："黄晖老师，你不要动。"说完拿过灶边的菜刀，把一只田螺放在砧板上，用刀柄锤碎，将田螺肉放进碗里，加上一撮饭粒和几粒粗盐，捣成一团，敷在黄晖老师的伤口上，包扎好。

黄晖老师高兴地说："好像伤口不那么痛了。"

"一个对时后，叫你老公按我的做法把田螺肉和着饭粒、粗盐捣碎，再敷一两次。"

"春姐，多谢你！"

"我谢你才对。"陈春坐下说，"你是一位好老师，近山多次跟我说起。"

黄晖老师的女儿说："我妈妈再好也没用，过了年就要回家耕田了。"

"怎么会这样？"

黄晖老师伤心地说："事情是这样的，我当了六年代课老师，眼看就要转为正式教师了，谁知放寒假时刘校长突然说，明年有新的代课老师要来，叫我不要来了。我一打听，原来这个代课老师是民兵营长黄海的外甥。我本来想找领导理论，但转而一想自己人微言轻，还是自认倒霉吧。"

在回家的路上，黄近山说："妈妈，我觉得是黄海要了手段，不然不会出现这种情况。"

"也许吧。"

"我想帮黄晖老师讨回公道！"

"你一个小孩子，怎么去帮？"

"张叔叔现在是客都县县委副书记，他原来不是对你说有事可以找他吗？我回家马上给他写一封信，把黄晖老师的情况反映给他。"

"好，妈妈支持你！"

经过四天的努力，简易木桥终于搭建起来了。林芬第一个走过木桥，连连说："踏实，踏实！"

第二学期开学第一天，黄近山第一次穿上母亲给他买的新布鞋去学校。第一节课刚上不久，他站了起来，说："老师，我想请五分钟假。"

"有事吗？"

"是。"

"去吧。"

黄近山走出教室，直接去到黄晖老师之前上课的教室门口，看谁在那里上课，然后返回自己的教室上课。

下课后，黄利兵走到黄近山课桌边，神秘地说："班长，我带你认识一个新老师。"

"是你表哥吧？"

"怎么，你听说了？"

"听说了。"

"走吧，我们去他房里喝水。"

"我不去。"

放学回到家，黄近山难过地对母亲说："妈妈，黄晖老师真的被开除了。"

"黄海的外甥来了吗？"

"来了。"

"黄晖老师说她人微言轻，看起来我们也一样，没有帮上她的忙。"

下午第二节课下课时，黄近山被刘小鹏校长叫去办公室，没想到在那里见到了江下镇丘书记和江下镇中心小学校长。

丘书记问："近山同学，你是不是在春节前给客都县张平山副书记写信了？"

"是，写了。"

"反映什么？"

"关于黄晖老师教书的事。我觉得黄晖老师是一位好老师，学校无理由开除她。可惜我的努力白费了。"

丘书记微笑着说："近山同学，你的努力没有白费。"

黄近山带着丘书记他们来到黄晖老师家里，没有看见黄晖老师。黄近山喊道："黄晖老师，你在家吗？"

"我在房里收拾东西。"

黄近山走进黄晖老师房间，问："黄晖老师，你的脚好了吗？"

"好了。你找我有事吗？"

"江下镇丘书记他们来看你了，就在门口。"

黄晖老师连忙丢下手中的衣服，踏出房门，受宠若惊地说："今天刮的是什么风，把你们这些大领导吹来了？"

丘书记说："黄晖老师，你教书的事惊动县委领导了。"

黄晖老师不安地说："丘书记，我没有向上面反映情况，你们不要责怪我。"

"黄晖老师，你多虑了。今天我们来见你，一是向你说声对不起，二是叫你回学校上课。"

　　刘小鹏校长说："黄晖老师，你明天回来上课，还教原来的班级。"

　　"我不回去了。"

　　"为什么？"

　　"我们一家明天要离开山下村，迁到北京生活了。"

　　丘书记说："刘校长，那我们走吧，不要打扰黄晖老师了。"

　　黄晖老师把他们送出大门，连忙把黄近山叫回来。黄近山跟着黄晖老师返回屋里，问："黄晖老师，你明天一走，什么时候才能回来？"

　　"也许两三年，或八年十年，不回来也有可能。"

　　"黄晖老师，我会想你的。"

　　"我给你地址，有时间给老师写信。"

　　"黄晖老师，我不但会给你写信，有机会还要去北京见你！"

　　"近山，只要你到了北京，老师我还要带你去见你刘丽英姑婆。"

　　黄近山愕然地问："我有姑婆在北京吗？"

　　"她是你外公的表妹，嫁给我老公的大伯做媳妇，是一位老革命家。我们一家迁去北京，就是你姑婆帮忙的。这事你不要告诉别人，但可以对你妈妈说。"

　　黄近山兴奋地说："黄晖老师，原来我们还是亲戚。"

　　"近山，老师还想给你提一个建议。"

　　"你说。"

　　"你现在是长知识的时候，读书一定要用心，不能松懈。在江下中学毕业后，你要争取考到客都县更高级的中学去读高中，将来才能考上理想的大学，实现你远大的抱负和梦想。"

　　"我会用心读书的！"

第十四章

黄近山把黄晖老师的话铭记在心，通过几年不懈的努力，终于考取了客都县高级中学。

黄晖老师从黄近山的来信中得知这个喜讯，回信鼓励道："近山同学，你已经一只脚踏入大学校门，只要加把劲，另一只脚也就迈进去了。"

黄近山放下黄晖老师的信，毅然在笔记本中写道："清华，清华，三年后我将成为你的学子！"

没想到，在黄近山高二下学期行将结束时，国家突然取消了高考制度，所有学校停课"闹革命"，"文化大革命"从此拉开了序幕，他的远大理想瞬间化为乌有。

一天，黄近山在宿舍里阅读法国作家雨果写的长篇小说《悲惨世界》，比他低一年级的李小梅突然来找他。李小梅瞧见黄近山躺在床上看书，便蹑手蹑脚地走过去，一把夺过黄近山的书，说："你还有心思看书！"

黄近山坐了起来，问："怎么了？"

"同学们抢着报名去北京参观，到天安门见毛主席！"

"是自己出钱吗？"

"免费的。"

"你去吗？"

"我已经报名了。听你的口气，好像要花钱你就不想去。"

"上北京见毛主席是我从小的梦想，有这么好的机会，我岂能错过。走！"

李小梅伸手把黄近山拦住，说："你不要急，我给你领来了一张申请表。"她从裤袋里把申请表拿出来，"你先将它填好，然后交给学校办公室廖副主任。"

黄近山拿出小时候张叔叔送的那支派克钢笔，一下子填好了申请表，在李小梅的陪同下来到学校办公室，把表交到廖副主任手中。

廖副主任收起黄近山的申请表，说："这位同学，第一批去北京见毛主席的名额不多，你虽然是贫农，属于'红五类'，但条件比不上其他同学，恐怕这名额没有你的份了。"

"廖主任，你告诉我，还要什么条件？"

"比如烈士子女、高官家属。"

"我是烈士子女。"

"口头上说的不算，一定要盖有村、镇红印章的证明才有用。你如果能提供这种证明，那就有希望，但最迟明天交上来。"

黄近山觉得自己完全具备条件，写份证明太容易了，心里很是高兴。他一刻也没有停留，骑上向周春明老师借来的自行车急急忙忙往家里赶。他首先来到林芬书记家中，向她说明了自己找她的目的。

"笋匣，姨婆帮不了你，我已经不是山下村书记了。"

"啊，换谁了？"

"民兵营长黄海。"

"怎么是他？"

"笋匣，你去找他。"

黄近山原本想回家吃点东西再去村委会，但觉得还是先去村委会候着黄海，拿到证明再回去。他刚走进村委会外大门，便看见黄海背着书包从内大门走了出来。他连忙放好自行车，拦住了黄海，说："黄书记，我想求你开一份证明。"

"什么证明？"

"烈士子女证明。"

"你拿去干什么？"

"我们学校要安排部分同学去北京见毛主席，我想争取一个名额。这份证明很关键，直接影响我去或留的问题，请黄书记你支持！"

黄海瞧了黄近山几秒钟，两手一摊："我办不到！"

"为什么？"

"不为什么。"

"黄书记，你总得说出来，让我明白呀！"

"你认地主崽作干妈。"

黄近山原以为这事会一帆风顺，可没想到这个黄海却拿枝节问题做挡箭牌。他心里感到非常意外，说："黄书记，求你通融一下吧。"

"这事没得通融！"

第二批去北京参观的消息公布了，黄近山邀上李小梅又去报名，谁知李小梅中选了，而黄近山却落选了。李小梅看到黄近山心情不好，安慰道："近山，听说第三批去湖南湘潭韶山冲参观毛主席旧居的活动也开始报名了，你可以去试一试。"

"好，我去碰碰运气。"

没想到，这一次还是没有黄近山的份。他感到心里难受，又跑到学校办公室，气愤地对廖副主任说："廖主任，为什么你们每次都不给我机会？"

"黄近山，我很想给你机会，但又没有办法，因为你政审不合格。"

"我有什么问题？"

"你家乡村委会给学校寄来了材料，反映你小时候认地主崽作干妈。"

"这么说，我也成了'黑五类'？"

"嗯，差不多吧！"

当晚，黄近山叫上三位关系比较密切的同学去吃饭，十一点多才醉醺醺地回到宿舍，足足睡了一天一夜。当他睁开眼睛时，发现周春明老师坐在自己床边，连忙坐了起来，睡眼惺忪地望着慈祥的老师。

"近山，你为什么喝那么多酒？"

"心里烦。"

"赶快去洗一把脸，然后到我房间吃晚饭。"

在吃饭时，周春明老师了解到黄近山喝酒的原因，疼爱地说："近山，老师不喜欢你这样借酒消愁，损害自己的身体。我希望你不要灰心丧气，也许还会有机会的。"

"把柄在他们手里，我不会有机会了。"

"近山，老师理解你的失落。既然上不了北京，去不了韶山冲，那你就去环游世界。"

"去国外？"

周春明老师"嘿嘿"一笑，站起来拉起黄近山的手，说："走，我给你看一样东西。"

走进房间内隔，黄近山惊喜地看到，在小床旁边一个两米高的橱柜上，摆放着几十本文学作品，大部分作品出自外国作家之手：高尔基、司汤达、莫泊桑、托尔斯泰、雨果……他顿时明白了周春明老师的用意，连忙问："周老师，你是想叫我沉下心来读书？"

周春明老师点头说："对，老师就是这个想法，当然，平时班里的各项正常活动你要积极参加，但不要像有些同学那样戴着红卫兵袖章在校园里横行霸道，挑事生非。我给你一把钥匙，你随时都可以来这里看书。"

"会不会打扰到你？"

"不会。"

"那我天天来。"

"我希望是这样！"

李小梅从北京回来了，听说黄近山没有选上去毛主席旧居韶山冲参观，便带上一包东西到宿舍找他，但没见着，在下楼梯时碰见了与黄近山关系密切的石古、胡兴和小军仨同学。她问："石古，你知道近山在哪里吗？"

"不知道，我们也是来找他的。"

"他不在宿舍，会不会在教室或图书馆？"

"我们去看了，也不在。"

"难道回家了？"

胡兴说："不可能回家，今天上午我还在教室里见到他。"

李小梅走到自己宿舍楼梯口，心里忽然想起一个地方，连忙掉转头直奔周春明老师宿舍。她叩了三下周春明老师的房门，里面没有反应。她又叩了三下，还是不见回音。

"小梅。"

李小梅回头一看，只见周春明老师拎着一捆青菜，连忙说："周老师，我找近山。他在你这里吗？"

"在，我给你开门。"周春明老师打开门，"近山，小梅来了。"

黄近山从内隔出来，问："小梅，你什么时候回来的？"

"昨天下午。"李小梅把带来的那包东西放在饭桌上，"周老师，我从北京带回一只全聚德烤鸭，给你们尝尝。"

"小梅，难得你有心。我给你们做晚饭，你们坐下聊吧。"

黄近山问："小梅，你见到毛主席了吗？"

李小梅有点遗憾地说："天安门广场人山人海，我们站在很远的地方眺望，只能看到毛主席穿着草绿色军装站在天安门城楼上频频向我们招手，可惜我看不清毛主席的相貌。"

"但毕竟看到了，你好幸福！"

周春明老师在厨房里问："小梅，你走了半个多月，一路顺利吗？"

"总的来说还算顺利，但每天都感到有点累，一沾床就像死猪一样，一觉睡到天亮。"

"俗话说，在家千日好，出门半朝难。小梅，这回你体会到了吧？"

"我体会到了。"

黄近山说："小梅，你还有什么奇闻轶事，说出来跟我们分享一下。"

"我在火车上碰见一个来自广州的学生，他说他是单枪匹马去北京'串联'的。我说你们学校怎么允许你一个人去？他说红卫兵'大串联'已经开始，学校对学生基本上失管了，只要你戴上红卫兵袖章，带上单位证明，就可以免费坐上开往北京的火车，还可以全程免费食宿。"

"你继续说。"

"还有一件事，我在天安门广场看见你们班的刘雄飞，想挤过去和他打招呼，但一转眼又不见他了。"

"他不是和你们同一批去北京的吗？"

"不是。"

周春明老师说："我说呢，这么多天都没有看见刘雄飞在教室里，原来他是一个人跑到北京去玩了，胆量真够大！"

黄近山晨跑时看到好多人在学校办公大楼门前围观，心想可能学校又发布什么通告了，急忙跑过去，一看吓了一跳。原来墙上贴着一张大字报，题目是《炮轰反动学术权威李一鸣校长》。报上列举了几条罪状，其中一条是：娶资本家的孙女做老婆，老牛吃嫩草，摧残年轻姑娘。落款是"红卫兵东风兵团"。

石古挤到黄近山身旁，悄悄地说："近山，胡兴和小军约你去说点事。"

"我正好也有事跟你们商量，走吧。"

胡兴和小军在操场边坐着，看到黄近山他们来了，胡兴说："近山，东风兵团司令廖主任是我同乡。他昨天把我叫去，动员我加入他们的红卫兵组织，帮助他写大字报。他说我要是答应，会安排我下一批上北京'串联'。"

"你答应了？"

"还没有，我想听听你这个才子的意见。"

"石古，你和小军的看法呢？"

"我们见识短浅，还是听你的。"

黄近山踱了几步，想了一下，说："胡兴，我先与你说一件小事。刚才我在学校办公大楼门口看了东风兵团贴出的炮轰李校长的大字报，觉得内容有点乱弹琴的味道，对此我不敢苟同。鉴于这种想法，我认为跟着廖主任他们不会给你带来好心情，还是我们四兄弟在一起开开心心吧。"

小军说："对，我们四兄弟在一起，心往一处想，走好自己的人生路。"

石古说："这才是真理！"

黄近山看到胡兴沉默不语，又说："胡兴，其实大家都有去北京的强烈愿望。但我们不要去依赖别人，就像小军说的，走好自己的人生路。我考虑了几天，初步有了一个不成熟的想法。"

小军问："什么想法？"

"我们四兄弟联手成立一个红卫兵组织，名字叫'志同道合战斗队'，自己把自己送到北京天安门广场。"

胡兴疑惑地问："这个组织合法吗？"

"我打听过了，红卫兵组织都是自发的，临时的，不违法。"黄近山说。接着，他把李小梅去北京的见闻讲给大家听。

石古听了，高兴地说："近山，你这个建议非常好。我们怎么去实施？"

黄近山像将军那样做了"战前部署"，然后说："为了打赢这场'战役'，我们必须绝对保密！好了，我们去打篮球吧。"

在出发去北京的前两天，黄近山骑着周春明老师的自行车回到家，不见母亲陈春，只有三弟黄近田在床上痛苦地呻吟，禁不住问："田板，你哪里不舒服？"

"我右脚受伤了。"

"怎么回事？"

"半个月前，黄大胆和黄利兵领着七八个民兵去高山坪盗挖黄凌霄的古墓，我听到后急忙赶去制止，没想到被他们打断了右腿，还是没有保护下来。"

"那块记录着历史的碑石还完好吗？"

"砸碎了！"

"他们真是狗胆包天！"

"二哥，这几个月来，他们还干了三件有辱祖宗的坏事。第一件，他们把村里七层楼高的炮台炸了，只剩下最下面一层，现在供生产队圈牛。第二件，他们将我们屋旁那棵大圆子树砍掉，拿去卖了。第三件，他们纠集邻村的民兵把东华寺砸了，观音像被丢进了山下鱼塘。"

黄近山震惊地说："他们将来会遭报应的！"

"二哥，妈妈也因为这些事情向黄海提了几次意见，谁知被免去了生产队队长职务，还受到了留党察看一年的处分。"

黄近山揭开被子，看着近田夹着木板的右腿，问："感觉怎么样了？"

"福添叔说，再过半个月就可以卸去夹板了。多亏了他的祖传跌打药膏和接骨技术，才保住了我这条腿。"

黄近山把被子盖回去，问："田板，妈妈呢？"

"开会去了。"

"她不是队长了，还去开什么会？"

"今天村里又召开'五类分子'批斗大会，除了老弱病残者之外，其他社员一律要参加，谁不去就扣除一天工分。"

"上次我回来开证明听你说过，丘桂香戴上写着'地主婆'的纸帽子游村晕倒了，后来怎么样了？"

"后来虽然她身体没事了，但民兵还是隔三岔五把她押到村委会，与其他'五类分子'一起劳动，一起批斗游村，十天前死了。大家都知道，她是猝死的，但黄海说，她是畏罪自杀！"

"这事对我干妈一定打击不小，我要去安慰她。"

黄近田一把拉住黄近山的手，说："二哥，你见不到她。"

"为什么？"

"她在村委会，正在接受批斗。"

黄近山把手抽了回来，说："我去看看。"说完转身就走。

"二哥，你看看就好，不要和他们发生摩擦。"

黄近山骑自行车去到村委会，在左手臂戴上了红卫兵袖章。他没有马上进去会场，而是倚着门框往里面瞧。只见黄莲英头戴"五类分子"的高帽，双手被反绑着，跪在会场中央，耷拉着头。

新上任的民兵营长黄大胆说："社员们，刚才批斗了黄四，现在批斗地主崽黄莲英。这个黄莲英，自从她妈死后，每天都不去参加生产队劳动。黄海书记说，这是公然对抗社会主义制度，与'五类分子'没有两样。现在，谁先上台向黄莲英开第一炮？"

"我！"黄近山吼了一声，绕过参会人群走上台，向黄大胆质问道："黄营长，她是我干妈！她一直循规蹈矩，不会反对社会主义制度，你们不应该把她定为'五类分子'。"

黄大胆斜着眼说："黄近山，你是来捣乱的吗？"

黄近山指着红卫兵袖章说："我是来讲道理的！"

"这里不是你讲道理的地方！"黄大胆恼怒地说，"黄多事，你们把黄近山拉出去，不许他再进来！"

陈春看到二儿子被民兵强行拉出大门，心里非常难受，连忙起身跟了出去。

黄多事对陈春说："陈春，请管好你儿子！如果再闹，我们就把他关起来！"

"我会管好他。"

看到民兵离开了，黄近山说："妈妈，你让我回去和他们理论。"

陈春抓住他的手，说："箩匣，你斗不过他们的，跟妈回家去。"

"可是妈妈，我担心干妈受不了这个折磨。"

"现在这世道，受不了也没办法呀！"

黄近山经不住妈妈的劝说，只好窝着一肚子火回家。

当母子俩沉默地走过一段路后，陈春禁不住问："箩匣，你今天怎么这时间回家？"

"学校早已停课了，学生们都在忙杂七杂八的小事。我后天要去北京'串联'了，今天回来想带近田去，没想到他出了事故。"

"你哪来这么多钱？"

"红卫兵'大串联'是免费的，自己有一点零用钱就可以了。"

"冬天了，北京一定很冷，你要多带点冬天的衣服。"

"昨天我到红卫兵接待站办完手续，顺便去市政府见了张叔叔，他给了我一件军大衣，还送了我一点钱。"

"怎么，他不在县里当书记了？"

"上个月提拔了，他现在是副市长。他叫我代他问候你，希望你不要太劳累了。"

黄近田听说二哥此次回家是想带他去北京玩，无奈自己受了伤，心里感到可惜。他说："二哥，你能不能推迟半个月，等我好了跟你一起去？"

"去广州的汽车票都买好了，无法更改。"

"那你就浪费了一张车票。"

"不会，可以退票。"

陈春说："箩匡，自从你弟弟受伤之后，黄双飞每天晚上都来家里陪伴田板，他爸爸也三两天来过问一次。如果你觉得方便，妈妈建议你不要去退车票，带双飞去北京开开眼界吧。"

黄近田说："对，二哥你带双飞去。"

黄近山思考了一会儿，说："好，那就叫双飞冒充三弟跟我去。"

"为什么要冒充？"

"因为证明上没有黄双飞的名字，只有田板的。"

第十五章

　　黄近山一行五人手臂上各套着鲜艳的红卫兵袖章，在客都汽车站排队坐上了开往广州的长途客车。

　　黄双飞做梦都没想到自己能参加红卫兵"大串联"，心情异常激动，一上车眼睛就瞪着车窗外面，看到沿路那么多树木、房屋往后退，惊喜地对身旁的黄近山说："二哥，那些东西为什么都往后退？"

　　"三弟，你真是山精！这么简单的问题都不懂，丢死人了。"

　　"我是第一次出远门，又是第一次坐车，二哥你别这样子说我。"

　　"我跟你说，路边的树木、房屋是静止的，但汽车是运动的，一静一动，这就使坐车的人产生一种错觉，以为自己没动，而是树木和房屋在动。"

　　"二哥，你这么一解释我就明白了。"

　　"三弟，你不能总是看外边，看久了会头晕的。"

　　没想到，汽车刚过了龙川，黄双飞难受地说："二哥，我头晕。"

　　"我说的话你不信，现在尝到滋味了吧。赶快把眼睛闭上，靠着我缓一缓。"

　　突然，汽车颠簸了一下，黄双飞揉着肚子，脸色转青，说："二哥，我有点反胃。"

　　"你忍一忍。"黄近山拍拍前面睡着的石古，"喂，你醒醒。"

　　石古转过头，问："什么事？"

　　"你把万金油拿出来。"

石古迅速从行李架上拽下自己的小书包，取出一盒万金油递给黄近山，问："你怎么了？"

"我三弟晕车了。"

黄双飞虽然在额头上和肚脐上涂了万金油，但还是感到肚里不舒服，露出想呕吐的症状，痛苦地说："二哥，我受不了，要下车。"

黄近山大声地喊："司机，停车！"

"什么事？"

"有人要吐了。"

司机把车停靠在路边，说："赶快下去，不要吐在车上。"

黄近山牵着黄双飞下了车。黄双飞双脚刚落地，马上蹲了下去，"呕"的一声，肚里的秽物喷涌而出，吐了一大片。黄近山连忙掏出手帕，缓缓地揩去黄双飞额头上不断冒出的冷汗。稍停片刻，黄双飞又吐了几下。

司机说："你们抓紧！"

"马上就来。"黄近山拉起黄双飞，谁知黄双飞又蹲了下去，呕了一下，摇头说："我不敢坐车了。"

"不敢坐也要坐呀！"

司机催促道："上车吧，不要耽搁时间了。"

黄近山艰难地把黄双飞推上车，坐回自己的座位上。黄近山又拿出万金油抹在黄双飞的太阳穴和颈背上，说："合上眼，一会儿就没事了。"

然而，车刚开出十多米远，黄双飞痛苦地说："我坐不住了，很想躺下。"

"好，你等一下。"黄近山叫石古把他的旅行袋从行李架上取下来，拿出张叔叔送给他的军大衣，摊在过道上，叫黄双飞躺在军大衣上面，然后将军大衣扣好，防止黄双飞受凉了。

到吃午饭的时间了，司机把车停在灯塔旁一间饭店门口，说："吃饭了，大家下车。"

黄近山拍了一下黄双飞的头，说："三弟，下车吃午饭了。"

黄双飞睁开眼，低声说："我不想吃，也不敢动。"

"憋了五六个小时，也该下去排尿了。"

"我忍得了。"

司机站在车门边，大声地说："你们俩还不下来，我要锁车门了。"

黄近山走近车门，说："师父，我三弟动弹不得，你让他留在车上吧。"

"万一哪个旅客丢东西了，你来赔偿吗？如果你敢负起这个责任，我可以答应你。"

黄近山指着左臂的袖章，说："你看，我是毛主席的红卫兵，请你相信我能做到！"

"你们要去哪里？"

"去北京见毛主席！"

"你们这些学生太幸福了！"司机十分羡慕地说，"好吧，我答应让你三弟留在车上。"

他们在餐厅吃饭时，石古说："近山，你三弟长得这么结实、高大，想不到弱不禁风，身体像豆腐渣一样。"

胡兴说："第一天就出现了这种状况，以后天天要坐车怎么办？"

小军说："近山，你不该带你三弟出远门。"

黄近山无奈地说："你们不要说了，我也有点后悔，但愿他明天能让我省点心。"

夕阳下山的时候，汽车开进了路边的加油站，司机说："我们就要进广州市了，请大家抓紧时间下车小便。"

黄近山拍了一下黄双飞的头，说："三弟，下车小便吧。"

黄双飞睁开眼，难为情地说："二哥，我早已尿了。"

一位中年乘客捂着鼻子说："我刚才闻到了尿味，还以为是窗外飘进来的，原来是这小子干的事。"

另一位女乘客说："太不讲卫生了！"

黄近山不好意思地说："我三弟不懂事，请大家包涵、谅解！"

趁大家下车了，黄近山又拿出一条用来洗脸的毛巾，强忍着刺鼻的尿臊味，迅速将毛巾垫在黄双飞的屁股下面，然后问："三弟，你为什么不告诉我要小便，多尴尬呀！"

"我想说的，但迟了。"

颠簸了一天，汽车终于开进了广州市越秀南客运站。黄近山背着黄双飞来到车站门口的广场上，只见这里设立了红卫兵接待站，上千名红卫兵小将排成十多个队列候车。他们听不懂广州话，好不容易挤上了一辆贴着"向红卫兵致敬"标语的大型客车。

客车要开到哪里去，他们并不知道。大约过了半个小时左右，客车驶进了广州市的一所中学。这所中学的红卫兵接待站的师生非常热情，他们凭借"志同道合战斗队"证明顺利地办好了入住手续，领取了被帐和就餐证。工作人员把他们带到一间教室，说："各位学生，你们暂时住在这里，一会儿我带你们去饭堂吃饭。"

黄近山说："同志，我想求你一件事。"

"你说。"

黄近山指着躺在地板上的黄双飞，说："我们是从客都县来的，这位同学一路晕车，有点神志不清了，请你帮忙叫医生给他治疗一下好吗？"

"好，我去叫医生。"

看着工作人员离开了，石古说："这位同志的普通话夹着客家口音，可能是我们客都人。"

胡兴说："等下问他。"

过了十多分钟，工作人员回来了，说："找不到医生，对不起！"

石古说："近山，把你三弟送医院吧。"

"我们没钱，怎么去医院？"

"你是聪明人，想想办法。"

黄近山低头想了一下，对工作人员说："同志，你这里有电话可以借用一下吗？"

"有，我带你去。"

黄近山拨通了二舅陈夏家里的电话，是陈夏接的，近山扼要地说了自己目前面临的问题。

"箩匣，你不要着急，二舅马上过去。"

返回歇脚处时，黄近山对工作人员说："同志、你是不是客都老乡？"

"是的，你们想去北京'串联'是吗？"

"对，请老乡帮忙让我们早点上路。"

"我会的，但最快也要四天才能拿到火车票。在未来几天里，我们接待站会安排你们去广州部分院校参观师生们的革命行动，但下午你们要自己坐公交车返回这里。"

陈夏很快赶来了，只和黄近山寒暄了几句，然后说："箩匣，我跟你三姨陈秋说好了，把三弟送到他们医院去，走吧。"

黄双飞被抬上了陈夏的小车上，黄近山也想上车，但陈夏说："箩匣，我有司机协助，你不要去了，早点休息吧。"

"那好，我们明天见。"

黄近山闻了一下让太阳晒了三天的军大衣，觉得尿臊味淡了许多，这才叠好装进旅行袋。

石古说："近山，我们这几天参观了几间院校，看到贴了那么多大字报，几乎全是揭发批判'走资派'和'反动学术权威'的内容，其中一些非常尖锐。一些学生拿出本子在记，我也抄了几十条。"

"你抄下来干什么？"

"'串联'回去后，我们可以发挥自己'志同道合战斗队'的作用，有针对性地挑选几个内容发布出去，也不枉这趟北京之行。"

"石古，看起来你挺有头脑，之前我怎么没有看出来呢？"

"人总会进步的。"

"也有可能退步。"

接待站的客都老乡来了，递给黄近山五张第二天上午十点去北京的火车票，是硬座的。看到黄双飞不在，客都老乡禁不住问："近山同学，你三弟还没出院吗？"

"他回来了，但一个人回家去了。"

"这么好的机会不去北京可惜了。"

"晕车没办法呀！"

足足坐了三天拥挤的火车，黄近山他们才到达北京火车站。北京比广州冷得多，一下火车，他们就被冻得瑟瑟发抖，于是连忙穿上所有能御寒的衣服。没过多久，汽车把他们载到一所大学办公大楼前面的广场上。在办公大楼大厅办好手续后，接待处工作人员把他们引入从来没有见过的电梯，一眨眼工夫就上了十楼，到了充满暖气的房间。随后，工作人员把他们领到研究生餐厅吃晚饭。吃饭时，广播通知大家晚上七点半到办公大楼后面的大礼堂开会，接待处领导要安排近期的革命工作。会上，接待处领导透露出伟大领袖毛主席近期将接见这些"大串联"的红卫兵的消息。黄近山激动不已，跟着大家唱起了革命歌曲："大海航行靠舵手，万物生长靠太阳。雨露滋润禾苗壮，干革命靠的是毛泽东思想。鱼儿离不开水呀，瓜儿离不开秧。革命群众离不开共产党，毛泽东思想是不落的太阳。"

晚上睡觉时，黄近山感慨地说："命运真是捉弄人，充满戏剧性。"

胡兴问："这话怎么讲？"

"我上高一时，在笔记本中写下'清华，清华，三年后我将成为你的学子'的豪言壮语，没想到今天竟然以红卫兵的身份出现在向往已久的北京首都！"

石古说："近山，不管怎么说，你的愿望也算实现了！"

"唉，也只有这样聊以自慰了！"

接下来几天，他们参观了几家知名院校，所到之处，大字报铺天盖地，其中不少都使用了"火烧、油炸走资派、当权派和反动学术权威"等刺眼文字做标题，令人感觉到浓浓的"阶级斗争"火药味。

石古说："首都就是首都，红卫兵的水平比广州的厉害多了！"

小军问："石古，你又抄了多少？"

石古晃动着一个小本子，炫耀道："你们看，我抄满了一本，三分之一是广州的，三分之二是北京的。"

胡兴说："石古，你抄这些东西没用的。"

"现在是没用，但回去就有用了！"

黄近山想利用这次难得的机会，拜见未曾谋面的姑婆刘丽英。转了几次公交车之后，他找到了三里河的一座四合院，上前叩了三下大门。

黄晖老师打开门，看到门前站着一位高大英俊且穿着军大衣的年轻人，疑惑地问："同志，你找谁？"

"黄晖老师，我是黄近山，山下村的。"

"山下村的黄近山？"

"对呀，你认不出来了？"

"我认不出来了，我们几年不见，你都长这么高了。"黄晖老师惊喜地说，"来，赶快进屋。"

坐下后，黄近山环顾了一下，说："黄晖老师，你这房子虽然有点旧，但我一进来就感觉到舒服。"

黄晖老师给黄近山斟了一杯热水，说："这房子是你姑婆刘丽英的，我一家从山下村刚出来时，她就送给我们住了。"

"姑婆当了多大的官？"

"部级干部。"

"她身体还好吗？"

"身体还好，但精神受到了打击。"

黄近山吃惊地问："出什么大事了？"

"红卫兵贴了她的大字报，上星期三'靠边站'了，被限制了人身自由，谁也见不到她了。"

"唉！"黄近山叹息道，"我好不容易来北京'串联'，本来想去拜见一下姑婆，认认门，现在不可能了。黄晖老师，你如果有机会见到姑婆，请代我问候她老人家一声。"

"好，我一定转达。"黄晖老师点头说。接着，她又问："近山，客都会不会出现北京这种情况？"

"我来北京的时候，看到我们学校贴了几张大字报，还有两所学校的红卫兵组织发动学生上街游行，打着'声援首都革命学生'的旗号。"

"前段时间，我听一起上班的工友说，他们湖北老家'破四旧'，几乎把村里的历史文物都毁掉了。我们山下村会不会也有这种现象？"

"我们山下村也差不了多少。炮台炸了，大圆子树砍了，祖祠的牌匾砸了，抗清英雄黄凌霄的古墓挖了，还有东华寺也难以幸免。"

"你说抗清英雄黄凌霄的古墓被挖了？"

"是啊！我三弟说翻了个底朝天，碑石也被砸得粉碎。这么好的风水，也不知道是谁家的？"

"那是我家的！"黄晖老师非常吃惊地说，"近山，这是谁干的坏事？"

"这是黄海叫民兵干的。"

"林芬书记为什么不去制止他们的愚昧无知行为？"

"林芬书记被免职了，现在是黄海当书记。"

"在我印象中，黄海在山下村一直不得人心，可为什么还一次又一次得到领导重视呢？"

"他会耍手段！"

一天上午，大学红卫兵接待处安排黄近山他们游览北京八达岭长城。登上八达岭长城，黄近山感到神清气爽，兴致勃勃地朗诵毛主席的《清平乐·六盘山》。

"天高云淡，望断南飞雁。不到长城非好汉，屈指行程二万。六盘山上高峰，红旗漫卷西风。今日长缨在手，何时缚住苍龙？"

黄近山的话音刚落，周围马上响起一片热烈的掌声和喝彩声。他连忙向二十多位围观的学生说："多谢，多谢！"

回到住地，黄近山说："小军，今天站在长城上，你心里在想什么？"

"孟姜女哭长城的故事。"

"胡兴，你呢？"

"什么时候才能见到毛主席。"

"石古呢？"

"赶紧回去向学校当权派开炮！"

第二天凌晨两点，哨声响起，工作人员叫大家迅速去餐厅领取五个馒头，然后到大楼前集中排好队。小军悄悄地对站在面前的黄近山说："近山，你觉得我们今天是不是去天安门广场接受毛主席检阅？"

"八九不离十。"

然而，大家不是乘车去天安门，而是步行来到了北京西郊机场。黄近山他们离跑道只有二十多米远，跑道旁边站着很多手拉手的解放军战士。小军不解地问："近山，他们为什么把我们带到这里？该不会是看飞机起落吧？"

"这个我敢肯定，我们不是来看飞机的。你看这么多红卫兵聚集在这里，说不定是有大人物接见我们呢？"

"会不会是毛主席？"

"拭目以待吧！"

然而这天他们失望而归。小军说："白白浪费了一个上午的时光！"

黄近山说："别灰心，我们一定能见到毛主席！"

果然，在翌日上午，他们又乘车到了天安门广场，看到毛主席站在天安门城楼上向红卫兵们招手。

回到住处，小军说："我当时好激动呀！"

胡兴说："我也是！"

黄近山说："大家的心情都一样！"

第十六章

　　黄近山从北京回到学校，感到有些疲倦，很想好好睡一觉，谁知刚刚入睡，又被舍友曾兵推醒了。他连忙坐了起来，问："有事吗？"

　　"这二十多天去哪了？"

　　"回家。"

　　"东风兵团廖司令到处找你。"

　　"曾兵，你是东风兵团的骨干，知道廖司令找我什么事吗？"

　　"我听他说，他想向你了解张平山副市长之前在江下镇当书记的一些情况。"

　　"我虽然是江下镇人，但我根本不认识张副市长。你替我转告廖司令，并说声对不起！"

　　"好，你继续睡吧。"

　　黄近山正在做梦的时候，鼻子突然被人捏住，感到透不过气，醒了，生气地说："曾兵，你又想干什么？"

　　"近山，是我。"

　　黄近山睁开眼睛，瞟见李小梅微笑着站在床前。他急忙爬起床，说："小梅，你来多久了？"

　　"刚到。"

　　"坐吧。"黄近山感激地说，"小梅，多谢你没把我们上北京的事讲出去。"

"我们是自己人，说谢就见外了。那个冒充你三弟近田的黄双飞，是不是直接回家了？"

"他呀，刚上车不久就晕车了，一直在汽车过道上躺到了广州。我把他背到了广州市一所中学，叫我二舅过来把他送进了我三姨所在的医院治疗。后来他回到我们住处，告诉我晕车不去北京了，自己回家去了。当时我还把二舅给我的钱全部送给他路上用。"

"这么难得的见世面机会，双飞白白浪费了！"

"我们不说他了。"黄近山从旅行袋中取出一条鲜艳夺目的红围巾，"这是我从北京买回的，好看吗？"

"好看！送你妈妈的？"

"我妈妈这把年纪不适合戴，只有你这位漂亮姑娘才配得上它。"

"这么说，你是专门送我的？"

"对呀，喜欢吗？"

李小梅微笑着点了一下头，顺从地让黄近山把红围巾围在她脖子上。看到黄近山退后一米瞧自己，她感到心在急速地跳动，腼腆地问："好看吗？"

黄近山竖起右手大拇指，称赞道："太养眼了！你要是走在街道上，回头率肯定会很高。"

"多谢你！"

黄近山又从旅行袋中取出三瓶咳喘药，说：'小梅，我要去见周春明老师，你先回去吧。"

"我陪你去。"

他们经过学校办公大楼时，看到十米长的宣传栏上贴着几十张大字报。黄近山走马观花地浏览了一遍，心里不安地对李小梅说："周春明老师也有一张大字报，说他和女学生有暧昧关系，也不知道是哪个好事者揭发的？"

"有一点可以肯定，揭发他的是对他有意见的人。"

"对，我同意你这个观点。"

他们来到周春明老师的房间门口，听到周春明老师在不停地咳嗽。黄近山敲了三下门，喊道："周老师。"

周春明老师边咳边打开门，说："近山 —— 你 —— 回来 —— 了。"说这六个字时，中间还咳了三次。

"嗯。"黄近山把咳喘药递到老师面前，"这是我从北京买的，可能对你有好处。"

周春明老师接过来看了一下药瓶上的说明，然后拧开瓶盖倒出八粒药丸，就着凉开水服下肚里，问："外面很不平静吧？"

"难以形容，我姑婆刘丽英被造反派抓去了，是死是活还不知道呢。"

"这事我听说了，是我大学同学黄海涛写信告诉我的。"

"周老师，你同学黄海涛是不是江下人？"

"没错！"

"是不是大学没毕业便去参军了？"

"对！"

"巧了！"黄近山高兴地说，"黄海涛是我堂叔，多年前回过一次老家，替一个叫周春文的连长完成一个遗愿，送给我爸爸黄伯旺一枚勋章。"

周春明老师惊喜地说："这个周春文是我大哥。你是黄伯旺的儿子？"

"是，我是黄伯旺的二儿子。"

"想不到，万万想不到！"周春明老师感慨地说，"近山，你我师生缘分不浅啊！"

黄近山到张平山副市长家里吃晚饭，报告了北京的见闻，然后说："张叔叔，我听说有小人想做你的文章，你可要当心！"

"近山，张叔叔我自从参加革命到现在这么多年，做人坦坦荡荡，干事光明磊落，没有做过违背党的原则的事，不会有事的。"

黄近山回到宿舍，看到石古、胡兴和小军坐在自己床上，禁不住问："你们怎么在这里？"

石古说："我们有事和你商量。"

"什么事？"

"我们去外面说，不要打扰你的舍友。"

他们踏着皎洁的月光，吹着寒风，来到一间闲置的旧教室。石古说："近山，你看这里的环境怎么样？"

"安静。"

"刚才，我和胡兴、小军到这里考察了，想在这里举办一个报告会，向同学们演讲我们去北京接受毛主席检阅的见闻，时间定在明天下午三点。你认为如何？"

"我觉得不妥。"

"为什么？"

"我们去北京这件事是保密的。你们这么一搞，学校就会认为我们目无领导，说不定会给大家带来麻烦。"

"不会的，现在除了一个副校长在主持学校工作外，其他领导都自身难保了，谁还会管我们这点小事。你放心吧，我在演讲时不会牵涉到你。但为了师出有名，我想以我们'志同道合战斗队'的名义举办这场报告会。"

"既然这样，那你们去准备吧。但我还想提醒你们一下，要把握好分寸，不能煽风点火。"

胡兴问："你不参加吗？"

"我参加不了。"

小军问："你要办什么事？"

"我们班的周春明老师咳嗽得很厉害，明天我想陪他去医院治疗，有时间我会赶回来参加。"

转眼到了第二天下午三点，这间闲置的教室坐满了学生，其中有三分之一的人手臂上套着红卫兵袖章。黑板上写着一行大字："毛主席接见红卫兵报告会"，下面还有一行小字："主讲人 ——'志同道合战斗队'石古"。

胡兴站在讲台上，声音洪亮地说："各位同学，各位红卫兵代表，在报告会开始之前，请大家起立，共同高唱革命歌曲《东方红》。东方红，唱……"

嘹亮的歌声响彻教室。唱完，胡兴说："请坐下。现在请我们'志同道合战斗队'副司令石古同学作报告，大家鼓掌欢迎。"

石古在掌声中走上讲台，向大家鞠了一躬，然后站在讲台前，精神抖擞地说："同学们，大家都知道，没有毛主席，就没有我们今天的幸福生活。我曾经不止一次地想，要是有机会去北京见见毛主席多好啊！没想到一个月前，这个机会终于来了。"他滔滔不绝地说了接受毛主席检阅的情景，又讲了在广州和北京各大院校参观的见闻。然后，他扬起一个小本子，说："同学们，你们知道这里面写的是什么吗？我想你们是无法猜到的。我告诉你们，这里面抄录了广州、北京一些院校红卫兵的大字报内容，一共六十一条，好多都是可以借鉴使用的。你们想听听吗？"

"想！"

石古一条一条地念。

胡兴无意中看见黄近山站在教室外面走廊边，连忙走出去见了一面，返回来悄悄地告诉了石古。

石古念了十多条就不念了，说："同学们，欢迎你们加入我们'志同道合战斗队'，以革命行动向广州、北京的红卫兵学习致敬！现在，有请我们'志同道合战斗队'司令黄近山同学讲话，大家鼓掌欢迎！"

黄近山走进教室，迈上讲台，向大家招了一下手，说："各位同学，我是'志同道合战斗队'司令，刚才在教室外面站了一会儿，听到了我们战斗队副司令后面的演讲。我觉得他违背了我们战斗队的宗旨，出现了煽动、误导的嫌疑。经过慎重考虑，我决定从今天起，我们这支红卫兵战斗队宣布解散！"

石古以为自己的演讲无懈可击，一定能吸引那些观望的学生加入自己战斗队的行列，与其他红卫兵组织并驾齐驱。可没想到黄近山突然出来搅局，他生气地说："黄近山，你是不是精神不正常？"

"我比任何时候都清醒！"

傍晚，黄近山和李小梅在操场边会合后，便来到了周春明老师的宿舍。

黄近山说："周老师，我明天回家过年，过了年也不回学校了。"

"不久你就能拿到高中毕业证书了，为什么不熬下去呢？"

"我想回村找点事做。"

"小梅，那你呢？"

李小梅看了黄近山一眼，说："近山不回来，那我也不回来了。"

"也好，你们都走吧。"

黄近山说："周老师，你身体不是很好，一定要找医生看。以后有机会的话，我还会回来接受老师你的教诲。"

周春明老师转身从卧室里拿出自行车钥匙，放在黄近山的手心里，说："你把老师的自行车骑走，不要还了，就当作老师送你的念想吧！"

第二天，黄近山骑车载着李小梅走在由沙土铺就的 206 国道上，这条国道是从客都到汕头的干线，汽车驶过会刮起一阵尘土。为了防尘和防风，他们只好戴上口罩。

李小梅抱紧黄近山的腰，右脸贴着他的背，说："近山，我想问你一件大事。"

"什么大事？"

"你爱我吗？"

黄近山在读小学时就对李小梅有了好感，随着年龄的增长，这种好感演变成纯粹的爱情，但一直藏在他内心的一隅。今天面对李小梅的突然提问，他觉得是时候坦露自己的心迹了，但他没有直接回答，而是用委婉的口吻说："小梅，我们交往了那么久，难道你看不出来吗？"

"我看不出，要你亲口说。"

"那好，我告诉你。"黄近山瞬间停车，回过头，"小梅，你把眼睛闭上。"

"你想干什么？"

"闭上。"

李小梅闭上了眼睛。

黄近山慢慢地俯下身，在李小梅额头上吻了一下，说："我爱你！"

两个小时后，他们回到了山下村。快到几年前由陈春牵头建起的简易木桥时，黄近山远远眺见一群人敲着铜锣从大路上走来，说："小梅，前面好像有送葬队伍。"

"躲开他们。"

"大路朝天，各走一边，不怕。"

"我奶奶说，撞见棺材不吉利，特别是女孩子。近山你赶快停车！"

黄近山只好停下，领着李小梅拐到十多米远的山下桥旧址等待他们过去。李小梅不敢看送葬的，伏在黄近山胸前，两手抱着黄近山。黄近山摸着李小梅的头发说："小梅，你胆子太小了，将来遇到更大的问题怎么办？"

"有你在身边，我怕什么！"

"万一你嫁给别人呢？"

"不会的，我心里只有你！"

那群人越来越近，铜锣声越来越响。黄近山看清了，说："小梅，他们不是送葬的。你看，是'五类分子'游村。"

李小梅转过身，看到他们胸前挂着牌子，头上戴着尖尖的纸帽，惊讶地说："前面那个敲锣的好像是个女的。"

"后面那个背枪的是民兵黄多事。"

那群人走过简易木桥，大声地高呼："我是'五类分子'，我要好好改造自己！"

那群人走远了，李小梅看到黄近山还愣着不走，眼睛有点湿润，便轻轻地推了他一下，说："近山，你在想什么呢？"

黄近山这才回过神来，揉了一下眼睛，难受地说："那个敲铜锣的女人是我干妈，这么冷的天还赤脚走路，太可怜了！"

"走吧。"

"小梅，回我家还是你家？"

"先回我家，让我妈见见你。"

黄近山又载着李小梅上了路，十多分钟后到达了李小梅家门口。黄近山听到屋里传出熟悉的声音，心里马上打了退堂鼓，说："小梅，黄海书记在你家里！我不想见他，先回去了。"

　　"你来都来了，何必介意。"

　　"算了，我还是过年时再来吧。"

　　李小梅痴情地目送黄近山消失在山脚下，这才踏入倒塌了一半的大门。她看见母亲杨兰和哥哥李小波在上堂陪着黄海书记，心里感到烦躁不安，一声招呼也不打，扭头走进自己的房间，随手把房门闩上，将背包往床角一丢，坐在床沿上生气。

　　杨兰来到女儿房门外，说："小梅，黄海书记是专门为你的事来的，你赶快出来和他见面。"

　　"我不见。"

　　"小梅，你不能没有礼貌。他可是你未来的公公，也是我们家的贵人。这一点你要想清楚，不要又惹妈妈不高兴。"

　　"我不会嫁给他的跛脚儿子的，你叫他死了这条心吧。"

　　杨兰返回黄海书记身边，说："黄书记，我女儿害羞，不敢见你，不过她说一切听我们的，不会反对这门亲事。"

　　"那好，这事我们就定下来了。"黄海书记高兴地说，"亲家母，只要你家小梅和我大儿子黄利雄结了婚，我马上安排你儿子去山下小学当代课老师。"

　　李小波疑惑地问："黄书记，你原来许诺我去当正式教师，每月有工资领。现在说去当代课老师，每天记工分。怎么一下子全变了？"

　　"小波，这事没变。你舅舅杨军老师，他刚开始不也是在村里当代课老师？现在呢？已是我们山下小学的校长了。小波，饭要一口一口吃，他的今天，不就是你的明天吗？只要我们两家成了亲戚，你有我这棵大树遮着，还愁什么呢？"

　　"黄书记，我不愁了！"

黄近山回家经过村小卖部时，瞧见黄双飞的孪生弟弟黄双年从小卖部出来，连忙停下自行车，等待黄双年走近。他想托黄双年捎个口信，叫黄双飞晚上来家里聚一聚。

　　黄双年看见黄近山，急忙加快脚步，刚到黄近山面前就问："我哥双飞呢？怎么没跟你一起回家？"

　　"他早就回家了。"

　　"没有，他一直没回来。"

　　黄近山吃惊地说："不可能，根本不可能。"

　　"真的，我不骗你！"

　　看到黄双年说话的认真劲儿，黄近山不得不相信了黄双飞失踪的事实。他心里禁不住想："双飞去哪里了呢？"

　　陈春得知黄双飞失踪的消息，气愤地对黄近山说："笋匣，你太粗心了！明知道黄双飞晕车，在广州又人生地不熟，你还放心让他一个人离开，自己去北京享福。万一双飞有个三长两短，你怎么对得起福添叔一家人？近山，你好糊涂呀！"

　　"妈妈，我错了！"

　　黄近田说："二哥，你不是故意的，只要向福添叔说清楚，真诚地向他道歉，也许他会原谅你的。"

　　"我晚上就去见福添叔。"

　　陈春担心近山和黄福添见面时发生摩擦，不忘提醒道："笋匣，福添叔要是骂你，你不要还口。他要是打你，你也不要还手。"

　　"可是妈妈，我怕控制不住自己的情绪，反而会把事情越闹越僵，你说怎么办？"

　　"忍啊！"

　　黄双年一回到家，马上向父亲黄福添汇报。谁知黄福添突地给了黄双年一记耳光，恼怒地说："这么大的事情，你怎么今天才告诉我！"

黄双年捂着嗡嗡作响的耳朵，哭丧着脸说："爸爸，我也是刚刚才知道呀！"

晚饭后，黄福添站在饭桌前切烟丝。黄双年领着陈春和黄近山走进饭厅，站在一旁。

陈春说："福添，小心切到手。"

黄近山说："福添叔，我帮你切。"

黄福添好像耳聋似的，一点反应都没有，继续切烟丝，但脸上泛起了怨气。

黄双年看到父亲无动于衷，生气地说："爸爸，别切了！"

黄福添突地将手中的菜刀向黄双年一扬，怒气腾腾地说："我杀了你，给我滚出去！"

黄双年胆怯地说："滚就滚！"说完转身离开了饭厅。

陈春说："福添，你对双年发这么大火干什么？我都被你吓破胆了，赶快把菜刀放下。"

黄福添用力将菜刀往桌角上一砍，然后拔出来提在手上，慢慢走近黄近山，愤怒地说："小子，你想害我家破人亡吗？"

黄近山惶恐地说："福添叔，我对不起你，真诚地向你道歉！"

黄福添比黄近山高出半个头，他一下子揪住黄近山的头发，将菜刀架在黄近山脖子上，满脸杀气地说："我不要你道歉，我要你偿命！"

"福添叔，双飞说不定还活得好好的，你怎么能做出如此令人惧怕的举动？若是杀了我，你也逃不过法律的制裁！"

"我不管，杀了你我才能解恨！"

陈春看到事态发展得这么严重，乞求道："福添，你不能杀我儿子，他的命比我重要。你要杀就杀我吧，是我没有教育好他，伤了你的心！"

"你求我也没用，双飞没了，我就要近山抵命！"

黄近山说："妈妈，你不要求他，赶快离开这里！"

陈春从儿子的话中受到启发，觉得要想从刀口下救下儿子，就必须马上去搬救兵，迟了就会悲剧收场。她心急火燎地跑出大门，向黄海书记家里赶去。走到简易木桥时，碰见了垂头丧气的黄双年，禁不住问："双年，你去哪里了？"

"我怕爸爸鲁莽闹出人命案，赶去向黄海书记报告。谁知他理都不理我，只顾和黄大胆他们打麻将。"黄双年气愤地说，"春婶，你去哪里？"

"我也去找黄海书记。"

黄海书记看到陈春来了，心不在焉地问："陈春，你也是来说黄福添杀近山的事吗？"

"是，求你赶快派民兵去救他。"

黄海打出了一只幺鸡，问："黄福添动手了吗？"

"我来的时候还没有。"

"那没事，你走吧。"

"黄书记，十万火急呀！"

黄海书记扭头说："利雄，你进来。"

黄利雄瘸着腿走进房间，问："爸爸，你有什么吩咐？"

"把黄近山他妈送走！"

黄利雄抓住陈春的手，说："走！"

陈春火冒三丈，突然伸手一扫，把麻将搅得七零八落，其中几张麻将掉在地上，当当作响。

黄海书记恼火地说："陈春，你捣什么乱？"

"人命关天，我要你救我儿子！"

黄近山觉得母亲领会了自己的意思，心情稍微镇静了一些。为了拖延时间，他说："福添叔，你是我敬重的人。一直以来，你帮了我家不少忙，我一一记在心里，希望以后有机会报答你的恩情。"

"我不需要你报答！"

"福添叔，我和双飞一直关系很好，他走失了，我心里也非常难受。万

166

一双飞找不回来，我会替他尽孝，给你养老送终！"

"我不要你这个孝心！"

"这么说，你非杀我不可是吗？"

"对！"

"那你抓紧动手吧，不然一会儿我妈就叫民兵来了，到时你想跑也跑不掉了！"

"我杀了你，我就自杀！"

"你听，那么多狗在狂吠，一定是民兵向这里赶来了。你要是不想杀我，那你立即放手，让我出去拦住他们，叫他们不要进来抓你。"

黄福添的思绪暂时转过弯来了，说："黄近山，我今天可以放过你。但你给我听好了，在一个月内，如果得不到双飞平安的消息，我还是要找你算账的！"说完松开了揪住黄近山头发的手，把菜刀从他脖子上移开。

黄近山看到自己脱离了危险，连忙退后几步，瞪了黄福添一眼，然后走出了大门，在五十米外截住了母亲和黄大胆他们。

陈春喜出望外，问："箩匣，你没事了？"

"我和福添叔讲和了，回家吧。"

第十七章

陈春看到儿子黄近山脱离了危险，终于把悬着的心放了下来。但她还是担心，黄双飞一天没有着落，黄福添对黄近山的仇恨一天不会消除，说不定黄福添随时会要了黄近山的命。为了防止这件揪心的事情发生，她决定狠下心来把黄近山赶走，于是无奈地说："箩匣，妈想跟你说件事。"

"妈妈，什么事？"

"如果不是受国家政策影响，之后你会像大哥那样走进大学校门。可命运捉弄人，这个机会和你擦肩而过，等待你的是面朝黄土背朝天的生活，妈感到有点可惜，觉得对不住你！"

"妈妈，你说的是什么话，是儿子对不住你。这么多年来，为了让我有饭吃，有衣穿，你付出了无限的爱、无穷的情，将来我会好好报答你。"

"箩匣，妈不求你报答，只求你不出现意外。昨晚我做了一个梦，梦见一位和我年龄相仿的女人跪在我面前说：'大姐，我把儿子托付给你照顾，想不到他险遭他人毒手，求求你想个两全其美的办法，让我儿子渡过难关吧。'我醒来一想，觉得这个女人是你亲妈。虽然她人在天堂，却也在担心你的安危呀！"

"妈妈，有你这棵大树遮风挡雨，我一定会安然无恙。"

"箩匣，你亲爸才是一棵大树，只有他才是你的依靠。所以妈想，明天你离开这个是非之地，去找你亲爸，在厦门找份工作，不要回山下村来了。"

"妈妈，我不走。"

"你一定要走！"

"妈妈，你考虑过没有，我要是走了，福添叔会认为我故意离开，说不定会去江下派出所报案。警察马上会把我抓回来审问，没事也变成有事了。"

"可是箩匣，黄双飞一天不回来，你就一天都要受到福添叔的威胁，我也跟着担心，在恐惧中过日子。"

"妈妈，你不必担心，也不要恐惧，儿子我有办法化解这个危机。"

"你有什么办法？"

"春节后我不去学校了，回村当农民，加入民兵组织。"

陈春想不到儿子会有这个打算，摇头说："不行，妈不同意。你跟黄大胆他们在一起，会变坏的。"

"妈妈，你不要把我和黄大胆他们联系在一起。我当民兵，既能保护自己，又能保护干妈那些人，还能保护村民。"

"箩匣，你可以有这个想法，可以去争取，但我担心黄海书记不会答应你。"

黄近山手里抓住了黄海强奸黄莲英的把柄，他觉得只要黄海不同意自己当民兵，就把黄海的丑闻公开，不信黄海不屈服。他心中有数地说："妈妈，我只要略施小计，保证黄海书记听我的。"

"你有几成把握？"

"十成！"

"好，那你就按照自己的想法去做吧！"

寒风吼叫，气温将近零度。这样的天气，打狗也不出门。

在这寒冷季节，又接近年关，生产队不安排农活，社员们各自在家里忙着过年的准备工作。但山下村十多位"五类分子"在民兵黄多事和黄利兵的监督下，赤着脚，满脸疲惫地挑着畚箕向村尾走去。黄多事在前面带路，黄利兵在后面压阵，两人都穿着厚实的衣服和解放鞋，还背着枪。

黄近山骑着自行车来到简易木桥时看到这个令人心酸的场面，连忙架好自行车，追上了十多米外的黄利兵，问："利兵，这么冷的天，你们还要带他们去哪里干活？"

"去采石场挑石头。"

"你要叫他们穿上鞋，不然会伤着脚的！"

"怎么，你同情他们？"

"难道你没有？"

"近山，他们都是挖社会主义墙脚的'五类分子'，我们不应该对他们有一点怜悯之心。"

"他们过年有休息吗？"

"我爸爸说了，大年三十和初一给他们休息两天，这样对他们够宽容的了。你去哪里？"

"我想找你爸爸，他在村委会吗？"

"在。"

黄海书记在村委会办公室烤火取暖，与民兵营长黄大胆在商量山下村过年期间的治安工作。

"黄书记，我会按照你的要求去做，保证村里不出乱子。"

"我相信你。"

"黄书记，我还想向你汇报一件事。"

"说吧。"

"昨天上午，黄多事带着'五类分子'游村时，看到黄近山在山下桥边搂着李小梅亲嘴。"

"昨晚你来打麻将时，为什么不跟我说？"

"我以为是小事。"

"这是大事！难道你不知道我大儿子利雄要娶李小梅吗？"

"我忘了。"

"你现在去找杨军校长，叫他晚上到我家来一趟。"

黄大胆走出村委会，看到黄近山在大门口锁自行车。他连忙说："不要锁，借我用一下。"

"你会骑吗？"

"你还不会走路的时候，我就学会了。"

黄近山一看到黄大胆，心里就对他产生厌恶的情绪，十分不愿意把自行车借给他。但考虑到自己一旦加入了民兵组织，还要在黄大胆手下做事，不得不说："好，借给你，别让我等得太久。"

"我半小时后回来。"

黄近山推开黄海办公室的房门，一股暖气扑面而来。他礼貌地喊了一句："黄书记。"

"把门关上。"

黄近山反手把门关上，走到火炉旁边。

"你坐，找我什么事？"

黄近山在离火炉远一点的地方坐下，说："黄书记，我不久就要高中毕业了，但我一天都不想去学校，想回村里找点事情做，请你关照我一下。"

"你想做什么？"

"我和你小儿子利兵是小学同学，两人的关系一直都很好。"

"我知道。"

"利兵当了村里的基干民兵排长，是个优秀青年。我也想追求进步，跟着利兵干，求你批准我在他手下当差。"

"你也想当民兵？"

"是。"

"这个好说，但我有一个要求，如果你能做到，我马上答应你。"

"什么要求？"

"请你远离李小梅，不要纠缠她了！"

黄近山感到有点不可思议，疑惑地问："这是为什么？"

黄海书记思考了片刻，一本正经地说："我大儿子利雄看中了李小梅，李小梅的妈妈和哥哥也同意李小梅嫁给利雄做老婆。"

黄近山不相信李小梅愿意将自己这朵鲜花插在目不识丁的跛脚雄这堆牛粪上，觉得这是癞蛤蟆想吃天鹅肉，异想天开。但转而一想，社会错综复杂，什么事都有可能发生。他试探地问："李小梅是什么态度？"

"她答应了。"

"什么时候答应的？"

"昨天她亲口对我说的。"

"既然李小梅答应嫁给利雄，那我会远离她，从此不再和她有来往了。"

"好，爽快！"

"黄书记，那我当民兵的事能否定下来？"

"没问题。"黄海书记点头说，"从明天开始，你就跟着利兵去监督'五类分子'劳动吧。"

黄近山看了一眼墙上挂着的一支猎枪，说："黄书记，墙上这支枪给我用好吗？"

"可以，但要注意安全。"

黄近山上前取下枪，发现枪膛里没有铁丸，说："黄书记，你要给我配几粒子弹。"

"利兵手里有，你向他要去。"

黄大胆回来了，一见到黄近山就说："你的车很好骑，可不可以卖给我？"

"这是我老师送的，不卖。"

黄海书记笑着说："那送给我，供我大儿子利雄去江下食品厂上班时用，可以吗？"

"我做不到。"

"你不愿意送，那就先借给我，在我大儿子利雄和李小梅结婚之后，我再还给你，这样总行了吧？"

黄近山明白黄海书记想学三国刘备向孙权久借荆州，心里还是不乐意，但考虑到自己即将实施的计划，觉得事已至此，不能因小失大，于是勉强地说："好吧，借你了！"

"这就对了，我不会让你吃亏的。下午我会跟第四生产队队长黄英说，从明天参加民兵之日起，每天工分给你记满分，像其他社员一样享受七分的报酬。只要你以后听我的话，表现又好，我还会培养你入党，当干部。"

"多谢黄书记！"

晚上八点多，黄近山看到母亲陈春睡觉了，便把煤油灯放在窗台中央，点亮，然后退到后墙尿缸边，举起猎枪，闭着左眼。右眼对着准星往煤油灯的火苗上瞧，可是托着枪的左手不听使唤，不断地晃动，怎么也瞄不准火苗。才练习了十多分钟，他就感到左手有点酸了，右眼也模糊了。刚坐下来休息，他便听到闩大门的声音。

黄近田揭开门帘走进来，慌慌张张地说："二哥，不好了。"

"发生了什么事？"

"我从近石哥家里出来，看见竹林边的小路上，福添叔提着一根木棍向这里匆匆走来。"

"你怀疑他是来找我的？"

"对，你赶快躲起来。"

"躲什么躲，我有枪，他来了我就开枪。"

"二哥，子弹不长眼，你把他打死了，自己也要偿命。"

黄近山拉开枪膛，笑着说："三弟，这枪里没有子弹，伤不了人，只能起震慑的作用。"

咚，咚，咚。

黄近田说："二哥，福添叔在撞大门，要不要把妈妈叫醒？"

"这事不要让妈妈知道，我有办法制止福添叔再次行凶。"

"你有什么办法？"

黄近山把枪重新挂回墙上，说："三弟，你赶央去厨房，把系着井桶的绳子解下来，等一下要用。"

"你要绑福添叔？"

"是，你赶快去。"

谁知黄近田在解井桶绳时没有抓住，竟然让井桶掉在地上，"哐"的一声。

"谁在厨房？"陈春问。

黄近田不敢吱声，拿着绳子蹑手蹑脚回到黄近山面前。

咚咚咚，咚咚咚，咚咚咚。

皎洁的月光洒满大地。黄近山兄弟俩来到大门后面，站好了。

黄近田紧张地问："谁呀？"

"我，黄福添。"

"这么晚来有事吗？"

"我找你二哥。"

黄近山指了一下自己，然后挥了一下手。

黄近田心领神会，说："我二哥不在家。"

"那我找你妈妈。"

"我妈妈睡觉了，你明天再来吧！"

"近田，你不开门是吧，那我就等到天亮。"

黄近田俯在黄近山耳边，低声说："二哥，怎么办？"

"按计划行事，开门。"

黄近田缓缓拉开门闩，打开了右扇大门，说："福添叔，你进来吧。"

黄福添提着木棍刚迈进了大门，没想到就被黄近山一把抱住。黄福添来不及反抗，一下子就被黄近田绑了个结结实实。黄福添气急败坏地问："你们绑我干什么？"

黄近山愤怒地说："谁叫你上门挑衅！"

"我不是来挑衅的。"

黄近山指着地上的木棍，质问道："你不是来挑衅的，那带着这么粗的木棍干什么？"

"我担心晚上出门不安全，用来防身。"

陈春突然出现在他们身后，生气地说："福添，你为什么相隔一天又找上门来斗杀？"

"陈春，你们误会我了。我今天急着来见你们，是想告诉你们一个好消息，我儿子双飞有下落了。"

"他去哪里了？"

"你先叫近山把绳子解开，绑得太紧了。"

黄近山说："福添叔，你不会使诈吧？"

"不会，你们相信我。"

"好。"陈春吩咐道，"近山，解绳子。"

黄近山极不情愿地解开绳子，说："双飞去哪里了？快说。"

黄福添获得了自由，连忙晃动了一下双手，平静地说："今天下午，我收到了双飞二叔公从香港转寄来的一封信，信中夹着双飞写的一张字条。双飞在字条中说，他被一个好心人带到了香港，然后又辗转去了台湾高雄，目前住在大叔公家里，一切都好。他还要我转告近山，是你给了他这个千载难逢的机会，以后有了光景会回来报答你们。"

"我不要他报答。"

"报答？"黄近田忧心忡忡地说，"二哥，现在是非常时期，一旦传出去，说不定你还会受到双飞的牵连呢！"

"我也有同感。"

黄福添说："你们放心，我会保密的。"

陈春叮嘱道："你要说到做到啊！"

"一定做到！"

上午九点，寒风飕飕。

黄近山穿着军大衣，背起猎枪心情舒畅地来到了山下村村委会，看见大门口候着十多个中老年人，一个个都穿着简单的御寒衣服，赤着双脚，有的蹲着，有的交头接耳。他们看到身体魁梧的黄近山来了，不再作声，都惊奇地投去异样的目光。

民兵营长黄大胆和民兵排长黄利兵从大门里出来，穿着灰色棉大衣，威风凛凛地站在台阶上。

黄利兵向黄近山招手，微笑着说："近山，到这里来。"

黄近山走上台阶，对着黄大胆叫了一声："黄营长。"

黄大胆点了一下头，便把目光转向黄利兵，说："黄排长，开始吧。"

黄利兵严肃地说："你们都给我站好了，现在点名。"

这些"五类分子"不敢懈怠，迅速挑起自己的畚箕排好队，注视着台阶。

黄利兵点名后，扭头对黄大胆说："报告营长，除了黄老四和黄莲英两人外，其他人都到齐了，请指示。"

"他们请假了没有？"

"黄老四请了。"

黄大胆干咳了两声，板着脸说："各位，今天是大年二十七，过两天就是除夕了，鉴于你们半年多来的表现，我们尊敬的黄海书记要我转告大家，今天每人增加七十斤任务，也就是在原来三担的基础上多挑一担，明后两天给你们放假。"

"年初一呢？"

"上午游村，下午集中学习，谁都不许缺席。"

黄近山说："营长，年初一给他们休息吧。"

黄大胆瞪了黄近山一眼，斥责道："这是不可能的！"

黄利兵说："近山，这是村里第一把手的决定，谁都不能更改。别说是这些'五类分子'，就连你我年初一也不能偷懒，要陪他们游村。"

黄近山不理解黄海书记这种做法，只认定了一点：黄海书记有好大的权力。他嘀咕了一句："不近人情！"

黄大胆生气地说："你们俩别打岔，先让我做完指示！"

黄利兵不服气地说："好，我们不打岔，你继续发号施令！"

黄近山觉得好笑，向后退了两步。

黄大胆又干咳了两声，说："各位，刚才我们说到了年初一，现在说年初二到年初四。黄海书记说这三天不给你们安排工作，你们只能在家里接待亲朋好友，不准外出走亲访友。希望你们在这有限的时间里，好好养足精神，等到年初五再集中挑石头，这是黄海书记发给你们的过年福利，请你们用热烈的掌声表示感谢！"

这些"五类分子"齐刷刷地把畚箕丢在地上，稀稀拉拉地鼓起掌来。

黄大胆满意地说："很好，出发吧。"

黄利兵说："营长，黄莲英还没来，要不要再等一下她？"

"不用等了。"

"她不来怎么办？"

"明天不准她休息，还要比别人增加一担任务，从严处罚！"

"到时还要不要派人监督？"

"当然，对于这些坏分子我们不能脱管。"黄大胆提醒道，"利兵，如果你有其他事做，可以吩咐近山去监督她呀！"

黄利兵走到黄近山面前，说："近山，刚才我们的话你也听到了，今天黄莲英要是没有完成任务，那明天就辛苦你陪她挑石头了。"

"好，我服从安排。"

第十八章

陈春花了一年心血，养大了一头近百斤的猪，屠宰员通知她年二十八凌晨宰杀，要她做好屠宰前的准备工作。

政策规定，一头猪百分之六十的肉按牌价卖给国家，剩下的肉和内脏由饲养者支配。即便如此，饲养者还是感到满足。

黄近山背着猎枪回到家，看见天井里放着大木盆和两桶水，禁不住问："妈妈，你把大木盆拿出来干什么？"

"明天宰猪要用，你要起床帮忙，吃了早饭替妈去江上镇一趟，给你外公送新鲜猪肉和年货。"

"妈妈，我明天去不了。"

"你怎么去不了？"

"妈妈你不知道，今天干妈不知为什么没有去参加劳动改造，民兵营长黄大胆处罚她明天不准休息，继续去挑石头，还要我去监督她完成任务。"

"你干妈为什么没去？"

"我不了解。"

"一定有原因，你吃了饭去看她。"

"妈妈，我忽然有一个想法，等吃了饭，我叫上近田和黄英一起去挑石头，替干妈完成今天的任务，这样她明天就不用出门了，我也可以去外公那里，你说好不好？"

"箩匡，你这个想法好，妈支持。但黑灯瞎火的，你们一定要注意安全，也不要让人知道你在帮干妈。另外，今年家里宰猪就不要叫你干妈来了，避免人家背后议论。"

"明白，我这就去和黄英说一声。"

黄英凭借爸爸黄海松和黄海书记是初中同学这层关系，去年被破格提拔为生产队队长。唯一令他敬佩的人就是黄近山，只要黄近山向他提出合理要求，他都会尽力去做。可是这次黄近山叫他去帮忙挑石头，他却不答应，说："近山，这事我做不到。"

"为什么？"

"问题很简单，你干妈是'五类分子'，我是共产党员，怎么能去帮助坏人？"

"黄英，你不帮就不帮吧，但你不能把这事传出去。"

"好，我不说。"

没办法，黄近山只好带着黄近田来到黄福添家里，邀上黄双年去到村尾的采石场，一人挑上一百多斤的石头。谁知回到山下小学旁边的水利现场，黄近山发现白天"五类分子"挑的那么多石头，全都不见了踪迹。他感到有点奇怪，"五类分子"收工至现在不过三个多小时，这些没长翅膀的石头都飞到哪里去了？

黄双年说："近山，我们走吧。"

"你和近田先回去，我要向黄海书记汇报石头丢失的事情。"

黄近田叠好畚箕，递给黄近山一根扁担，说："二哥，你把它带上防身。"

黄近山在淡淡的星光下挎着扁担，小心谨慎地走过一段田坎，拐过几座房屋，转到了黄海书记家大门左侧的香蕉树边。此时，黄海书记在指挥几个民兵往屋旁一块宅基地上堆放东西。他连忙停下脚步，躲进香蕉树丛中，窥视眼前发生的一幕。他们堆好东西，又盖上了稻草，然后尾随着黄海书记回屋去了。黄近山悄悄摸到那堆东西旁边，掀开稻草一看，发现全是白天"五类分子"挑的石头，他火冒三丈，骂道："大贼头！"

黄近山想去公开揭发黄海，但觉得这样做也是没有用的。为了泄愤，他把稻草全部掀开，堆在一边。

"谁在那里鬼鬼祟祟？"

黄近山吓了一跳，他循声望去，只见黄利雄推着自行车回到了家门口。黄近山一刻也不敢久留，迅速跑回香蕉树边藏了起来。黄海书记拿着手电筒从屋里走出来，疑惑地问："利雄，你在说什么？"

"有一个人影出现在我盖屋的地方，一转眼就不见了。"

黄海书记走到宅基地，看见盖着石头的稻草全部被掀开了，顿时预感到麻烦事找上门来了。

后面赶来的黄利兵说："爸爸，这事恐怕不好办了。"

"一条小鱼翻不起大浪！你不用害怕，也不要声张，但你要暗中去调查一下，看看是谁敢在老虎头上拉屎射尿，一旦发现是谁跟老子过不去，一定要让他尝尝辣姜的味道！"

"好，我会调查。"黄利兵点头说，"可是爸爸，我有点怀疑，会不会是我们的人走漏了风声？"

"这个难说。"

"爸爸，我建议你回去给他们打打预防针，我去水利现场查看一下有没有留下什么把柄。"

黄海书记返回家里，对那些喝酒的人说："大家先安静一下，我有重要的话问你们。"

黄多事说："黄书记，你问吧。"

"你们五人都是民兵骨干，在我当民兵营长时就跟随我，我已把你们当作自己的手足，供你们吃好喝好，甚至玩好。可有人恩将仇报，竟敢出卖我，把今天的行动告诉了别人。"

"黄书记，我们都是你的铁哥们，绝对不会将拳头打在自己人身上，请你相信我们。"

"你们敢斩手指吗？"

他们同时回答："敢！"说完一齐伸出了右手。

黄海书记看到这种情况，觉得他们没有做叛徒，应该相信他们才是。他微笑着说："没事了，你们好好喝吧。"

黄利兵回来了，把黄海拉到侧厅，说："爸爸，黄多事把我们骗了！"

"怎么回事？"

"水利现场还有一堆石头，起码有三四百斤重。"

黄海书记回到饭桌旁，一拍桌子，恼怒地说："你们把吃下去的都给我吐出来！"

民兵们面面相觑，不敢言语，惊恐地望着黄海书记。

"我问你们，明明石头没有挑完，可为什么骗我说一块不剩？"

黄多事说："黄书记，我们没有这个胆，就是骗自己老婆也不敢骗你呀！"

黄利兵说："多事营长，你们确实在骗人，刚才我去水利现场看了，发现还有三四担石头堆在那里。"

"怎么会呢？"

黄海书记命令道："你们现在去把这些石头挑回来！"

黄利兵说："爸爸，我看多一事不如少一事，还是不要了，把全部石头都挑回去吧。"

黄海权衡了一下，无奈地说："好吧，听你的！"

黄近山看到黄多事他们一趟又一趟地把石头挑回水利现场，心里感到十分高兴，禁不住举起扁担，拦腰劈断了一棵比他高出一头的香蕉树。

清脆的响声惊动了黄海家大门口蹲着的一条黑狗。它突然跳起来，冲着黄近山的方向狂吠起来。

黄近山担心自己再不走就有可能被他们发现，于是猫着腰撤离了。他来到了干妈黄莲英家大门口，轻轻一推就把大门推开了，走近黄莲英住房，贴着门帘喊道："干妈。"

没有回答，黄近山又喊了一句。

房间里突然传来东西掉在地上的声音。

黄近山没有多想，迅速掀开门帘进去，摸到床边，依稀看见黄莲英躺在被窝里，右手露了出来，眼睛好像睁着。他俯下身，对着她的脸喊道："干妈。"

黄莲英的右手挪动了一下，气息微弱地说："近山，你来了。"

"干妈，你怎么了？"

"我快死了！"

"哪里不舒服？"

"肚子如刀绞一般痛！"

黄近山觉得问题有点严重，救人如救火，急忙说："干妈，你等着，我回家叫我妈。"

"桌上有火柴，把洋油灯点亮，找出刚掉地上的手电筒，你带在身上出门。"

陈春突然被儿子近山唤醒，听到黄莲英患重病了，连忙翻身起床，当机立断地说："箩匣，我们马上把你干妈送去江下卫生院。"

"家里有钱吗？"

"没有，但明天家里宰猪就有了，你赶快去叫醒近田，叫他一起去搭把手。"

"当，当，当……"家里的老式德国钟敲响了十下。这是黄伯旺留给陈春唯一的念想，那枚勋章被陈春藏在钟摆下面。

黄近田看到母亲手里攥着一条陈旧的背带，好奇地问："妈妈，我们小时候用过的背带你还留着？"

"田板，好的东西不能随便丢掉，今天我们送你莲英姑，这条背带不是又派上用场了吗？"

"妈妈，不是抬吗？"

"你莲英姑不足八十斤，你们兄弟俩轮流背她一段路。"

黄近山说："路不远，我一个人背就行，让三弟在前面打手电筒开路，妈妈就不要去了。"

黄近田问："妈妈为什么不去？"

"妈妈要留下来宰猪。"

"呵，我一时忘了，那妈妈一个人在家也忙不过来呀！"

"我是忙不过来，但我会叫你大伯一家来帮忙。"陈春心中有数地说，"箩匣，明天我把猪肉挑到江下食品厂换了钱，马上就送去江下卫生院。"

"妈妈，你来时带点新鲜猪肉汤给我们吃。"

"我会的。"

黄近山背着黄莲英赶到客都河渡口，隐约看到唯一一条木船停靠在河对岸，着急地说："三弟，你放开喉咙大声喊。"

黄近田把手电筒光射向渡船方向，一边晃动一边喊："渡船撑过来，有危重病人要急救！"一连喊了几次，均没有效果。

黄近山说："三弟，把手电筒给我射，你再喊。"

黄近田将双手围成喇叭状，又声嘶力竭地喊："渡船撑过来，有危重病人要急救！"然后隔几秒钟又重复一次，还是没有回音。

"二哥，没船怎么办？"

"没船也要救！"

黄莲英痛苦地说："近山，你们放弃吧！把我送回山下村，就让我死在老家算了！"

"干妈，我不会放弃，再等等看。"

黄近田心里感到烦躁，突地坐在地上，说："二哥，明摆着没有渡船无法过河，你就是等到天亮也是白搭，我看还是听莲英姑的话，我们不要在这里再耗时间了。"

黄近山不忍心就这样放弃挽救干妈的生命，觉得有一线希望都要努力去争取。听了三弟的牢骚，他倒眼前一亮，说："三弟，你起来。"

黄近田站了起来，问："回去吗？"

"不，我们去江上卫生院。"

"二哥，你发什么神经？这里去江上镇要走上两个多小时，你是想把我们累死吗？"

"三弟，你不要说怪话了，来，替我背干妈一段路。"

他们到了石崖路碑旁边，黄近田气喘吁吁地说："二哥，我累了。"

"好，我来背。"

黄莲英被转移到黄近山背上时，迷迷糊糊地问："近山，我们到了哪里？"

"石崖观音庙山脚下。"

"这里是你妈捡到你的地方，记得吗？"

"记得，前年妈妈还带我去观音庙烧了香，祈求观音娘娘保佑我考上大学，可惜没了这个深造的机会。"

"近山，你记住干妈一句话，是金子总会发光的。要命，肚子又痛了！"

"干妈，你再忍耐一下！"

江上镇是个大镇，毗邻四个县，经济基础相对雄厚，所以卫生院设施比较完备齐全，一般病人都能得到及时有效的医治。如果是重病患者，病人又无法转院，江上卫生院就会和县、市医院沟通，请专家前来坐诊治疗。五年前，黄近山的外公陈小良摔伤，陈春以为父亲没救了，没想到被江上卫生院的医生从死神手中抢救回来。

凌晨一点，黄近山终于把干妈背到了江上卫生院。这时候，黄莲英已痛得无法忍受，冷汗如黄豆般直往下掉。黄近山担心干妈的生命危在旦夕，眼泪都吓出来了。

值班医生为黄莲英做初步检查后走出病房，黄近山追上去问："医生，是不是很严重？"

"还没有确诊。"

"那你去哪里？"

"我去找院长汇报。"

"医生，你要快点呀！"

院长急急忙忙地赶过来了，按了按黄莲英肚子右下方，对医生说："没错，是急性阑尾炎，得马上送县医院。你先给病人输点滴，我去打电话联系县医院派救护车。"

黄近山拦住院长，问："院长，你们做不了这阑尾炎手术吗？"

"我们卫生院没有这方面的专家。"

"可救护车一来一回起码要四个多小时，我干妈恐怕到不了县医院就要断气了。"

"小伙子，请你不要灰心丧气，先去收费处交押金吧！"

黄近山身无分文，觉得只有求助外公了。他跟三弟说了一声，然后直奔外公家里去。

陈小良听到急促的叩门声，连忙爬起床打开大门，发现外孙近山站在面前，惊诧地问："近山，你怎么半夜三更来了？"

黄近山简明扼要地说了面临的问题。

"外公有钱，你进来。"

"爸爸，谁来了？"陈秋披着外套站在陈小良身后问。

"你外甥近山来了。"

黄近山踏进大门，惊喜地喊道："三姨，你回来了！"

"近山，你这么晚来有什么事？"

"我干妈患了阑尾炎，刚刚送到了江上卫生院，要交押金，可我没钱。"

"情况严重吗？"

"非常严重，院长说这里没有专家，要送县医院才能动手术。三姨，我好害怕呀！"

"近山，我去拿点东西，等下跟你去看看。"

院长一见陈秋，两眼放光，欣喜地问："陈教授，你前天在县医院给我们做的学术报告非常精彩。你还没回广州？"

"春节了，我回来见一下爸爸。"

"陈教授真有孝心。"

"院长，你带我去见病人吧！"

院长向右边一指，说："好，这边请。"

陈秋戴上听诊器听了黄莲英的心脏搏动频率，又按了一下黄莲英的小肚说："院长，我看病人的生命体征很差，经不起路上颠簸了，你去准备一下，我马上给她动手术，再迟就会误事了！"

黄近山看到院长出去了，疑惑地问："三姨，你能做阑尾炎手术？"

"我是这方面的权威。"

黄近山俯在黄莲英耳边说："干妈，你遇上贵人了！"

"什么？"

"你有救了！"

陈春带着卖猪肉的钱和新鲜猪肉汤到了江下卫生院，向医生一打听，才知道黄近山他们根本没来这里。她心里禁不住想，是不是他们在公路边直接拦下一辆过路车，将黄莲英送去了县医院？她返回渡船上，从钱包里取出一角钱，感激地对船夫说："阿叔，辛苦你了，给你船钱。"

船夫不敢要，愕然地说："大姐，你没欠我钱呀！"

"师傅，昨晚我两个儿子送一个病人，坐你的船过河，你怎么不记得了？"

"大姐，昨晚我不在船上，你把钱收回去。"

陈春心里明白了，黄近山他们昨晚没有过河，有可能去了江上卫生院。当她回到家时，却看见黄近田坐在温暖的灶膛旁打瞌睡，连忙上前推了他一把，说："田板，二哥呢？"

"在江上卫生院陪着莲英姑。"

"你莲英姑患了什么病？"

"急性阑尾炎，好在抢救及时，莲英姑脱离了危险。妈妈你猜猜，是谁把莲英姑从鬼门关拉回来的？"

陈春笑着说："还用猜吗？肯定是医生。"

"没错，但具体是谁，你做梦都想不到。还是我告诉你吧，这个医生就是三姨陈秋！"

陈春疑惑地问："她是什么时候回来的？"

"昨天下午，刚好给莲英姑撞上了。"

"你莲英姑的运气真好！"

铁煲冒出了阵阵香味。黄近田一边将炉火熄灭一边说："妈妈，三姨叫你去见她。"

陈春高兴地说："我将近十年没有见她了，梦里却多次梦到她。我下午就去，顺便给你外公送点过年的东西。"

"妈妈，二哥特别交代，你去时要给莲英姑拿几件替换的衣服。"

"我的衣服你莲英姑穿不合身，只好去她家里取了。你先去睡一下，吃饭时我再喊你。"

陈春在黄莲英房里找衣服时，忽然听到黄大胆在门外大声地喊："黄莲英，你给我出来！"

黄多事说："营长，我们进去把她拉出来。"

"不要急，让她自己出来。"

陈春挽着一包衣服走了出来，问："你们找她什么事？"

黄多事说："她昨天没去挑石头，今天又不去。我们想问她，她是不是想找死？"

"我儿子近山对我说，黄莲英昨晚已完成了你们分配的任务，今天你们不是安排她休息吗？"

黄大胆说："黄莲英把石头挑到哪里去了？"

"水利现场。"

"这事本来是你儿子近山负责监督的，他怎么不及时向我汇报？"

"他没时间向你汇报。"

"那你叫黄莲英出来，我要向她证实一下。"

"黄莲英不在家，她差点死了！"

"你别吓人。"

"我可不是吓人！"陈春想了一下说，"昨晚，黄莲英去挑石头，回到家时晕倒在大门口，我儿子近山刚好在她面前，马上把她送进了江上卫生院。"

"陈春，你不是骗我吧？"

"黄营长，我儿子近山在你手下做事，我怎么敢说假话，不信你可以派人去调查。"

"这样吧，你叫近山下午到我家去。"

"他在江上卫生院护理黄莲英，下午回不来。"

"这些我不管！下午五点前近山如果不来见我，那我会建议黄书记把他赶出民兵队伍。"

陈春惊慌地说："时间太紧了，能否通融到明天上午？"

"不行！"

第十九章

大年初二，李小梅清早醒来，看到母亲杨兰在厨房里忙碌，便简简单单地洗漱了一下，帮助母亲做早饭。谁知在炒菜时，她不小心把油碗掉落地上摔碎了，而冻住的猪油像一个小球滚向门边，刚好被候在门口的黑狗叼去了。

杨兰正在用热水烫碗筷，看到这个情况，急忙追了上去，还没追到下堂便不见了猪油的影子。她气得返回厨房，斥责道："现在可好，猪油让狗吃了，你拿什么去炒菜！"

"你房间里不是有一块腊肉吗？我去切一点，好不好？"

"那是你舅舅送来的，现在不能动，要到年初四黄利雄来提亲时我们才能吃。"

"没油下锅，那我不炒菜了。"李小梅将锅铲搁在灶台上，努起了迷人的樱桃小嘴。

"小波，你去把妈房间里的腊肉拿出来。"

李小波提着腊肉走进厨房，对妹妹说："小梅，你不要生妈妈的气，她留着腊肉，也是为你着想。"

李小梅嘟哝道："她是为你着想。"

杨兰说："对，妈是为你们兄妹着想。小梅，你哥把腊肉拿来了，那我们就先尝尝，你快去切一点。"

吃饭时，李小波说："小梅，还是你陪妈妈去舅舅那里吧。"

"你为什么不去？"

"舅舅年前送我的一年级语文课本，我看了几天才背熟二十几个拼音字母，我不想浪费时间了，想在短期内尽快掌握一年级的教材，随时等待着走上讲台。"

"哥，教书需要丰富的文化知识，你才读了五年书，可谓半吊子，我劝你还是不要去走这条路，别去误人子弟了。"

"我怎么会误人子弟？你看那个比我少读一年书的杨会昌，在给学生上课时把'卡车'读成'上下车'，将'出入'读成'出人'，还有好多笑话我就不说了，就这么一个人，不是还在山下小学教书吗？"

"哥，我看你和杨会昌一个半斤，一个八两，两人差不了多少。"

"我比他强多了。"

杨兰说："小梅，你哥在生产队当了一年的记分员，社员们都说他记得很准确。我想只要给你哥教书的机会，相信他一定会用心。再说还有你舅舅辅导，有黄海书记护着，一定能把学生教好。"

"小梅，我们是亲兄妹，这个机会把握在你手中，就看你愿不愿意送给哥哥了。"

李小梅感到心烦意乱，突然丢下饭碗，苦恼地说："妈妈，哥，你们不要一而再，再而三地逼我了。我告诉你们，我爱的是黄近山，不是瘸子黄利雄！"

"小梅，你怎么还一根筋呢？"

"我就一根筋！你们合起伙来牺牲我的幸福，让我嫁给黄利雄，我是绝对办不到的！"

杨兰说："可是小梅，你舅舅对我说，黄近山在黄海书记面前保证过了，他不会再和你有任何来往，从此一刀两断！"

"我不信近山会说这样的话！"

李小波说："你不信，那今天就跟妈妈去问舅舅，证实一下。"

"好，我去问个明白。"

大年初三的早晨，陈春打开大门，看见李小梅坐在门槛上，惊奇地问："小梅，你这么早来干什么？"

李小梅羞涩地站起来，拍了拍屁股，说："我想找近山算账！"

"他欠你什么了？"

"爱情！"

陈春不懂什么叫爱情，但潜意识里能理解爱情是男女之间的感情。她微笑着问："小梅，近山辜负你了？"

"就是这个意思！"

"好，你回屋跟春姨说明情况，让我批评这个不懂事的家伙！"

李小梅随着陈春进了厨房，坐在靠墙的凳上，说："春姨，我和近山之间的问题还是由我们自己解决，你帮我把近山叫出来吧。"

"近山不在家，年前去江上镇了。"

"今天能回来吗？"

"恐怕还要等几天。"

李小梅焦急地说："这事不好办了！"

"小梅，你遇上什么难事了？"

"明天，也就是初四，黄海书记要带着他那个瘸脚儿子来我家提亲，摆订婚酒。"

"这么好的家庭，难道你不乐意？"

"我当然不乐意了！"李小梅悲伤地说，"春姨，我爱的是你儿子近山。可我舅舅说，近山他对黄海书记说要和我一刀两断，永远不再来往。近山这句绝情话，令我肝肠寸断！"说完流下了泪水。

陈春连忙靠近李小梅，伸手为她抹去了泪水，说："小梅，我不相信近山会说出这么让人伤心的话，你相信吗？"

"我不知道，所以我今天来找近山就是要求证一下。如果真是他说的，那我对他就没有什么好留恋的了！"

"小梅，你是一位好姑娘，若是嫁给自己不爱的人，一定会后悔一辈子！我今天刚好要回娘家，那你跟我去江上镇见近山吧。"

"好，我跟你去。"

陈春直接把李小梅带进江上卫生院。李小梅感到有点不对劲，拉住陈春的手停下来，说："春姨，刚才我没问你，你也没对我说，是不是近山生病了？"

"不是，是他干妈做了阑尾炎手术，他在这里护理。"

"呵，把我吓了一跳。"

黄近山在病房里和干妈说话，突然看见母亲和李小梅，惊喜地问："妈妈，你怎么带小梅来了？"

"她要找你算账！"

"算什么账？"

"你们出去外面说。"

看着两个年轻人走了，黄莲英问："春妹，这个小梅是哪里人，长得那么漂亮！"

陈春微笑着说："她是我们山下村上坳人，爱上了我们近山。"

"郎才女貌！"

黄近山领着李小梅走到花池边，面对面站着，问："小梅，你要找我算什么账？"

李小梅板着脸孔，说："我问你，你是不是对黄海书记说，要和我一刀两断，永远不再来往？"

黄近山当时对黄海书记说过这句话之后，心里就感到后悔了，觉得自己为了一个小小的计划就草率行事，有点对不起一直钟情于自己的李小梅。今天面对李小梅的质问，他不想再去解释什么，但也不想隐瞒这个事实，说："是的，我说过。"

"你太伤我的心了！"李小梅痛心地说，"黄近山，你枉费了我对你的一番情意，一句话就把我推向了深渊！"说完，眼泪像断了线的珠子往下掉。

"小梅，对不起！"

李小梅一个转身，边擦眼泪边向卫生院大门走去。黄近山望着远去的心上人，不知道怎么办才好。

陈春担心近山和小梅会把事情闹僵，所以她只和黄莲英说了几句话就走出病房，躲在离近山他们不远的廊柱后面。当她看到李小梅挥泪而去，连忙走近儿子，催促道："近山，你赶快去把小梅追回来！"

黄近山迅速跟了过去，一把抓住李小梅的右手，说："小梅，你别走。"

李小梅想挣脱黄近山的手，但无济于事，反而整个人被黄近山紧紧地抱住，动弹不得了。

陈春来到他们面前，说："近山，你那么粗鲁干什么，放手！"

"我不放，一放她又要走。"

陈春掰开黄近山的手，把李小梅拉了过来，安抚道："小梅，你听春姨一句劝，在事情还没有弄清楚之前，你先不要走。"

"他已经不爱我了，我还赖着干什么？"

"小梅，春姨知道近山是爱你的，你现在跟我去近山的外公家，就能找到你想要的答案。"

李小梅泪眼看向黄近山，看到他向自己点头，心里也就有了留下来的想法，她说："春姨，我听你的。"

吃过早饭，黄利雄穿着崭新的西装站在黄海书记面前，神气十足地说："爸爸，你看怎么样？"

"嗯，像个新郎官！"

"妈妈把礼物都准备好了，我们什么时候出发？"

"巳时。"

"还要等半个小时，太久了。"黄利雄迫不及待地说，"我走路不利索，要不我先提前出门，爸爸你和妈妈到时赶上来，我们在小梅家大门口的小溪旁边会合。"

"利雄，你一瘸一拐地去提亲，会被人家说长道短的。我看你还是骑自行车去，把礼物载上，我们同时出门。"

黄利兵也来到黄海书记身边，说："爸爸，明天就是年初五了，那些'五类分子'去挑石头还是游村，请你指示一下。"

"你去找黄营长商量。"

"昨晚我们见面了，是他叫我今天问你的。"

"黄莲英出院了吗？"

"不知道。"

"黄近山回来了吗？"

"不知道。"

黄海书记生气地说："利兵，你这个民兵排长是怎么当的，竟然什么都不知道，太不称职了！为了防止黄近山把黄莲英藏起来，你现在就去告诉黄大胆，派人去江上镇摸清他们的动向，必要时可以将黄莲英抓起来，不能让她逍遥法外。至于其他'五类分子'，明天还去挑石头。"

"好，我这就去告诉黄营长。"

"你要提醒他，这是政治任务，一定要不折不扣地完成好。"

"我懂了。"

黄海书记上完厕所回来，喊道："利雄，我们出发吧。"

突然，李小波慌慌张张地走进大门，心神不定地说："黄书记，我妹妹失踪了！"

"什么时候不见的？"

"昨天早上。"

"过去这么长时间了，你为什么现在才来报告？"

"我们原以为她会回来，所以一直在等，没想到她一直没回家。"

黄利雄忧心忡忡地说："小波哥，是不是你们故意把小梅藏起来了？"

李小波一脸委屈地说："妹夫，我们不会这样做的。"

黄海书记问："小波，你妹妹出走时留下什么话没有？"

"没有。我和妈妈分析了一下，觉得小梅没有走远，很可能躲在黄近山家里，你们可以叫人去把她捉拿回来。"

"利兵，你赶紧去黄大胆家里，叫他带几个民兵去黄近山家里搜查。"

一个小时后，黄利兵回来了，说："爸爸，黄近山家里没有一个人。我们虽没有见到李小梅，但听到一个不好的消息。"

黄利雄以为是还没过门的李小梅发生了意外，心惊地说："弟弟，不会是你未来的嫂子出现生命危险了吧？"

"哥哥，嫂子倒不会有生命危险，这个你不必担忧。但你要有足够的思想准备，李小梅可能成了黄近山的枕边妻，心头肉了。"

黄海书记不耐烦地说："得了，利兵，你不要卖关子了，快说清楚。"

"昨天早晨，李小梅去了黄近山家，早饭后陈春把她带走了。我估计李小梅去江上镇找黄近山，主动送货上门了。"

黄利雄愤怒地说："我还没尝，倒让黄近山先试，气死我了！"

李小波辩解说："妹夫，你不必担心，我妹妹小梅是良家女孩，不会视自己的贞节为儿戏，你要绝对相信她这点。"

"我三成相信，七成担心。爸爸，你要使出撒手锏，从黄近山手中夺回李小梅，让儿子我扬眉吐气！"

黄海书记觉得黄近山在自己脸上掴了一巴掌，热辣辣的难受。他安慰道："利雄，你把悬着的心放回原处。爸爸今天答应你，十天内让你和小梅睡在同一张床上！"

"可是爸爸，家里的新屋还没盖好，你要让我在老屋结婚吗？"

"也只有这样了。"

在父亲家里吃过午饭后，陈春用心地为黄莲英洗了一次澡，然后领着李小梅来到石崖观音庙烧了一炷香，并向李小梅讲述了捡到黄近山的故事。

李小梅感动地说："春姨，你无怨无悔培养了近山十几年，确实了不起！"

"小梅，你别表扬我，春姨只是尽了一个做妈妈的责任。如果换作你妈，我相信她也会这样做的。"

"哎！我妈虽然勤劳、善良，但比起春姨你差远了。在我的婚姻问题上，我向她做了好多说服工作，但她依然不肯放弃自己的想法。为了自己的幸福，我不得已离家出走。今天要不是你们耐心劝导，说什么我也不会回去。"

"小梅，你不能埋怨你妈。我敢断定，你妈心里有苦衷，不然不会要求你这么早出嫁。我希望你回去以后，向你妈赔个不是，努力做个乖巧的好女儿吧！"

"春姨，我会把你的话装进心里。"

陈春回到自家大门口，碰上了生产队队长黄英。黄英对她说："春婶，你把李小梅带到哪里去了？"

陈春觉得黄英的话有点奇怪，不解地问："黄英，你是不是听到什么风言风语了？"

"黄海书记说你骗走了他儿媳妇，要求我一旦发现你回来了，就要及时向他汇报。"

"你现在发现了，赶紧去汇报。"

"春婶，我不是打小报告的人，你误会我了。今天我把这个消息告诉你，就是想提醒你防着点。"

"我又不是'五类分子'，他能把我怎么样？"

"在他手里，什么不可能的事都会发生的。"

黄海书记从放出去的眼线口中得知李小梅回来的消息，心中窃喜，立即骑上自行车赶到李小梅家门口，向迎上来的李小波说："你妹妹回来了？"

"她回来还不到一小时，想不到你耳朵这么灵。"

"你妈呢？"

"她正在和小梅说话。"

黄海书记在客厅刚坐下，杨兰马上从房里走了出来，微笑着说："黄书记，你这么快就来了。"

"小梅的情绪怎么样？"

"我观察了一下，好像没有什么异常。"

"你叫她出来，让我和她说几句话。"

"我这就去叫她。"

李小梅从房里出来，说："不用叫。"

黄海书记打量了李小梅一下，关心地说："小梅，这两天你去哪里了？我们都很担心你。"

"我又不是你家里人，担心什么？"

黄海书记苦笑了一下，说："小梅，你现在还没进我家大门，当然算不上是我家里人。但我已宣扬出去了，现在全山下村人都知道，你李小梅是我黄海的大儿媳妇，黄利雄是你未来的老公！"

"黄书记，你的手段真高，但太卑鄙了！"

杨兰不高兴地说："小梅，你这样骂黄书记，有点过分了！"

李小波说："对，妹妹你要向黄书记道歉！"

李小梅瞪着哥哥说："道歉？我还不知道这两个字怎么写！黄书记，我家不欢迎你，你走吧。"

黄海书记看到李小梅目中无人，很想好好训斥她一下，但觉得这样于事无补，还是寻找其他办法来解决这个问题吧。他无奈地站起来，说："小梅，我走。"说完向大门走去。

杨兰把黄海书记送出门外，说："黄书记，你六人有大量，原谅小梅年轻不懂事。"

"我不是小肚鸡肠的人，不会计较。但我要嘱咐你，回去告诉小梅，我不再来打扰她了。"

"黄书记，难道你想放弃这桩婚事？"

"不，我一定要玉成这桩婚事。但为了避免小梅再次出走，你要把我的原话告诉她，让她在家里安静下来。"

大年初七，天下大雨，生产队不安排干活，陈春去自家菜地摘葱、蒜、芹菜等七样青菜。每年到了这一天，全家人都要吃上富有寓意的七样菜，这是客家人的风俗。当她摘菜回来，看见黄多事和两个民兵在门口等着，便问："多事，你们找我什么事？"

"我们奉黄营长的命令，今天来收缴黄近山的猎枪。"

"这支猎枪不是配给他的吗？"

"黄营长说，黄近山包庇'五类分子'黄莲英，出门又不请示汇报，损害了民兵的形象，决定把他清出民兵队伍，所以这支猎枪我们必须收缴。"

陈春气愤地说："我儿子近山参加民兵是黄海书记批准的，黄营长无权决定。我要去问他，心里才踏实。"

"那你把猎枪带上，现在就去村委会见黄海书记。"

陈春戴着斗笠，背着猎枪，俨然像战争年代的女游击战士。她在村委会没有见到黄海书记，却见到了黄大胆。

"陈春你背着枪，是不是图谋不轨？"

"黄营长，你才图谋不轨，却向我倒打一耙。"

黄大胆一挥手，说："黄多事，你们把这个现行反革命分子给我绑了！"

陈春被他们绑得结结实实，心里十分气愤，骂道："黄大胆，你无中生有陷害我，将来会遭报应的！"

黄近田去堂哥黄近石家里串门，午饭时才回到家中，发现冷锅死灶，妈妈不知去哪里了，二哥的猎枪也不见了，心里感到奇怪，连忙走到隔壁向邻居打探，才知道母亲被民兵带走了。他心里非常焦急，一下子就赶到村委会，但黄多事不让他见母亲。他禁不住问："多事叔，我妈妈犯了什么罪？"

"她呀，犯的是现行反革命罪！"

"你们有什么证据？"

"她擅自持枪冲闯村委会，意图谋杀黄海书记！"

"我妈妈不会干这种事的，一定是你们误会她了。"

"你妈也是这样狡辩，不肯承认。但只要明天下午批斗会一开，她就会老老实实，低头认罪了。"

黄近田一溜烟跑到老书记林芬家里。

林芬虽然没当村干部了，但和陈春一家始终保持着密切联系。当听到陈春眼前的遭遇时，她脑海中马上浮现出陈春说的李小梅逃婚的事儿，觉得这是黄海书记的一个阴谋，问题变复杂了。她安慰道："近田，你不要着急，留在我家吃饭，我去找黄海书记谈谈。"

　　黄海书记不给林芬情面，非常严肃地说："我批准黄近山当民兵，并且配枪给他，是让他去监管'五类分子'。可陈春听黄营长说要撤销黄近山民兵职务时，她却拿着枪到村委会来意图谋杀革命干部，真是胆大妄为！"

　　"黄海书记，我觉得陈春不是你说的那么恶毒，请你原谅她的过错。"

　　"林芬同志，在原则问题上我是不会做出让步的。我告诉你，这是典型的现行反革命行为，对这样的人我是绝不手软的！"

　　林芬无法说服黄海书记，只好返回家中，无奈地对黄近田说："现在只有一条路可走了，你现在骑我儿子的自行车去江上镇找近山，叫他向市里的张副市长反映，只有张副市长出面才能救出你妈妈了。"

　　"姨婆，你这个主意好，我马上走。"

　　黄近山得知母亲面临的窘境，心里感到十分不好受。他立即去江上镇邮局给张平山副市长打了一个电话，可没想到听到的是一个坏消息：张副市长被解除职务了。随后，黄近山又拨通了在省里工作的二舅陈夏的办公室电话，得知他两天前也被下放到农村改造去了。

　　黄近田提醒道："二哥，你再打电话给北京的刘丽英姑婆。"

　　"她呀，几个月前被红卫兵抓去批斗了，现在还不知是死是活呢！"

　　"二哥，那你再想想，看看还有谁能帮上我们这个忙？"

　　黄近山摇头说："我想不出了。"

　　"那怎么办？"黄近田哭着说。

　　"三弟，你哭有什么用，赶快把眼泪擦干，跟我回家去。"

　　"我们走了，留下莲英姑怎么办？"

　　"她能自理了，就让她在外公家待着，等处理好妈妈的事情，我再来接她回家。"

黄近山兄弟俩回到山下村村口，碰上了黄福添。黄近山问："福添叔，你匆匆忙忙去哪里？"

　　"我想去找你，没想到你回来了。"

　　"有什么事吗？"

　　"今天下午三点多钟，大队的高音喇叭广播了，明天下午在山下小学操场上召开现行反革命分子陈春的批斗大会。我吓出了一身冷汗，连忙去到你家里，没有见到你弟近田。我回家一想，觉得问题非同小可，一定要及时通知你才对。"

　　"福添叔，这事我已经知道了，多谢你！"

　　在黄福添家里吃过晚饭，黄近山兄弟俩来到了林芬家里，向她说出了解救母亲陈春的办法。

　　"近山，你妈救出来之后怎么办？"

　　"我会带着她远走他乡，去福建找我爸爸。"

　　"好！那你们晚上行动时，千万不要再惹出节外生枝的事情。"

　　到了子时，万籁俱寂。黄近山兄弟俩和黄福添都戴上舞狮的假面具，身穿黑衣服，隐藏在村委会外门的厕所后面，只等看守陈春的民兵出来上厕所。

　　黄近田悄悄对黄近山说："二哥，你说民兵突然看见我们的模样，会不会吓得魂飞魄散？"

　　"可能会被吓死！"

　　忽然，黄大胆带着两个背着枪的民兵从村道走来，进了村委会。

　　黄近田担心地说："坏了，他们加强了保卫。"

　　黄福添说："难道他们察觉了我们今天的行动？"

　　黄近山说："不会的，沉住气。"

　　谁知过了一袋烟工夫，他们惊喜地看到一个民兵把陈春送出了外门。民兵说："陈春，我就不送你了，你自己回去吧。"

　　陈春走了几步，听到身后响起了脚步声，以为是民兵又跟上来了，警觉地回过头来张望。

“妈妈！”

回到家，黄近山给陈春调了一碗白糖水，兄弟俩喜滋滋地看着母亲喝下去。黄近山问：“妈妈，他们怎么突然把你放了？”

“我也不知道其中原因，但黄营长要求我回家之后不得逃跑，否则后果自负。”

“妈妈，我们不要理睬他们，现在我就带你离开山下村。”

“箩匣，妈不能走。”

“为什么？”

“我要是走了，那就是畏罪潜逃，不是反革命也变成反革命了。”

“可是妈妈，我们兄弟俩不愿看到你在明天的批斗大会上受罪。你还是听一次儿子的话吧！”

黄近田说：“是啊，你就听一次儿子的话吧！”

陈春平静地说：“你们不要劝了。”

没想到，第二天上午十一点，村委会的高音喇叭突然广播：“社员同志们，下午召开的批斗大会取消。经调查核实，陈春同志不构成现行反革命罪，恢复其革命群众的身份。”

第二十章

　　黄近山被迫离开了山下村民兵组织，无法去实施保护那些"五类分子"的计划了，心里感到苦恼。但他拿定了主意，别人保护不了，干妈黄莲英必须要保护好，不能再让她受到伤害了。他想到了一个比较妥当的办法，在母亲心情恢复之后向她说了出来。

　　"你的想法是好的，妈支持。但他们会答应吗？"

　　"妈妈，有你的支持，这事便成功了一半。我们双管齐下，不信他们不买我们的母子情。"

　　"我想，要做通他们的思想工作恐怕难度好大，必须慢慢来。"

　　"妈妈，这事慢不得。昨晚黄英给我捎来了黄大胆的口头通知，要求我在元宵节之前把干妈带回来，逾期他们将采取强硬措施捉拿干妈。所以，我们要在几天内完成这项计划。"

　　"好吧，妈今天就去见你干妈。"

　　"究竟情况怎么样，妈妈你明天要回来告诉我，让我去见周老师时做到心中有数。"

　　第二天傍晚，陈春回来了，她高兴地对儿子近山说："箩匣，妈说服了你干妈要接受现实，接下来就看周老师的态度了。"

　　"妈妈，我也会努力的。"

　　黄近山走进客都县高级中学，看到校园内树木葱茏，绿草如茵，心里感到舒畅。但看到学校办公大楼门前的宣传园地贴满了各种大字报，心里又不寒而栗。这时候还没开学，学生寥寥无几。突然，黄近山瞧见一起上北京"串联"的石古跟着东风兵团廖司令从办公大楼出来，手里还握着一筒卷好的白纸。黄近山迎了上去，问："廖司令，你过年没回家吗？"

石古说："我们的廖司令以校为家，不像你逃避现实，做了缩头乌龟。"

"石古，你傍上大树了，是不是很得意，今天教训起我来了？"

廖司令说："石古，近山可是张副市长身边的红人，你不能得罪他呀！"

石古不屑地说："张副市长已经倒台，黄近山你也神气不起来了。走开，别挡我们的道！"

周老师一见到黄近山，连忙说："近山，你张叔叔被'造反派'赶下台了！"

黄近山难过地说："周老师，这事我已经知道了。我想下午去张叔叔家里看看，也不知道能不能见到他。"

"昨天上午，我无事去街上走了一下，顺便拐到市领导住的大院看了，发现大院外边有几个红卫兵负责警戒，对一些进出人员进行盘查。我一打听，才知道这些红卫兵是针对张副市长和另外两位市领导的。为了不给你张叔叔增添麻烦，我建议你不要去见他了。"

"周老师，我听你的。"

周老师吃着黄近山带来的年糕，问："近山，你们村里平静吗？"

"我们村里虽然看不到大字报，但政治气氛也非常严峻，对那些'五类分子'监管得相当严，动不动就游村、批斗。两天前我妈妈就莫名其妙地被戴上'现行反革命'帽子，好在有人在背后帮忙，才使她逢凶化吉，不到一天就摘掉了帽子。"

"我从广播电台听到，这场'文化大革命'才刚拉开序幕，还要不断深入。我担心这样下去，不知有多少无辜的人会遭受厄运。"

"周老师，你还记得我跟你说的我干妈的事吗？"

"她怎么了？"

"因为她是'五类分子'，每天不是游村、被批斗，就是参加剧烈的体力劳动。她在年前累得病倒了，我把她送进了江上卫生院做了急性阑尾炎手术，总算把她的命保住了。目前虽然她出院了，但我不想让她继续受累，想让她暂时留在江上镇我外公家里休息。"

"近山，你做得对！但村干部能不管不问吗？"

"他们通知我了，叫我在元宵节之前把干妈送回去。"

"时间紧迫呀！"

"我和妈妈商量了，想叫你配合一下。"

周老师觉得好奇，微笑着说："我怎么配合，你说。"

"我干妈单身，你也单身，两人年龄相差不是很大，要是能结合在一块就好了。"

"你们想让我跟她结婚？"

"是这个意思！"

"不行，这个我做不到！"周老师不高兴地说，"现在是动荡年代，大家都希望和那些被批斗的对象撇清关系，不要惹出是非。你们却往我身上引火，是不是想害我？"

黄近山看到周老师生气的样子，心里感到不自在，急忙说："周老师，那只是做做样子，掩人耳目，并没有害你的想法。"

"什么做做样子，掩人耳目？"

"我们不是叫你们真结婚，是假结婚，暂时把这件棘手的事应付过去。"

"呵，原来是这么回事。"周老师释然地说，"假如我同意，你干妈也未必同意。"

"她同意了，现在就等老师你的态度。"

"你让我斟酌一下。"

黄近山走进厕所小便，瞥见周老师用餐的碗筷还在洗手盆里堆着，连忙把它们洗干净，然后又拿起抹布在灶台上擦了起来。

"近山，你不要动，出来。"

黄近山放下抹布，来到周老师面前，说："周老师，你身边要是有一个师母就好了。"

"我找到了。"

"真的？"

"假的，就是你干妈！"

"太好了，多谢老师帮忙！"

周老师走进书房，迅速写了一张字条，说："近山，我出去一趟，你继续帮我收拾一下吧。"

黄近山把房间全面打扫一番，又将杂乱无章的东西整理了一下，刚刚坐下就看见周老师带着一阵风回来了，手里还捏着一份盖着公章的结婚证明。周老师把这份证明递给黄近山，说："这个你拿回去。"

黄近山捏着结婚证明，赞许地说："周老师，你真是雷厉风行。可我听说领取结婚证，当事人必须到场。"

"我们又不是真结婚，江下镇民政部门我就不去了，你可找人替代蒙混过去。"

"好，也只有这样了。"

周老师苦笑了一下，自言自语地说："为了自己的好学生，将生米煮成熟饭，好不好吃，我只有慢慢品尝了。"

陈春听到周老师那关又过了，满心欢喜，说："箩匣，看来这事成了！"

"还有危险。"

"什么危险？"

"我们还要过黄海书记那一关，他要是故意刁难，不肯开干妈的结婚证明，那周老师和干妈就领不了结婚证，我们的努力也白费了。妈妈，你说是不是还有危险？"

"嗯，还有危险。"陈春担忧地说，"黄海书记这个人面善心狠，恐怕他是不会轻易答应的，你要想好了对策再去对付他。"

第二天上午，黄近山在八点之前到了村委会等候黄海书记，可等来的是村委会助理飞叔带来的令他不安的消息。

"黄书记今天不来上班，他儿子黄利雄和李小梅今天结婚。"

黄近山惊诧地问："飞叔，你不是骗我吧？"

"我不骗你，这是真的！"

"可是我听李小梅说，她不愿意嫁给黄利雄，怎么转眼间又改变了？"

"她呀，是为了救你妈，才主动献身的！"

"这么说，我妈妈那天晚上在村委会突然被放出来，是李小梅牺牲了自己换来了我妈妈的自由？"

"没错，你可以这样理解。"飞叔向大门外瞄了一眼，又接着说，"现在没人，我跟你说了吧，这是黄海书记设计的一个圈套，抓你妈是一个诱饵，让李小梅做他儿媳妇才是目的。"

黄近山心里顿时明白了，那个背后的无名英雄就是自己心爱的李小梅。他气愤地说："这个黄海太阴毒了，真是狗娘养的！以后有机会了，我要以牙还牙，决不轻饶这个人面兽心的坏蛋！"

"近山，你冷静下来，告诉飞叔，你今天找黄海书记办什么事？如果急的话，我去把他叫来。如果不急，那你明天再来。"

"飞叔，我今天要办的事确实十万火急，那就麻烦你帮忙去把他叫来。"

"好，你等着。"飞叔匆匆走出大门，一会儿又返回来，"近山，万一黄海书记不来怎么办？"

"你可以对他说，如果他不想当山下村书记了，那就别来见我。"

飞叔向黄近山竖起大拇指，说："高！"

黄近山走进黄海书记的办公室，坐在破旧的办公桌前，边想心事边等黄海书记到来。半个小时后，黄海书记来了。黄近山把凳子让出来给黄海书记坐。黄海书记示意飞叔离开。看到飞叔把门带上了，黄海书记说："近山，你叫助理带的话吓我一跳。我不敢怠慢，究竟发生了什么急事？"

"黄莲英要嫁人了！"

黄海书记气急败坏地说："黄近山，就因为这件小事你敢吓我？"

“这虽然是一件小事，但对你来说却是大事！”

“黄近山，你别糊弄人。我不是好惹的，你知道吗？”

黄近山点头说：“我了解你的为人，谁撞在你枪口上谁倒霉！”

“你别啰唆了，把刚才的话说清楚。”

“黄莲英说，她妈妈是‘五类分子’，已经死了，但她不是。你们却把她划入‘五类分子’行列，使她身心受到了伤害。”

“她妈畏罪自杀，当然要拿她顶罪。离我们规定她回来的期限还差三天，你应该告诉她了吧？”

“我对她说了，但她说她想过正常女人的生活，不回来给你们添麻烦了。最近经人介绍，她认识了一位老师，两人很快坠入了爱河。”

“半老徐娘了，还懂得浪漫，稀奇！”

“黄莲英和这位老师商定元宵节结婚，所以今天委托我来找你写结婚证明，明天他们俩要去领结婚证。”

“这个老师可能有精神病，要不然怎么会爱上一个家庭成分不好的人，而且还是一个没人要的女人。”

“黄书记，这就是爱情的力量！你赶紧写吧！”

黄海书记脑子转了一圈，说：“我不会给她写这份结婚证明的。”

“黄书记，你一定要写。如果不写，她说会让你身败名裂！”

黄海书记又吓了一跳，但很快镇静下来，说：“黄莲英她以为我是三岁小孩受吓，真是瞎了她的狗眼！你回去告诉她，乖乖回来接受改造！”

黄近山看到黄海书记不为所动，连忙从裤袋中掏出一张纸条，向黄海书记递过去，说：“黄书记，你不要发怒，看看黄莲英给你写的字条。”

黄海书记接过字条展开看了，然后把它撕碎，愤恨地说：“这个臭婆娘，想坏我的事，没门！”心里却说：“这个臭婆娘，非弄死你不可！”

黄近山看到黄海书记害怕的表情，知道他做贼心虚了，故意说：“黄书记，你还有大事要忙，我不打扰你了。”说完向房门走去。

“你回来！”

黄近山返回黄海书记身旁，问："黄书记，你还想说什么？"

"这张字条都有谁看过？"

"除了你我，再无他人。"

"这就好。"黄海书记感到心里比较踏实了，"近山，我要是写了，你能替我保密吗？"

"那你要答应我一个要求。"

"你说。"

"你儿子已经得到了李小梅，希望你们一家要对她好。"

"不用你提醒。"

黄近山揣上干妈黄莲英的结婚证明出了村委会，但没有急着回家去，而是走到简易木桥旁边的土墩上。这个土墩就是之前他和李小梅相拥的地方。他朝着李小梅家的方向凝神张望，禁不住思绪万千。

一个月后，黄近山带着弟弟黄近田在江下汽车站等了半个多小时，终于接到了从客都坐客车来的周老师和黄莲英。过了客都河，他们俩分别坐在黄近山兄弟俩的自行车尾座上，沐浴着春天温暖的阳光。他们下车走过简易木桥时，迎来了在附近水田里劳作的人们惊奇的目光。

五十多岁的珍嫂吃惊地说："黄莲英后面的那个人，是不是陈春的老公黄伯旺？"

"珍嫂你乱嚼舌根，黄伯旺死了这么多年，骨头都可以翻几遍了，怎么可能还活着？"

陈春在家门口接到周老师，不禁打了个寒噤，觉得周老师太像自己的老公黄伯旺了。她真想说一句："伯旺，你回来了！"

黄近田把自行车还给了林芬的儿子，回家时碰到了珍嫂干完活回家。珍嫂把他拦住，问："近田，刚才你们载的那个戴眼镜的人是谁？"

"周老师，就是莲英姑的老公。"

"呵！我闹笑话了，还以为他是你爸爸呢！"

"他跟我爸爸很像吗？"

"一模一样。和你也挺像呀！"

黄近田回到家，走进厨房说："妈妈，莲英姑说，她在家整理东西，别等她吃饭了。"

"你林芬姨婆呢？"

"她也不来吃午饭，下午再来见周老师。"

"那好，我就不煮那么多菜了。你二哥带着周老师去窝尾了，你去叫他们回来吃饭。"

黄近田走了两步又折回来，站着不动。

"你怎么不去？"

"妈妈，我想问你一件事？"

"什么事？"

"我怀疑周老师和爸爸是亲兄弟，要不怎么会长得那么像呢？"

"田板，妈妈也是这么想的。但人有相像，物有相同，不会有这么凑巧。"

"妈妈，爸爸留下照片了吗？"

"你爸爸走得突然，之前又没有照过相。"

"如果没有证据，这事就无法考证了。"

吃过午饭，好多上了年纪的人都到陈春家串门，坐了一会儿就走了，但临走的时候都嘀咕着三个字："太像了！"

周老师感到奇怪，疑惑地对黄近山说："他们都瞄着我看，不知道是为什么？"

"因为你是我干妈的老公！"

"那是假的。"

陈春来到周老师面前，递给他一个红布包，说："周老师，这是你哥的东西，还给你。"

周老师接了过来，问："是什么？"

"你打开来看看。"

周老师一层一层地翻开红布，只见一枚闪着金光的勋章展现在眼前。再看勋章背后，刻着"周春文"三个字。他高兴地说："原来近山跟我说过这枚勋章的故事，想不到今天见到了它的真容。"他把勋章贴在胸口，激动地说："大哥啊，我们兄弟俩今天重逢了！若是把送人的弟弟找到了，我就带着你们一起回老家告慰祖宗。"

陈春说："周老师，你收好了。"

周老师一层一层地包好勋章，放进贴胸的中山装内袋中，说："我爸爸在世时告诉我，我弟弟周春光出生时因为奶水不够，无奈送给了你们江下镇的一户人家，一起送过来的还有一架老式德国钟，钟摆后面还贴着我们三兄弟的名字。陈春妹妹，你帮我留意一下，看看你们山下村周边地区谁家有老式德国钟。"

黄近田说："我家就有一架。"

"是吗，快拿出来让我看看。"

陈春说："有点重，别摔坏了。"

一会儿，黄近田抱着德国钟从母亲房里出来，说："是有点重，妈妈放哪里？"

"桌面上。"

周老师打开钟盖，调松了发条，小心地卸下了钟摆，发现钟摆后面贴着一张泛黄的字条。他仔细地看完字条，异常兴奋地说："上面果然写着我们兄弟仨的名字。你们看看，字迹非常清晰！"

在黄近山兄弟俩观看字条时，周老师走到大门口，朝着老家和田的方向高喊："爸爸，我找到弟弟周春光了！"

第二十一章

　　黄近山从亲弟弟罗爱国寄来的信中得知，父亲罗平团长因战争年代留在体内的弹头压迫了神经，现已离岗在家休养。因爱国响应国家号召下乡插队，卫国和妹妹还在读书，林妈妈又要上课，身边需要亲人照顾，希望黄近山去帮忙。黄近山对母亲陈春说："妈妈，我不想去。"

　　"原因是什么？"

　　"我还有很多事情要做。"

　　"箩匣，作为子女，在爸妈最需要你的时候一定要挺身而出，献上自己的一份孝心。纵使你现在有千事万事缠身，那都是小事，比不上照顾你爸这件大事。明天你就出发吧。"

　　"妈妈，我过五天再去好吗？"

　　"一天也不行！"

　　起程时，黄近山交给母亲一封信，信封上写着"内详"两字。他说："妈妈，我此去不知什么时候回来，你帮我留着这封信，如果李小梅来了就交给她。"

　　"箩匣，其实妈也有不想让你回来的想法。你已经长大了，在我身边，在山下村，是没有前途的。到了厦门，叫你爸帮你找份稳定的工作，好好在那里发展吧。"

　　"妈妈，你真厉害，一语道破儿子的心思。不过，请妈妈相信，你的养育之恩，我会涌泉相报！"

"你是乖孩子，妈相信！"

罗平团长在黄近山的陪伴和照顾下，身体基本恢复了元气，不但走路不需要人搀扶，而且还能打乒乓球了，甚至常常发出愉快的笑声。

一天，林萍从学校回来，对罗平团长说："老罗，我看箩匣这孩子有教养，有潜质。你是否考虑把他留在厦门，不要让他回客都去了。"

"我也有这个想法，但不知道箩匣愿不愿意留下来。"

"只要我们给他找份工作，拴住他就没事了。"

"那我们找你哥林海帮忙，在他的食品厂给箩匣安排一份临时工作，你现在就去见他。"

"今天我有点累了，明天再去。箩匣呢，他去哪里了？"

"上街买菜去了。"

黄近山提着一袋菜回家时，在一个街道转角处看到一位身材修长的漂亮姑娘向自己的方向跑来，后面还追着一高一矮戴着红卫兵袖章的年轻人。眼看这位姑娘就要被跑在前面的矮个子抓住了，黄近山脑子里突然冒出英雄救美的念头，急忙将手里的东西一丢，冲了上去，抬起右腿向矮个子脚下一扫，矮个子应声扑倒在地。然后，黄近山张开有力的双手，挡住了比他还高半个头的高个子。谁知高个子一个直拳朝黄近山胸口打过来。在这危险关头，黄近山急中生智，倏地往下一蹲，一把抱住高个子双腿，再使劲一拉，致使高个子四脚朝天。

"好！"

"英雄救美！"

一位上了年纪的市民喊："这位小哥快跑，不然就麻烦了！"

黄近山这才回过神来，急忙挤出了围观的人群。

矮个子上前拉起了高个子，问："副司令，要不要逮住这只拦路虎？"

"我们势单力薄，逮不了他，还是去抓林兰这个丫头要紧。"

黄近山提菜回到家门口，忽然发现那位被救的漂亮姑娘站在身后。他连忙问："同志，你为什么跟着我？"

漂亮姑娘微笑着说："不行吗？"

"你快走吧，不要再被他们抓住了。"

"好，我这就走。"

黄近山以为这位姑娘离开了，便掏出钥匙开了门，没想到这位姑娘却捷足先登，像泥鳅一样溜了进去。他着急地喊："同志，你不能进去。"

"这是我姑妈的家，我怎么不能进！"

"这是你姑妈的家？"

"是呀，你快把门关上。"

林萍从房间出来，问："林兰，你怎么和箩匣在一起？"

"姑妈，这个帅哥是谁？"

"他是你姑父的大儿子，当然也是我的大儿子，小名叫箩匣。"

这个姑娘转过身，向黄近山鞠了一躬，说："箩匣表哥，我叫林兰，谢谢你救了我！"

罗平团长问："林兰，这是怎么回事？"

林萍听了他们俩的奇遇，高兴地说："箩匣，你这个做表哥的不简单！"

罗平团长问："林兰，红卫兵为什么追你？"

"他们要批斗我们学校的刘校长，但没有找着，也不知道他们是从哪里了解到我知道刘校长的藏身之处的，便把我从家里抓去询问。我虽然知道刘校长的下落，但我是不会说出来的。他们不肯放手，将我关在教室里。趁他们不注意，我撬窗逃了出来，没想到被他们发现了，一路追来，幸好遇到箩匣表哥，不然我又被他们抓去了。"

林萍问："你爸妈知道这事吗？"

"不知道，当时只有我一个人在家。"

"林兰，我估计红卫兵还会到你家门口蹲守抓你，以防万一，你暂时不要回家了，在姑妈这里待几天，你爸妈那里，我这就去告诉他们。"

罗平团长说："林兰，去你哥食品厂有一段街道比较阴暗，不好走，我建议你带上箩匦壮胆，也好让箩匦和他舅认个亲。"

"好，一举两得。"

黄近山去上班的前一天晚上，写了两封信，一封是给母亲的，另一封是给伯父周老师的。这两封信内容的第一段是一样的："明天，我将走进一家国有企业上班，虽然还是临时工，但毕竟可领工资了。这也许是我的人生转折点，或者不是，但不管怎么样，我都会珍惜这份来之不易的工作，努力进取，既不给你们脸上抹黑，也不给罗爸爸、林妈妈他们添乱。请相信我吧，我的亲人！"

第二天，黄近山穿着整洁的工作服，意气风发地来到食品厂门口，向门卫点了一下头，然后朝厂区走去。

"箩匦表哥，你等等我。"

黄近山停下脚步，回头看见林兰向自己跑来，连忙退到一边，让其他工人过去。等林兰到了面前，黄近山问："表妹，你怎么来了？"

林兰望着比自己高出一个头的黄近山，忽闪着大眼睛，说："我担心你第一天上班不习惯，所以赶来陪陪你。"

"你经常来厂里吗？"

"也不是经常，但至少一个星期来两次厂里的食堂吃饭。"

"这么说，厂里的人几乎都知道你是厂长的女儿了？"

"应该是。"

"那你回去吧。"

"为什么？"

"我不想让大家知道我是走后门进来的。"

林兰笑了一下，说："不对呀，你是从前门进来的。走吧，你不要担心其他事情。"

他们来到一楼的厂务办公室，林兰朝戴着眼镜的中年男人郭真说："郭主任，我表哥来报到了。"

郭真拿着一张纸走过来，握住黄近山的手，说："近山同志，欢迎你！"

"郭主任，你叫我小黄就好。"

"好，小黄你们坐。"

林兰问："郭主任，你们安排我表哥做什么工作？"

"别急。"郭真把手里那张纸递给黄近山，"小黄，你先看看这个通知。"

黄近山接过来看了一遍，不言语。

"是不是有毛病，你不妨直说。"

"我觉得有三个词用得不恰当。"

"是吗？那你修改一下。"

郭真看了修改稿，说："小黄，你念一下，让在座的人听听顺不顺。"

黄近山在学校经常主持班里的集体活动，练就了一口标准的普通话，还写得一手好字。当他念完后，周围响起了一阵掌声。

郭真又说："小黄，这个通知马上要张贴出去，你帮我抄写一份好不好？"

黄近山犹豫了一下，说："好，你给我笔墨和白纸。"

林兰俯在黄近山耳边，问："表哥，你若是字不好就别逞能了。"

"我试一下。"

在大家的见证下，黄近山不到十分钟就把通知抄完了。他放下毛笔，说："郭主任，让你见笑了！"

林兰称赞道："表哥，想不到你的普通话说得那么标准，毛笔字又写得那么漂亮。"

郭真吩咐一位工作人员把这份抄好的通知贴出去，然后高兴地对黄近山说："小黄，你合格了，从今天起，你主要负责我们厂的广播宣传工作，等一下到了九点三十分，在全厂三百多个干部职工中间休息的时候，你把这个通知广播出去。"

黄近山响亮地回答："好！"

可林兰心里有点不高兴，说："郭主任，你太坏了，怎么可以用这种下马威的方式考验我表哥呢？"

"我说林兰，这是你爸的意思！"

职工之家设在厂务办公室隔壁，面积是厂务办公室的三倍。黄近山透过玻璃窗户看见，里面有一张乒乓球台、一张办公桌和几十张折叠椅，还有一排布满灰尘的书架，书架上摆放着不少文学作品和一些杂志之类的东西。

一天，黄近山好奇地对郭真说："郭主任，我来了半个月，没看见职工之家开过一次门，这是为什么？"

"在半年之前，职工之家管理员陈平在上班时间吊颈身亡，后来里面还出现了闹鬼现象，吓得没人再敢走进这个门，所以一直锁着。出事之后，几任广播员可能是因为这个骇人听闻的故事，结果上班不到两个月都申请调离了岗位。"

"这些广播员都是女同志吗？"

"没错，是清一色的女同志。林厂长说，再招女广播员也留不住，还是招男广播员算了，所以这个机会就给你了。听到这个故事，你害怕吗？"

"我才不害怕！"黄近山毫不畏惧地说，"郭主任，我觉得那么宽阔的地方不使用太浪费了，你们领导要是同意，我把广播室搬过去，把职工之家恢复起来。"

"小黄，你虽说还是临时工，但一进厂就为厂里着想，真是难能可贵。关于这件事情，我个人是支持的，但还要取决于林厂长的态度。"

"郭主任，那请你去请示一下。"

林海厂长办公室的门虚掩着，郭真从门缝里瞧见只有林海厂长一个人在阅读报纸，便轻轻叩了三下门。

"进来。"

郭真走到办公桌前，说："林厂长，我想向你汇报一件事。"

"说吧。"

"自从你外甥小黄当上了广播员，我们办公室就变成自由市场，每天都有女孩子找上门，说是来咨询一些事情，其实是想和你外甥小黄套近乎，影

216

响了我们办公室的正常工作。"

"老郭，你原来不是抱怨办公室冷冷清清，缺少人气吗？现在我给你们安排了一个朝气蓬勃的小伙子，给你们增添了不少欢乐，可你还是抱怨，这件事情是不是我错了？"

"不，不，林厂长你没错。我想，为了保持办公室的安静，能不能把广播室移到隔壁的职工之家，给他们年轻人一个交流场所、活动空间。"

"老郭，这个想法好，你跟小黄谈过吗？"

"谈过了，他表示同意。"

"那好，这件事情交代小黄去落实，你就不要亲力亲为了。"

黄近山在整理职工之家时，办公室又来了一个女孩子。这个女孩子叫谢梅，已经来过三次了。郭真笑着对她说："谢梅，你又要请教我什么问题？"

"我这回不是来向你请教问题，是给黄近山同志送宝贝，他人呢？"

"在隔壁忙着哪。"

谢梅来到职工之家门口，把头探进门内，看到黄近山戴着口罩在打扫地板。她连忙喊道："近山同志，请你出来一下。"

黄近山走了出来，摘下口罩问："谢梅，你来了？"

谢梅把手里攥着的一个小本本递过去，说："给，这是你要的东西。"

黄近山接过一看，惊喜地说："毛主席语录六十条，你是从哪里搞到的？"

"高兴吧？"

"我太高兴了！每天上午九点播放革命歌曲之前，我就可以先播送一节毛主席语录了，多谢你！"

"近山同志，你不怕鬼吗？"

"我是钟馗，鬼也怕我！"

"你胆子真大，佩服。"

职工之家恢复之后，厂务办公室再没有一个女孩子进去了，郭真反而觉得很不习惯。偶尔看见门口走过一个女孩子，他都会不自觉地走到职工之家门口张望。有时候，他还会没事找事来到职工之家，与黄近山搭上几句话。

一天，他向林海厂长反映："每天晚饭后职工之家都门庭若市，有时我们去加班做点事情，耳朵里都灌满了嘈杂之音。我想这样下去可不行，建议厂里要约束一下这些年轻人。"

"他们有这样的凝聚力，我觉得挺好的，你想怎样去约束他们这种天性？"

"我想每周星期三、星期六晚上，可以任由他们在那里玩耍，其他时间我们必须予以禁止。"

"也对，不能让他们影响正常工作。"

"还有，小黄每天都把大部分时间花在阅读那些'封资修'书籍上，看上去没有一点进取精神。他每天广播的内容，不是毛主席语录就是革命歌曲，干巴巴的，毫无新鲜感。我建议在原有基础上，要增加一些政策、法规和厂内好人好事等播放内容，更好地武装干部职工的头脑，从思想上跟上时代步伐。"

"老郭，你这个建议是对的，接下来我们就要这么去做，不断创新我们的广播园地。你回去告诉小黄，有空就去车间走一走，多了解发生在干部职工身边的好人好事，不要去看那些无用的书了。"

"林厂长，要不把这些书卖给废品店算了，好不好？"

"不能卖，先放着吧。"

"好，那我走了。"

林海厂长向郭真招了一下手，说："你别急着走，我叫你打探的事问清楚了吗？"

"你是指陈平的案子吧？"

"是，不知调查结果如何？"

"我找公安机关有关领导问了，他们说没有确凿证据证明陈平是他杀，初步认定为自杀，准备结案了。"

林海厂长摇头说："我不相信陈平是自杀，这个结果我决不认同。在适当机会，我还要向公安机关陈述自己的意见。"

"林厂长，你这是何必呢！"

"没办法，我相信自己的判断！"

郭真回到职工之家门口，看到黄近山站在书架面前找书，连忙走上去问："小黄，你上班两个月了，都看了哪些书？"

"中国四大名著：《西游记》《红楼梦》《水浒传》《三国演义》。"

"不错，都有什么感想呀？"

"感想可多了，归纳起来就是一句话：中国文化博大精深，源远流长！"

"接下来还想看哪些？"

"外国名著，《钢铁是怎样炼成的》《母亲》《悲惨世界》《简·爱》等。"

"小黄，看来你胃口不小啊！但我想提醒你，你看的这些名著虽然经典，脍炙人口，但都是'封资修'的产物，是'文化大革命'铲除的毒草！我希望你别把精力浪费在这个上面，也不要再往外借了，否则你半个月后转为正式员工的政审过不了关。"

黄近山在媒体上读过批判"封资修"的文章，还在一些院校看过批判"封资修"的大字报，所以知道郭真说的不是空穴来风。他不想因为这件事情耽误了自己转为正式员工的机会，何况郭真这一支持票也非常关键，只好勉强地说："郭主任，你提醒得对，我会把精力集中在工作上。"

"小黄，你这样做就对了！"

黄近山每隔两天去一次生产车间，将了解到的好人好事及时广播出去，反响很好。当他第五次来到车间时，车间主任安排检测员谢梅陪同他采访。采访结束后，车间主任又指示谢梅带黄近山到厂外吃顿便饭。

"别破费了，我还是回工厂食堂吃。"

谢梅含情脉脉地说："去吧，我有话要对你说。"

他们走到一条小巷里的饭店，要了一间小厢房，点了菜，谢梅问："近山同志，那天我不帮你打扫职工之家，你想知道原因吗？"

"你怕鬼。"

"不是，我怕触景伤情！"

"伤什么情？"

"在你之前的职工之家管理员陈平是我大姑妈，从小在古田县农村长大，曾经帮助过游击队摧毁了国民党暗杀共产党员的斩首行动。解放那年，我大姑妈嫁给了厦门的一位老师，第二年就生了一个活泼可爱的儿子。在儿子五岁的时候，她被政府安排进了工厂。"

"就是我们这间食品厂吗？"

"是的，后来我们厂办起了职工之家，林海厂长考虑到我大姑妈身体不是很好，便照顾她去做管理员。她为人善良、乐观，从不与人发生矛盾，把职工之家办得红红火火，《厦门日报》还宣传过她的先进事迹呢！"

"你大姑妈了不起！可她为什么要走上轻生之路呢？"

谢梅痛心地说："唉，我也不知道。不过我爸爸说，我大姑妈的死因，可能是她的儿子遭遇了车祸，她无法面对现实。昨天，公安机关做了结论，说我大姑妈是自杀，已通知我们家属了。"

林兰情窦初开，对表哥黄近山产生了朦胧的爱意。当她听到黄近山单独和谢梅去饭店吃饭时，一股醋意涌上了心头，专门跑到姑妈林萍家里去，叫姑父罗平团长出面批评一下表哥。

罗平团长笑着说："林兰，你是不是爱上了表哥？"

"有一点点。"

"好，晚上你表哥回来吃饭时，我会提醒他注意和其他女孩保持距离。"

林兰想了想，说："不，还是我自己和表哥沟通。"

吃了晚饭，黄近山回到自己房间，坐下来修改第二天要广播的稿件。

林兰走了进来，抢去黄近山手中的钢笔，说："表哥，你不要这么认真好吗？陪我去外面走一走，我有话要问你。"

"表妹，你有话就在这里说。"

"好吧。"林兰把房门关上，坐在床沿上，瞪着黄近山问："表哥，听说你前天和车间的谢梅去饭店吃饭，谈情说爱是吗？"

"吃饭是真的，但不是谈情说爱。"

"不是吧？"

"表妹，我们在谈工作，不像你说的那样。"

"谈什么工作呀？"

黄近山微微一笑，说："表妹，你还是一个小孩，没必要知道这么多，我就不说了。"

"表哥，我虽然比你小四岁，但也是大人了。你要是不说，我回去叫爸爸暂缓你转正的时间，你自己掂量吧！"

黄近山最担心的就是这个问题，没办法只好顺着林兰的意思，将自己和谢梅在一起谈论的事情说了。

"这么说，你们真的没有谈情说爱？"

"表妹，我刚才说的没有半句假话，你若不信，那我明天只好辞职，回广东老家去了。"

林兰觉得表哥没有骗人，连忙走到他面前，拉着他的手，撒娇道："表哥，我是逗你玩的，别往心里去。看你生气的样子，我好心疼呀！"

"好了，你出去，表哥要做事了。"

星期天上午，黄近山陪同爸爸去医院检查身体。从医院出来后，罗平团长说："笋匣，天气这么好，我想一个人走走，你去忙你的吧。"

"那好，我到厂里看书，中午不回家吃饭。"

"去吧，晚上早点回来。"

自从上次被郭真提醒后，黄近山在上班时间不敢坐下来看书了，只有星期天是例外。一到职工之家，他马上把自己锁在里面，将靠近过道的窗帘拉上，然后在书架上寻找能够一天读完的文学作品。当他看到法国作家莫泊桑的成名作《羊脂球》时，心里一阵欢喜。他曾经听周老师讲过《羊脂球》如何吸引人，一直想找来拜读，今天总算有了这个机会。谁知他往外取书时，由于左手用力过猛，碰翻了一排书，掉下了二十多本。他只好蹲下去，一本一本地捡起来。忽然他看见一本短篇小说集里露出半截信笺纸，连忙拿出来瞧，不看不要紧，一看吓了一跳。他随即把信笺纸夹回书中，然后锁上门直奔林海厂长家。

林海厂长没有出去，在家里修理破损的凳子。他听了黄近山的汇报，又惊又喜地说："笋匣，我们抓紧去公安局反映。"

公安局领导高度重视，即刻指示刑侦人员赶赴事发现场，进行了一番侦查。当天他们就进行笔迹鉴定，确认这张信笺纸是陈平所写的遗书。

第二天，郭真刚到办公室，马上被等待在那里的公安人员逮捕了。干部职工对此感到疑惑，纷纷猜测。

"郭主任犯什么罪了？"

"郭主任有什么问题吗？"

"郭主任看上去不像坏人呀！"

在公安局审讯室，刑侦人员按照陈平遗书中提供的线索，对郭真进行了突击审问。

"郭真，你是什么时候和陈平认识的？"

"那是五年前，我从部队转业，被组织安排到食品厂当办公室主任，从此我们俩认识了。"

"这么说，在此之前你们是不认识的？"

"是的。"

"可陈平说，你们在一九四六年七月就认识了，那是在古田县一个地主家里。当时，她还是个孩子，在这个地主家里放牛。你多次在这个地主家里出入，有一次还想调戏她。有一天晚上，她起床小便，在经过一间房子时，听到你和两个地痞在房里密谋暗杀地下党干部。她立即去报告了村里的游击队领导，没想到，游击队赶来时只抓住了那两个地痞，却让你这个国民党特务跑掉了。"

"哈哈，真是天方夜谭！"郭真狡黠地说，"陈平已经死了，不可能编出这样的故事，显然是你们在造谣中伤我。"

刑侦人员一拍桌子，愤怒地说："郭真，若要人不知，除非己莫为！我告诉你，陈平虽然死了，但她留下了会说话的证据。"

"是吗？那你们把证据拿出来瞧瞧，如果没有，那就即刻把我放了，还要公开向我道歉！"

"如果有呢？"

"那我认了！"

"好！"刑侦人员拿出陈平的遗书，隔着铁栅栏展开，"郭真，你睁大狗眼好好看看！"

郭真尽量把眼睛靠近铁栅栏，越看越惊慌，看完后呆若木鸡，冷汗直冒。

"郭真，看清楚了吗？"

郭真努了努嘴，没有发出声音。

"快说，是不是真的？"

"是真的。"

"那你不要心存侥幸了，老实交代！"

"同志，我要是交代了，你们能看在我老婆孩子的份上，对我从宽处理吗？"

"只要你讲清楚，我们会依照国家法律给你量刑，说吧。"

"解放那年，我接受上司的指示，假冒失散多年的解放军，混进了驻守在厦门的基层潜伏下来，没想到转业到地方，却撞见了最不想见到的陈平，心里十分害怕。一天，我打听到她有一个儿子，便以此要挟她，如果把我的事供出去，就杀掉她的儿子。这一招真灵，她为了保护儿子，竟然向我妥协了。后来，她儿子突然出车祸死了，我担心她没了后顾之忧，会改变想法。于是，我在星期天的晚上将她骗到职工之家勒死后，又制造了吊颈自杀的假象。真是人算不如天算，没想到陈平生前会留下这份遗书，把我送上了断头台。"

"除此之外，你在潜伏期间还做过危害国家和人民利益的事吗？"

"没有了，我一直都胆战心惊地过日子，生怕有朝一日东窗事发，结果还是没有逃脱厄运。"

半个月后，郭真被判处死刑，立即执行枪决！这时候，食品厂的干部职工才明白，这个道貌岸然的郭真原来是国民党的潜伏特务，也是杀害陈平的凶手。

林海厂长把黄近山叫去办公室，高兴地说："箩匣，你立功了，公安局领导建议我要对你进行表扬和奖励。"

"舅舅，我不想出名，表扬的事就免了，但奖励嘛，还是要的。在我三个月试用期满后，你让我顺顺当当转正就好了。"

"这个没问题，包在舅舅身上。明天，我会交代人事部门准备好你转正的材料，争取在五个工作日内走完流程，然后你就可以回老家办理户口迁移手续了。"

黄近山那个高兴劲呀，难以言表。当天下午，他给母亲寄了一封信，报告了这个即将到来的好消息。

可是，天有不测风云，人有旦夕祸福。第二天，黄近山走进工厂大门，瞥见办公大楼门口的宣传栏前挤着好多人，心里感到奇怪。他上前一看，发现宣传栏贴着一张大字报，是揭发林海厂长的。

谢梅站在里面，大声地说："你们不要挤好不好，我给大家念一遍。"

"好，你快念。"

围观的人镇静下来了。

"题目是《炮轰当权派林海》。林海利用手中权力，徇私枉法，其罪状有四条：一、大吃大喝；二、介绍亲戚进厂；三、贮藏'封资修'书籍；四、打击报复。署名是：一批眼睛雪亮的革命群众。"

"炮轰林海！"

"打倒林海！"

"把当权派林海赶下台！"

"毛主席万岁！"

一群手臂上戴着红卫兵袖章的年轻人从工厂大门外涌进来，边走边高呼革命口号。

黄近山看到，在这些人当中，除了曾经被他教训过的高个子和矮个子之外，其他都是本厂的职工。

林海厂长从办公大楼出来，拦住他们问："你们这是干什么，想造反吗？"

高个子说："对，我们就是要造反，革你林海的命！"

矮个子高呼："革命无罪，造反有理！"

其他红卫兵也附和道："革命无罪，造反有理！"

高个子说："同志们，谁要阻碍无产阶级文化大革命，谁就是绊脚石。现在，林海在阻碍我们革命小将，怎么办？"

矮个子说："把他抓起来游街批斗！"

几个红卫兵一拥而上，将林海厂长五花大绑了。一个红卫兵迅速把准备好的纸帽戴在林海头上，纸帽上写着"打倒当权派林海"。

黄近山跑上去制止，但无济于事，他又走到高个子那里求情："同志，请你们不要这样对待林厂长。"

"你？上次的事，我还没找你算账呢，滚开！"

黄近山愣在那里。

谢梅走过来，把黄近山拉开，悄悄地说："近山同志，这个人是郭真的外甥，你求他没用，赶快回家告诉你家人吧。"

林海厂长被造反派赶下台，黄近山的梦想转眼间成了泡影。他觉得在厦门待下去也没有意思了，还是另外寻找出路吧！回到家，他对罗平团长说："爸爸，我不想在这里了，明天回陈春妈妈家。"

"你回去干什么？"

"国家就要征兵了，我要去参军。"

"好，把你李妈留下的字条带去，也许能用上。"

第二十二章

　　黄海书记得到了李小梅做儿媳妇，特别是看到李小梅过门不到几个月就怀孕了，心情非常好。虽然如此，但他还是心存芥蒂，觉得李小梅还会和黄近山藕断丝连。他想考验一下儿媳妇，于是同意她把黄近山送的红围巾还回去。他叮嘱道："小梅，黄近山已经去厦门工作了，你把围巾交到他妈手里，马上就要回家，不准和陈春拉扯其他话题。"

　　"爸爸，我的心在利雄身上，不在黄近山那里了，你就放心吧！"

　　"这就对了！"

　　李小梅提上装有红围巾的小布袋，走进了黄近山家里。见到陈春在补衣服，她温柔地问："阿姨，你在忙？"

　　"哟，小梅，几个月了？"

　　"四个月。"

　　"再过半年就要做妈妈了，恭喜你！"

　　"近山工作顺利吗？"

　　"挺好的，他来信说，近日要回来迁户口。"

　　"那就好。"

　　"小梅，阿姨要多谢你。上次我被黄大胆他们抓去，如果不是你出面相救，说不定阿姨的眼泪都要流干了。"

　　"阿姨，那是我应该做的事，不必多谢。"李小梅心平气和地说，"我今天来，没有别的意思，就是把近山送我的围巾还给他。"说完把小布袋递给陈春。

　　陈春接过小布袋，看了一眼袋里的红围巾，说："小梅，本来你和箩匦挺般配，无奈他没有这个福气娶到你。唉！这都是命啊！"

　　"阿姨，近山是一个相当不错的人，一定会有更好的女孩等着他，我走了。"

　　陈春把李小梅送到门口，忽然记起儿子交代的事情，连忙说："小梅，你稍等一下，箩匦给你留了一封信，我去拿来。"

　　李小梅停住脚步，心里突然泛起一丝对黄近山的眷恋之情。她捏着黄近山的信，迈着像灌了铅的步子走到百米外的竹林边，看到周围没人，便停下来把信拆开，发现里面只有一张白纸，白纸上一个字也没有，令她迷惑不解，觉得太出人意料了。后来一想，她明白了黄近山的真实意图——两人的感情尽在不言中。她感动极了，禁不住一阵伤感。她很快镇静下来，把白纸丢掉，但走了两步，她又回去捡起来，向路过的一个小学生借了一支钢笔，模仿黄近山的笔迹在白纸上写道："我走我的阳关道，你过你的独木桥，我们从此一刀两断！"回到家，她平静地把信交到公公黄海手上，说："爸爸，这是黄近山留给我的信。"

　　黄海书记看了信，满意地说："小梅，爸爸原以为你心里还装着黄近山，现在看来是爸爸多心了。从今以后，爸爸不会再怀疑你对利雄的感情了。"

　　"爸爸，你把信烧了吧。"

　　"小梅，我看还是你自己动手。"

　　李小梅把信拿过来，找出火柴，当着公公的面把信点火烧了。看着信一点点化为灰烬，她心里也一阵阵作痛。

　　一曲"天仙配"，从此成了绝唱。

　　黄近山带着无奈回到家，看到分别了半年的母亲添了不少白发，心里感到一阵心酸。他觉得自己回来是对的，可以为母亲排忧解难，让她减轻劳动强度，减少精神压力。

黄近田以为二哥是回来迁户口的，不等母亲和二哥讲几句话就插嘴说："二哥，以后你帮我在厦门找份工作，把妈妈也带去。"

"田板，二哥今天回来就不走了，要和你一起在家里守着妈妈。"

"你不是回来迁户口的？"

"一两句话说不清楚，以后慢慢跟你说。"

"真是出人预料，一场欢喜一场愁。"

陈春说："笋匣，你出去工作妈高兴，在家妈也高兴。"

"妈妈真是大度！"

"笋匣，小梅前两天来了，送回了你给她的红围巾。"

"我留下的信给她了吗？"

"给她了。"

"她拆开看了吗？"

"没有，带走了。"

黄近田好奇地问："二哥，你在信里写了什么？"

"一个字也没写，纯粹是一张白纸。"

"这是什么意思？"

"无事就好！"

"呵！对了二哥，我听黄英说，今年征兵开始了，他问我去不去报名，我说我视力不好，不去凑热闹了。"

"是的，视力不好过不了关。"

"二哥，你是烈士后代，有军人血脉，各方面条件都具备，要不要去碰一下运气？或许能选上。"

"妈妈，你看我行吗？"

陈春点头说："行，你一定能选上！"

"那我就去试一试。"

第二天清晨，黄近山走出大门去爬山，经过窝尾时，禁不住想起了和李小梅他们一起躲在圆子树下的情景；到达高山坪，坐在昔日和李小梅一起看日出的地方，不免想起那快乐的时光；看着被盗挖旳古墓荒草萋萋，心里感到无限凄凉；想起自己在厦门的经历，心里觉得人生渺茫。他对着光秃秃的群山大声地喊："老天，这世界怎么了？"

黄近田看见黄近山从大门进来，疑惑地问："二哥，你这么早出去干什么了？全身湿漉漉的？"

"爬山，锻炼身体。"

"二哥，看来你对参军是志在必得了。"

"那当然。"

一个星期后，黄英对黄近山说："昨天下午，村里召开征兵工作动员会，黄海书记在会上要求各生产队把符合条件的适龄青年的名单报上去。近山，我将你名字报上去了。"

"你报名了吗？"

"我不去。"

"我堂哥近石呢？"

"他爸当过国民党兵，不符合条件。"

"黄英，根据你了解的情况，今年报名的人数多吗？"

"多，全大队起码有三十人，如果像往年，只能选送五人去体检，纵使这五人身体合格，也只有一至三人有幸走进军营。"

"竞争这么激烈。"

"是啊，一人参军，全家光荣。何况复员或转业后，国家还给分配工作，再也不会过面朝黄土背朝天的日子了。"

"如此看来，参军是人生的转折点，我一定要努力去争取。"

黄英不忘提醒道："近山，你首先要想办法得到体检的名额，这个决定权握在黄海书记手中，只要他点头答应，你就有了希望。"

黄海书记在办公室翻阅各生产队报上来的参军名单，忽然看到黄近山的名字，心里觉得奇怪，禁不住说："这个黄英一定搞错了！黄近山不是在厦门吗，怎么把他名字报上来了？"

站在一旁的黄大胆说："黄书记，你不要管它对或错，大笔一挥把黄近山的名字画掉不就得了。"

　　"也是。"

　　黄近山走了进来，把提着的一大包东西放在桌上，说："黄书记，这是我从厦门带回的特产，给你尝尝。"

　　黄海书记笑眯眯地问："近山，你在厦门工作习惯吗？"

　　"不是很习惯，总觉得家里好。"

　　"慢慢会习惯的，你今天来是想叫我写证明迁户口吗？"

　　"不是，我不想到厦门吹海风了，想回来参军，保家卫国。"

　　"放着好好的工作不做，真傻！"

　　黄大胆说："黄近山，不是你想参军就能参军的，名额有限，恐怕这回轮不到你。"

　　"我是烈士后代，又是贫农子女，条件比其他人优越。"

　　"没错，你是比别人条件好，可比别人多一个缺点，认'五类分子'黄莲英作干妈。光凭这个，你就没有资格参军。黄书记，你说是不是？"

　　黄海书记刚看完黄近山带来的特产，不想马上把黄近山的路堵死，委婉地说："黄营长，你没有说错，但黄莲英不是真正的'五类分子'，何况她已经远嫁他乡，我们不能把这个缺点算在黄近山身上。他追求进步，我们可以考虑给他机会。"

　　黄近山太高兴了，说："黄书记，你太照顾我了！"

　　"近山，你先别高兴，我还要看看能够证明你是烈士后代的依据。"

　　"好。"黄近山从口袋中取出亲妈留下的字条，展开来递过去，"黄书记，你看看。"

　　黄海书记看了字条，点头说："嗯，看来你是烈士后代不假，我会给你一个体检名额。至于什么时候去江下镇体检，我们会另行通知。"

　　黄近山原以为自己要将黄海书记想把兴修水利的石头占为己有的事抛出去，才能震慑到这个山下村的"土皇帝"，没想到不需要走这一步棋就轻而易举地过了挑选这一关。他太兴奋了，一路唱着革命歌曲回家。

黄大胆看到黄近山离开了，不理解地问："黄书记，你以前不是恼恨黄近山吗？今天怎么顺着他了？"

"黄近山这个人不好对付，会要点高智商的手段，我尝过他的厉害。今天我要是不答应，说不定他又会使出什么高招纠缠我，我有点惧怕了。"

"便宜了这小子！"

"没办法呀！"

黄大胆瞄见黄利兵从门前走过，问："黄书记，你儿子利兵去年身高不够，今年还去试一下吗？"

"当然要去。"

然而，黄利兵又因为身高问题，在初检时被淘汰了，这使他很苦闷，蹲在镇政府大门外那棵相思树下唉声叹气，埋怨牛高马大的父母却生了他这个矮个子。忽然，他看见一位之前认识的县武装部领导从大门里出来，连忙站起来跑了上去，喊了一声："丘叔叔！"

"小黄，你怎么在这里？"

"我是来体检的，可惜第一关都没过。"

"是什么原因？"

"身高不够。"

"你今年几岁？"

"虚岁二十。"

"你跟我来。"

这位领导带着黄利兵走进征兵办公室，对一位来带兵的青年军官说："李连长，我身边这位小同志是山下村书记的儿子，叫黄利兵，今年虚岁二十，因为身高还差一点点，结果在初检时被刷下了，我想只要到了部队，多吃几碗饭，他还会长高的。"

"丘部长，你说怎么办？"

"我的意见是让黄利兵参加复检，如果身体没有其他毛病，就让他去部队锻炼锻炼。"

"那好，这事我来安排。"

没想到，山下村选送去参加体检的几个人全部合格，黄近山的身体最棒，符合海、陆、空军参军标准。可山下村最多只能分到两个参军指标，究竟谁去谁留呢？在黄近山家里，几个年轻人在讨论这个问题。

黄英说："黄利兵占尽了天时、地利、人和，毫无疑问，他拿去了一个指标。至于第二个指标是谁的，我可不敢妄言了。"

黄双年说："我认为，在剩下的几个竞争者中，近山的条件占了上风，这第二个指标非他莫属。"

黄近田说："我支持双年的说法。"

黄近山说："虽然我条件占了上风，但不排除有人比我更胜一筹。"

黄近石说："我弟近山的担心，也不是没有道理。所以我想，为防止万一，近山弟你要去找找市领导张叔叔，只有他出面才能保证你实现参军的梦想。"

黄英说："对呀，近山，你要很好地利用这个关系，无论是现在还是将来。"

黄近山无奈地说："各位兄弟，我实话告诉你们，张叔叔之前就被造反派打倒，已经被发配到边远山区劳动改造去了。"

黄双年问："那近山，你还有其他关系可以用的吗？"

黄近山两手一摊，说："没有了，我只能听天由命！"

果然，另一个参军指标的得主是李小梅那个当代课老师的哥哥李小波，这使黄近山感到气愤，很想去江下镇找新上任的陈书记告黄海书记一状。

陈春制止道："箩匣，你不能冲动，权力在他们手上，你再怎么去告也是枉然。"

"可我就是不服气，两个指标都让他黄海家族占用了。"

"箩匣，在当今世道，你不服也得服呀！我看你就打消这个念头吧，留

232

得青山在，不怕没柴烧，等待时来运转吧！"

没料到几天后，山下小学的杨军校长找到黄近山，说："近山，你没有参军，是不是还要回到厦门去工作？"

"我不去了，就在生产队干活。"

"你想不想去我们学校做代课老师？"

"当然想，能有我的份吗？"

"现在李小波要参军了，空出了一个代课老师的位置，黄书记建议我叫你顶上去。"

"黄书记对我有这么大方？"

"近山，我对你说实话，当初黄书记是另有人选，好在小梅出面才让他改变了主意。你要是愿意，那我就争取帮你促成这件事情。"

"我愿意，杨军校长，请你代我多谢小梅！"

三天后，黄近山站上了讲台，面对二十多个稚嫩的一年级学生，他感到有点紧张，但一下子就镇静下来了。他问："同学们，你们认识我吗？"

"不认识。"孩子们的脑袋摇得像货郎鼓。

"对，你们都不认识我，当然，我也不认识你们，因为我是今天才来到学校，比你们迟到了一个多月，你们要叫我黄老师。今天，黄老师首先要给你们讲一个故事，想不想听？"

"想。"

"那你们坐好，不要说话。"

"黄老师，我坐好了。"

"黄老师，我不说话。"

"黄老师，我很想听。"

"好。"黄近山点头说，"传说很久以前，有一个小孩叫匡衡，十分好学，但家里很穷，买不起蜡烛，一到晚上就不能读书。他见邻居家有烛光，就在墙壁上凿了个洞，让微光透过洞口照在书上。就这样，他常常学习到深夜。他们村里有一个有钱人家，并不识字，但家里有很多书，匡衡要求到他家去打工，却不要工钱。主人感到很奇怪，问他要什么。匡衡说：'只要能读完你家所有的书，我就满足了。'主人很感慨，就把书借给匡衡读。后来，匡衡成为一个很有学问的人，还做了宰相。同学们，你们说这个故事好听吗？"

同学们不约而同地回答："好听。"

"同学们，这个故事叫'凿壁偷光'。现在，老师考你们一个问题，这个匡衡小时候是一个什么样的人？"

"家里穷。"

"爱读书。"

"凿墙壁。"

"偷烛光。"

"去打工。"

"借书读。"

黄近山接着又说："同学们，老师还要再考你们一个问题，这个匡衡长大后又变成了什么样的人？"

"有学问。"

"做宰相。"

黄近山看到同学们接受能力那么强，心里很满意。他高兴地说："同学们，你们刚才把匡衡的优点都说了出来，非常棒，老师要表扬你们。同时，老师希望你们要像匡衡一样，在家听爸爸妈妈的话，在校听老师的话，好好读书，长大后成为有学问的人，有作为的人，你们能做到吗？"

"能！"

一天上午，山下村在村委会召开"五类分子"批斗大会，黄海书记通知山下小学全体师生都要参加。

杨军校长不敢当作儿戏，立即组织师生们在门坪紧急集合。眼看离大会开始的时间不多了，而黄近山还没有把一年级的学生带出来，这可急坏了杨军校长。

副校长说："杨校长，我们不能再等了。"

杨军校长只好把站在不远处的黄师傅叫到面前交代了几句，然后带着二至六年级学生走了。

黄师傅是学校请来为老师们做饭的，在黄近山读一年级的时候就来了。他走进一年级教室后门，向黄近山招了一下手，但黄近山好像没有看见他，仍然在聚精会神地给学生们上课。他不忍心破坏这个美好画面，停留了片刻便掉头走了。

其实，黄近山瞟见了黄师傅，也看见了黄师傅招手。当他给学生布置了课堂练习作业后，便走向厨房。他看到黄师傅在择菜，说："黄叔，你刚才站在教室后门向我招手，我当作没看见，对不起！"

"近山老师，杨校长刚才叫我转告你，赶快带学生去村委会参加批斗大会。"

"你为什么不及时告诉我，现在去也迟了。"

"这事你早就知道了，我看你是故意不想带学生去吧？"

黄近山微笑着说："黄叔，让你猜对了！其实我觉得，七八岁的小孩去到那个惊心动魄的批斗现场，看到又打又骂的揪心情景，不但对他们没有教育意义，反而会给他们留下不可磨灭的阴影。你说，我不让一年级学生去，对不对？"

黄师傅点头说："对是对的，但话又说回来，现在是贫下中农管理学校，你这样和黄书记对着干，一定会吃亏的。"

"我吃什么亏？"

"杨校长回来你就知道了。"

杨军校长回到学校，马上派教导主任把黄近山叫到校长室，责问道："近山老师，你为什么不带一年级学生赶来参加批斗大会？"

"我不想让他们小小的心灵受到污染！"

"你知道吗？黄书记发火了，他叫我转告你，在明天下午之前，你必须给他写一份深刻的检讨，要是认识不到位，他立即取消你的代课教师资格。"

黄近山无所谓地说："杨校长，我觉得在这件事情上，我并没有过错，这份检讨我是不会写的，黄书记想取消就取消好了。"

"近山呀，我觉得你的出发点是好的，代课一年多以来也做出了成绩，我正在考虑帮你转正。如果你在这件事上栽了跟头，那我就爱莫能助了，你好好想想吧！"

黄近山静下心来思考了一下，觉得虽然这份职业不是很理想，但丢掉了还是有点可惜，再说，自己也不想离开可爱的同学们，还要向他们灌输很多做人的道理。因此，他勉强地说："好，我写。"

"这就对了！"

黄近山总共写了半页纸，上段轻描淡写，下段提出了一个建议："孩子们是祖国的花朵，不能受到心灵创伤，我们要爱护他们。为此，我建议未来召开的批斗大会，一、二年级的学生就不要参加了，让他们远离污染吧！"

黄海书记看过杨军校长送来的检讨书，觉得黄近山认识不到位，还对自己指手画脚，太不识时务了，心里非常气愤，当场把黄近山的检讨书撕掉，说："杨校长，你回去向黄近山宣布我的决定，叫他从明天起回生产队参加劳动。"

"黄书记，我觉得近山老师教得很好，同学们都喜欢他，老师们也称赞他，你可否给他一个改正的机会，留下来继续教书？"

"不行，你就按我的意见办！"

黄近山带着失落的心情回家还不到三天，杨军校长又找上门来，通知黄近山回学校去继续教书。黄近山云里雾里地问："杨校长，这是怎么回事？"

"黄书记改变决定了。"

"他有这么好心？"

"不是他有这么好心，是小梅给你争取回来的！"

第二十三章

　　黄近山的华西县同学来山下村探望外婆，特意到山下小学送给黄近山两瓶华西特酿娘酒。刚好在场有几位老师，黄近山便分给他们品尝。

　　"好酒。"

　　老师们离开后，黄近山问："老同学，这酒是你妈酿的吗？"

　　"我妈没这个水平，是我从一家私人作坊买来的。"

　　"多少钱一斤？"

　　"批发价两角钱，零售价两角五分。"

　　"差价不小呀！"

　　"是啊！只要倒卖一百斤，利润就有五元，比你半个月的工资还多。如果你有兴趣，明天跟我去华西，先做一单试试。"

　　"你稍等，我去问老师们要不要。"

　　老师们都十分爽快，这个要三斤，那个要五斤，一下子订了五十斤。第二天，黄近山骑上杨军校长的自行车跟着老同学去华西采购娘酒，没想到一次就赚了两元五角，令他兴奋不已，马上买下了林芬儿子的旧自行车。之后连续几个星期天，黄近山都去华西跑一趟，为一些村民和附近学校的老师购买娘酒，每次都是三五十斤。这个星期天，黄近山又接到一个大单，觉得需要有人协助。他又借来了杨军校长的自行车，叫上三弟黄近田一起去华西采购。上午十点多，兄弟俩载着娘酒经过华西时，黄近山说："三弟，我饿了，你想不想吃点东西？"

"二哥，你再不开口我都要说了。"

"那好，我们去前面转弯处吃碗番薯汤。"

摊主看见黄近山，高兴地说："这位老板，你又来了。"

"师傅，我只来过一次，你就有印象？"

"老板，因为你长相好，声音又软，和我们本地人有点不一样。"

黄近田问："师傅，你记性好，那我问你一件事，市场执法人员常到这里检查吗？"

摊主想了一下，说："我在这里摆摊三个多月了，还没有见过他们。"

黄近田看到摊主走开了，问："二哥，今天我们买了八十斤，转手后能赚多少钱？"

"四元。"

"哇，一次四元，十次四十元，能做好多事呀！"

"你说得没错，二哥就是想做点事情。这事你还得保密，不能让其他人知道，包括妈妈。"

"喂，这是谁的？"

黄近山抬头看见三个手臂戴着执法标志的人，围着自己那辆驮着两塑料桶娘酒的自行车。他心里一惊，连忙丢下筷子，紧紧张张地走过去，胆怯地说："是我的。"

"载的是什么？"

"娘酒。"

"要载到哪里去？"

"客都。"

"是自己喝还是卖？"

"一部分自己喝，一部分送人。"

"送人是假的，一定是投机倒把。走，带上你的东西，跟我回执法大队接受调查。"

在执法大队做完了笔录，执法人员对黄近山说："我们队长说了，念在你是一位老师，又是初犯，决定不拘留你了，但是，你投机倒把的赃物全部没收，你现在可以走了。"

"同志，这辆自行车是我借来的，能不能还给我？"

"不行！"

天黑以后，黄近山兄弟俩才骑着自家那辆破旧的自行车回到家里。

陈春看到两个儿子吃饭时狼吞虎咽的样子，禁不住问："箩匣，你们一天去哪里了？没吃东西吗？"

黄近山不敢说出实情，只好违心地说："我好久没见周伯伯和干妈了，三弟又说想去客都看看，我便载他去了。"

"他们还好吗？"

"非常好！"

"怎么个好法？"

"吃午饭时，他们会互相夹菜，还有说有笑，好像真夫妻一样。"

"我就说嘛，日久生情，再硬的铁拿到高炉里烤也会熔化的！"

兄弟俩相视一笑，都觉得母亲说话风趣。

江下镇办公室主任接到县政府"打击投机倒把办公室"打来的一个电话，一刻也不敢耽误，马上向陈书记做了汇报。陈书记觉得这事不容忽视，立即拨通了黄海书记办公室的电话，说："黄书记吗？我是陈书记。"

"陈书记，有什么指示？"

"你马上来见我！"

黄海迅速赶到陈书记办公室，问："陈书记，你这么急叫我来，有什么要紧事吗？"

"你们山下小学有个叫黄近山的老师是吗？"

"是，陈书记你问这个干什么？"

"他胆大妄为，给我们惹事了！"

黄海困惑地问："惹什么事？"

"今天县打投办领导打电话来说，华西县打投办向他们反映，黄近山去华西采购娘酒，私自进行投机倒把活动。县打投办领导指示我们，要把这事当作反面典型。你回去把他抓起来，马上开个村民大会批斗一下。"

"可是陈书记，黄近山是烈士子女，你给我一个把握尺度。"

"我说黄书记，你关心时事政治没有？现在全国各地被'造反派'揪出来的'牛鬼蛇神'当中，从解放战争中走过来的功臣还少吗？你说，他黄近山一个黄毛鸡仔，算是什么东西？"

"陈书记，我明白你的意思了。"

"去吧。"

黄海回到村里，马上叫来黄大胆面授机宜。黄大胆接受了任务，立即带上黄多事和另外两个民兵出现在杨军校长办公室，说："杨校长，我们想见黄近山，你去把他叫来。"

"他还在上课。"

"上课也要叫来，快去！"

杨军校长感到有点不对劲，又不敢多问，只好去到一年级教室门口，向黄近山招了一下手，说："近山老师，你出来一下。"

黄近山连忙走出来，问："杨校长，你有什么事？"

"黄营长想见你。"

黄近山回到讲台上，临时给学生布置了练习作业，然后跟着杨军校长走。

"近山老师，我感觉来者不善，你要有思想准备。"

"杨校长，多谢你提醒。"

黄近山刚踏进校长室，马上就被两个民兵捆了起来。他气愤地问："黄营长，你们捆我干什么？"

"你犯了投机倒把罪。"

黄近山被带到村委会，关进靠山的一间房子里。他乞求道："多事叔，我的手勒痛了，请你把绳子解开。"

"没有黄书记的命令，我是不会解的。"

"那你把黄书记叫来，我有话对他说。"

"黄书记现在是不会见你的，你有话就在晚上的批斗大会上说吧。"

陈春和儿子黄近田正在吃晚饭，忽然看见黄英来了，连忙问："黄英，你是来找箩匣吗？"

"我不是找他，是通知你们今天晚上八点去村委会参加批斗大会。"

"批斗谁呀？"

"我不知道。"

黄近田说："每次批斗大会不是上午就是下午，这次改为晚上，我看这个批斗对象一定是个重要人物。"

"春婶，你们要准时，我去通知其他人了。"

月光如水，清澈透明。

社员们各自提着小板凳，陆陆续续到达村委会。杨军校长也带着老师们来了，他在人群中找了一会儿，才发现陈春坐在一个墙角边。他走了过去，说："春姐，我有话对你说。"

"什么事？"

"我们到外面去说。"

陈春跟着杨军校长走出大门，在外墙边停了下来。她急忙问："杨校长，你想说什么？"

"你知道今晚批斗的人是谁吗？"

"我不知道，但我小儿子近田说可能是个重要人物。"

"不是什么重要人物，是近山。"

陈春以为是自己耳背听错了，惊愕地问："杨校长，你是说今晚批斗的是我儿子箩匣？"

"是。"

"他犯什么法了？"

"倒卖华西娘酒，犯了投机倒把罪！"

"箩匣会干这种事？"

"千真万确。"

"天哪，这可怎么办？"

"春姐，你要挺住啊！"

陈春没有回到会场，而是忧心忡忡地离开村委会，走进旁边的厕所里伤心地哭泣起来。

"春姨，你不要难过，出来，我有话对你说。"

陈春听到是李小梅的声音，连忙擦干眼泪，走出厕所，问："小梅，你怎么知道我在这里？"

"我舅舅告诉我的。"

"你是来看箩匣笑话的吗？"

"春姨，我不是那样的人。今天吃晚饭时，我听到公公和黄大胆他们商量批斗近山的事。我本来是不想来的，但为了救出近山，又不得不来找你。"

"你有什么办法救他？"

"我给近山写了一张字条。你叫近田晚上去给他送饭，顺便交给他，千万不要让任何人知道。"

陈春接过字条，说："小梅，多谢你！"

批斗大会开始了，黄大胆趾高气扬地说："社员们，今天我们要批斗的是一个特殊人物，他既是烈士子女，又是老师。你们听好了，他就是我们山下小学的黄近山。他究竟犯了什么罪呢？我告诉大家，他犯了投机倒把罪，去华西贩来娘酒，转卖给山下小学的老师和群众，从中渔利。多事排长，把罪犯黄近山带上来！"

被五花大绑的黄近山胸前挂着一块写着"打倒投机倒把分子黄近山"的牌子，从左边过道被押了出来，还没站好，就被民兵强摁在地上，跪在社员们面前，耷拉着脑袋。

社员们一片哗然，会场乱成了一锅粥。

黄大胆拿起铜锣，猛敲了三下，说："大家不要交头接耳，肃静！"

会场安静下来了。

黄大胆走到黄近山面前，托起他的头，说："黄近山，你老老实实交代犯罪事实。"

"你们都知道了，我还说什么？"

"社员们不知道，你赶快说。"

"我不说。"

"你真的不说？"

"我没有罪！"

"你还嘴硬，看能硬到几时！社员们，你们说，对这样顽抗的坏分子，我们应该怎么办？"

台下正中间站起一个后生，高呼："打死他！"

随后出现了好几个附和的声音："对，打死他，叫他永世不得翻身！"

几个后生迅速跑到黄近山身旁，对黄近山拳打脚踢。

"住手！"黄近田冲了上去，拼命去拉开打手，但无济于事，反而被民兵反剪双手，眼睁睁地看着二哥被打，听着他痛苦呻吟。

"你们不要打了。"

"贩卖点东西也不是罪过。"

"我儿子说他是一个好老师。"

黄大胆拿起铜锣，又敲了三下，说："好了，你们几个勇敢的战士回到座位上去。"

黄近山右额被打破，流出了许多血，衣领也染红了。几个上了年纪的男女在悄悄地擦去痛心的泪水。

黄大胆又走到黄近山面前，问："黄近山，现在尝到辣姜了吧？我告诉你，继续抵抗是没有用的，只有老老实实认罪，才不会继续被打，说吧！"

"我没有罪！"

那个带头打人的后生又站了起来，大声地说："黄营长，要不要再打？"

黄海从办公室出来了，笑容可掬地说："社员们，你们的觉悟都很高，十分值得表扬，但时间不早了，今天的批斗大会到此结束。过几天，我们会再次召开批斗黄近山的大会，到时至少有三个证人出场，希望大家踊跃参加，散会。"

杨军校长担心陈春会发生意外，急忙上前拽住黄近田，提醒他赶快回家去。在回校的路上，副校长问："杨校长，那个带头打人的后生是谁？"

"他的花名叫皮球，是近山老师的小学同学。"

"他为什么这么残忍？"

"因为黄近山抢了他的饭碗。"

"这话怎么讲？"

"本来接替李小波代课的不是近山老师，而是皮球。我估计皮球对近山老师怀恨在心，这次可能又受到别人挑拨离间，想置近山老师于死地，好让他来我们学校教书。"

"可恨的烂皮球！"

黄近田急急忙忙回到家，看见母亲跪在祖宗牌位面前，不知在念叨着什么。他把母亲扶了起来，说："妈妈，你起来。"

陈春起来了，担忧地问："田板，有人打你二哥吗？"

黄近田想起杨军校长提醒自己的话，没有讲出二哥受了皮肉之苦，而是轻松地说："二哥坐在凳子上，老老实实地讲出贩卖华西娘酒的全过程，得到了社员们的谅解。黄书记和黄营长看到这种情况，也不好再出什么歪点子，便宣布散会了。"

"好啊，祖宗显灵，保佑了你二哥平安无事。他怎么没跟你一起回来？"

"黄书记说，还要关二哥几天。"

陈春焦虑的心平静下来，边向厨房走去边说："我给你二哥准备了吃的，你一会儿给他送去。"

黄近山端着母亲做的香喷喷的饭菜，不像以前一样狼吞虎咽，而是流着眼泪慢吞吞地吃。没想到快吃完时，他发现碗底有一个万金油盒子，觉得奇怪，连忙夹出来打开，只见里面有一张字条，写着四个字："山，快逃，梅。"

这是李小梅的笔迹，黄近山太熟悉了。霎时间，他感动不已，将字条和着剩饭吃进肚里。

怎么逃？

黄近山走近后墙，眺望窗外披上月光的草木。想起今天晚上梦魇般的遭遇，他感到有一股怒火从心中升起，禁不住伸手向窗棂砸去。没想到，这一拳砸出了他逃走的希望。

原来这窗棂不是铁做的，早在"破四旧"的年代换成了木棍。

黄近山从裤袋搜出了仅有的两张人民币，一张一元，一张二分钱。他把一元装回裤袋，又从三弟送饭来的竹篮中折了一截竹尖，刺破了右手的食指，用竹尖在二分钱上面写下了血书。然后他将二分钱叠好夹进竹篮底部的缝隙中。做好了这一切，他便用力拆去了几条窗棂，小心地爬出窗户，跳进了排水沟。顾不上身体多处伤痛，他火速跑到两公里外的客都河渡口，想坐船过对岸去，但马上改变了主意，走到离渡口五十多米远的竹林边，将人字拖鞋脱下丢在岸上，然后毫不犹豫地跳进水中。

就在黄近山吃饭时，黄近田多次提出要求见黄近山，但民兵排长黄多事就是不答应。黄近田非常苦恼，在走廊里徘徊。

黄多事看了一下墙上的挂钟，说："皮球，黄近山可能吃完了，你上去把竹篮和碗筷拿下来给黄近田带回去。"

皮球上楼打开关押黄近山的房门，发现房里没人，惊呼道："黄排长，黄近山不见了！"

黄多事立即冲上二楼，查看了房间的环境，恼怒地说："这个黄近山，竟敢撬窗逃跑！"

尾随上楼的黄近田心里感到高兴，连忙把二哥吃过的碗筷装进竹篮，匆匆忙忙回家。

陈春听到这个好消息，问："田板，你二哥会跑回家来吗？"

"二哥才不会那么蠢，躲回家不等于白逃吗？我看他一定是躲到他们找不着的地方，暂时避避风头。"

"可他身上没钱。"

"妈妈，二哥最近转卖娘酒赚了不少钱，我想他身上随时都会带着一些钱，这个你不用担心。"

黄海听到黄大胆的急报，马上兵分三路追踪黄近山，一路去黄近山家，二路到山下小学，三路赶往客都河渡口。不一会儿，一路和二路的民兵回到村委会，向坐镇指挥的黄海书记反映，均没有发现黄近山的踪迹。而由黄多事带领的三路民兵跑到了渡口，看到船夫坐在船头抽烟。黄多事上前问："严哥，我们是山下村的民兵，刚才我们有一个犯人逃走了，有没有坐你的船过去？"

"没有。"

"那你有没有发现可疑情况？"

"我还真发现了，大约在半个小时前，我起来小便，看到一个比我高大的男人在前面竹林边跳河。当时我吓了一大跳，急忙赶去救他，但找不到人，只捡到一双人字拖鞋，回来我就睡不着了，一直在想这个人为什么要自杀。"

"严哥，你把鞋给我看看。"

"我面前这双就是。"

黄多事提起那双鞋仔细一看，说："没错，这双鞋就是黄近山今天穿的。很显然，黄近山跳河自杀了！"

黄海左等右等，却等来了黄多事带回黄近山跳河的消息。他感到心慌意乱，向黄大胆埋怨道："黄营长，现在出人命了，都是你们干的好事！"

"黄书记，这个责任是你的，怎么推到我头上来了！"

黄多事也担心连累了自己，害怕地说："对，黄书记，没有你的命令，我们是不会安排皮球他们动手打黄近山的。"

黄海斥责道："好了，这事我有责任，但你们也脱不了干系。明天上午，我去江下镇找陈书记汇报，黄营长你把黄近山的人字拖鞋还给陈春，委婉地告诉她黄近山跳河自杀的消息。黄多事你去山下小学，叫杨校长把黄近山的遗物收拾一下送回他家去。"

其实黄近山并没有自杀，他从小学会了游泳，不一会儿就游到了岸边。他缓缓地走过沙滩，筋疲力尽地走到206国道上，靠着路树闭目休息。他看见从江上镇方向驶来了一辆货车，旋即冲到路中央将货车拦停。

司机从车窗伸出头来，斥责道："喂，你找死啊！"

黄近山转到车窗面前，说："师傅，你是不是到客都？"

"是。"

"我也要去客都，坐一下你的顺风车好吗？"

"看你额头有伤，衣领有血，衣服又湿淋淋的，一看就是个坏人，不载。"

"师傅，我是个老师，不是坏人，因为去倒卖一点土特产，结果被村里的民兵抓去打了一顿，现在是逃出来的，请你相信我。"

司机狐疑地问："你说的是实话吗？"

"我没骗你！"

"好吧，那你给我两元。"

黄近山为难地说："师傅，因为突发情况，我没带多少钱，只有一元。"

司机犹豫了一下，说："一元也好，把钱给我。"

黄近山把钱递给司机，然后坐上副驾驶座位，感激地说："师傅，多谢你！"

司机边开车边问："老师，你叫什么名？"

"我学名叫黄近山，小名叫箩匣。"

"箩匣？真有意思，这名字一定有来历吧？"

"我是烈士遗孤，出生后被装在箩匣中，被我养母捡回家里。从此，养母叫我箩匣，毫无怨言地把我养大成人。"

司机深有感触地说："箩匣，我的命运和你差不多，爸妈在一次煤矿事故中死了，我被在煤矿做饭的肖芳妈妈收养，从此在矿山长大，学会了开车。去年，她用积蓄给我买了一辆二手车搞运输，叮嘱我行车要注意安全，不能去赚昧良心的钱。没想到，还没等我好好报答她，她却辞工回到她出生的地方去了。"

"你去看过她吗？"

"我去了三次，每次在她家里住几天，不过，我有好长时间没去见她了。"

"为什么？"

"因为我是单干户，被他们当作投机倒把分子抓起来。后来我设法逃了出来，偷回了自己的货车，今天是第一次载货去揭阳，就碰上你了。"

"师傅，没想到你我同病相怜。"

转过一个大弯，司机突然把车停下，说："下车！"

黄近山惊诧地问："师傅，不是说好了载我到客都吗？"

司机板着脸说："你别问那么多，我叫你下就下。"说完自己先下了车。

黄近山不得不下车。

司机绕到后面打开车厢门，从里面拿出一个沾满机油的书包，走到黄近山身旁，说："箩匣，我这里有两套旧衣服，你先穿一套，另一套带在身上。"

黄近山接过书包，感动地说："多谢师傅！"说完马上换了衣服。

快到客都时，司机问："箩匣，你到客都是投奔亲戚吗？"

"我想向周伯伯借点钱，然后再离开客都，到他们找不到的地方去。"

"箩匣，我建议你不要去找亲戚，万一给亲戚带来麻烦怎么办？"

"可是我身无分文，去哪里也不方便。"

"不如这样吧，我好人做到底，送佛送到西，把你送到我养母家，你想住多久就住多久。那里交通闭塞，谁也找不到你。"

"好是好，但不知你养母同意吗？"

"突然又多了一个儿子，她会很高兴的，就这么定了！"

黄近山觉得自己现在无路可走，又不敢去亲戚那里，只好暂时听从命运的安排吧。

司机开车来到七十公里外的梅北县和江西省交界处停了下来，下车后指着一条小道，说："箩匣，你顺着这条小道一直走到一座大山脚下，那里有一个村子，叫鸡鸣村。村口有一棵大大的圆子树，村里住着十多户人家。我养母就住在那里，一打听你就能找到她。"

"你不送我去吗？"

"我这段时间有好多业务，忙完了我就去见你。你在她面前就说是黑蛋介绍你来的，她自然就会接纳你了。"说完，司机给了黄近山五元钱。

黄近山捏着钱，看着司机开车离去了，这才背起装着衣服的书包，沐浴着黎明的山风，踏上了陌生的林间小道。

第二十四章

　　行走在林间小道上，时不时听到鸟儿的鸣叫和小溪潺潺的流水声。但黄近山有太多的事情要考虑，根本没有心情去欣赏这些大自然弹奏的美妙晨曲。到了大山脚下，他终于看清了对面山坳里散落的农舍，还有房顶上飘荡着的袅袅炊烟。忽然，迎面走来一位扛着锄头的农妇，他很有礼貌地说："大姐，这么早就去干活了。"

　　农妇打量了黄近山片刻，问："你是谁家的孩子，我怎么没见过？"

　　"我是肖芳阿姨的亲戚。"

　　"呵，你是芳姑的亲戚，她可能还没起床。"

　　"大姐，我是第一次来，不知肖芳阿姨住在哪，麻烦你告诉我。"

　　农妇指着山坳，说："你看村口那棵高大的圆子树，到了树下往左转，再走上一段石阶路，最后面的那座矮房子就是芳姑的。"

　　"多谢大姐！"

　　农妇边走边回头，自言自语地说："这么帅的后生仔。"

　　黄近山来到肖芳家的门坪，刚好撞见一个白发女人打开大门。直觉告诉他，这个女人就是自己要找的肖芳。他连忙喊了一声："肖芳阿姨。"

　　肖芳怔了一下，问："你是谁？"

　　"我是你干儿子黑蛋的兄弟。"

　　"他没有兄弟。"

　　"对，他没有兄弟。我和他刚认识不久，还没有见过你老人家。"

"虽然我不认识你，但认得你穿的这套衣服。你不知道，这套衣服是我亲手缝给黑蛋的。他怎么没来？"

"他挺忙，每天开着你买给他的货车帮人送货。我今天来找你，还是黑蛋哥把我送到公路边的村道入口。他要我给你带句话，过一段时间他就会来看望你老人家。"

"你叫什么名字？"

"我叫黄近山。"

肖芳拍了一下脑袋，说："哎呀，我怎么只顾着问你，不叫你进屋。来，我们进屋吧。"

黄近山吃着香喷喷的蛋炒饭，心里有了一种国家的感觉。他高兴地说："肖芳阿姨，你炒的饭和我妈炒的饭一样，味道极好。"

"是吗？"肖芳满面笑容地说，"我们一见面，你就表扬我，让我高兴死了！"

"肖芳阿姨，你真像我妈一样可爱！"

"近山，看你一表人才，像是城里娇生惯养的孩子。"

"肖芳阿姨，我也是在农村长大的。"

"我看你头上有伤，是怎么弄的？"

黄近山看到肖芳和蔼可亲，觉得要让她放心就要说出实话。

"近山，听你这么一说，我才明白了黑蛋送你来的用意。你不要走了，就在这里住下，想住多久都好。你要是愿意认我作干妈，那我做梦都会笑出声来！"

黄近山放下碗筷，走到肖芳面前喊道："干妈！"说完叩了三下头。

肖芳兴奋地说："近山，这里就是你家了！"

"芳姑，谁来了？"一位漂亮的村姑扛着锄头像一阵风飘了进来。

"肖桃队长，又来喊出工了。"

肖桃的家在肖芳的房子右侧，两家只隔了一堵一米高的围墙。她瞧了一眼黄近山，惊喜地问："芳姑，这人是谁呀？"

"我干儿子，叫黄近山。"

"哇，英俊魁梧，芳姑你太有福气了！"

"肖桃，我今天上午不出工了，下午再去。"

"没问题，那我不打扰你们母子团聚了，再见。"说完又像一阵风飘出大门，还回眸一笑。

陈春端起饭碗，吃了一口又放下，说："田板，妈心里乱糟糟的，担心你二哥被他们抓回来了。"

黄近田把嘴里的菜咽下去，说："妈妈，二哥智商很高，既然逃出去了，就会想办法藏起来。我敢肯定，他们是抓不到二哥的！"

"我也希望抓不到，但我不放心呀！吃过早饭，你去村委会打听一下。"

突然，一个小孩来了，对黄近田说："田叔，生产队队长叫你。"

黄近田来到黄英家里，看见黄大胆坐在那里喝茶，板着脸。他没有和黄大胆打招呼，而是问："黄英，你找我？"

"不是我，是黄营长。"

"呵，黄营长，你找我什么事？"

黄大胆递给黄近田一个纸包，说："你看看这个东西。"

黄近田打开纸包，发现是一双人字拖鞋，惊讶地说："这是我二哥穿的鞋，怎么会在你手里？"

"你二哥昨晚跳河自杀了，这双鞋是我们在竹林边捡到的。"

黄近田感到脑袋"嗡"的一声，震惊地说："不可能，根本不可能，一定是你们故意把他害死的！"

"你若是不信，现在可以去问撑船的严师傅，他亲眼看到你二哥跳河。"

"我妈妈要是知道了，肯定会想不开的，叫我怎么去安慰她？"

"那要看你的本事了。"

"我哪有本事。"黄近田把目光转向黄英，"队长，你是我二哥的好朋友，这事你给我出点主意，怎么办？"

黄英想了想，说："田板，虽说你妈是个坚强的女人，但可能会因丧子之痛把持不住自己，去找黄海书记拼命。所以我建议，为了防止再出现意外，这事暂时还得对你妈保密，对外也要保密。黄营长，你看呢？"

黄大胆觉得这个处理结果正是他们想要的，高兴地说："黄队长，我赞同你的建议。"

黄近田觉得这个办法难以实施，担忧地说："可瞒得了一时，也瞒不了一世呀！"

黄英说："能瞒多久就瞒多久吧，先把眼前的紧张局势应付过去。"

黄近田把二哥的鞋带回家，没想到第一时间被母亲撞见了。他连忙把鞋放在身后，脸上却现出诚惶诚恐的表情。

陈春觉得奇怪，问："什么宝贝？给妈看看。"

"没，没什么。"

"给我！"

黄近田觉得事情要穿帮了，只好把二哥的鞋亮了出来。

陈春吃惊地说："这是妈几天前给你二哥新买的人字拖鞋，怎么会出现在你手里？"

黄近田说出了二哥跳河自杀的消息。

刹那间，陈春心如刀绞，一骨碌跌坐在地上，眼泪夺眶而出，痛苦地说："箩匣不会自杀的，不会死的！"

"妈妈，你身体不好，地上凉，我扶你回房间去。"

"我就在这里坐，要等你二哥回来。不，我要去找黄海，叫他们还我儿子！"

黄近田扶着母亲的肩膀，噙着眼泪说："妈妈，我们一定要找这些害人精算账。但看你现在痛不欲生的样子，怎么有精神去跟他们斗呀！"

"我斗不过，就死在他们面前！"陈春倏地站了起来，"田板，跟妈走！"

不曾料到，陈春刚走两步就倒下了。在黄近日惊恐的呼喊声中，几个邻居赶来，齐心协力地把陈春抢救过来了。她苏醒后说："田板，把你二哥的拖鞋拿到门口，一会儿他回来了，让他穿上来见我。"

黄英酸楚地说："田板，你妈在说胡话。"

黄伯兴说："近田，你抓紧去请医生。"

杨军校长从黄多事口中得知黄近山跳河自杀的消息，心里感到异常震惊，马上召开全体老师会议，通报了突发情况。

瘦女老师哭着说："当初如果不是我嘴馋，就不会叫近山老师去冒险给我们买娘酒，真是后悔死了！"

胖男老师毫无同情心地说："我看是近山老师的贪念在作怪，每星期天都跑一趟华西，把生意做到其他学校和农村，从中赚了不少钱，也毁了他的人生，可以说是活该！"

副校长说："在我的印象中，近山老师心地善良，是一位好老师。他在读小学时，从他广州的舅舅那里要来了不少旧衣服，经过他妈的手变成了新衣服，一一分发给家庭困难的同学。近山老师还经常送一些纸笔给经济困难的学生，甚至每年为一位学生代交学费。如今他英年早逝，我感到非常痛心，觉得老天对他不公！"

杨军校长说："我在这里教了十多年书，比你们在座的任何一位都了解近山老师。他一年级跳级上了二年级，后来一直到县高级中学，每年都当班长，品学兼优。如果不是国家取消了高考制度，他现在可能是北京大学或者清华大学的高才生。没想到这样一位人才，竟然不幸离世。我今天叫大家来，就是想动员大家捐一点香仪钱，明天我和副校长代表大家去慰问近山老师的妈妈。"

胖男老师说："杨校长，我们已给近山老师不少钱了，怎么还要给？"

"谁给过他钱了？"

"我们每个老师都向他买了娘酒，他从中赚了差价，不就是我们给的香仪钱吗？"

总务主任从门外进来，对杨军校长说："近山老师的遗物收拾好了，我发现了一个天大的秘密。"说完递给杨军校长一本笔记簿，"你翻开第十页看看，保证你会心酸落泪。"

杨军校长接过笔记簿，急忙翻到第十页，看完后眼睛湿润了。他说："老师们，我给大家念一篇近山老师两天前写的日记。'今天下午放学后，我去到杨木匠家里，看到自己定制的十五套崭新的学生桌凳做好了，觉得自己冒着投机倒把的风险赚来的钱，如今变成了一年级孩子们的学习工具，心里感到十分舒服。但遗憾的是，本来打算再去贩卖几次娘酒，争取把二年级破烂的桌凳也进行更新，可惜这个想法无法实现了。我和杨木匠约好，这个星期六晚上他把桌凳运到学校，悄悄地将一年级原来的烂桌烂凳换掉，不要让任何人知道这是我干的事情。'"

老师们都啧啧称赞，几位女老师还落下了感动的泪水。那个胖男老师自责地说："我错怪近山老师了！"

杨军校长说："老师们，我们要学习近山老师爱生如子的精神。今天是星期六，在吃过午饭之后，大家先别急着回家。三位女老师去撤出一年级的旧桌凳，八位男老师一起到杨木匠家里搬新桌凳，共同完成近山老师在世时做的最后一件好事。"

做饭的黄叔突然走进来，说："杨校长，我在门外听到近山老师出事了，心里非常难过，你们下午去搬新桌凳，让我也参加好吗？"

"好，算你一个！"

肖芳家的厅堂中挂着一幅年轻人的碳素画像。他高鼻梁，一双眼睛炯炯有神，脸上露出坚毅的表情。

一天，黄近山又在仔细端详这幅画像，看到肖芳拿着一把青菜从大门外进来，好奇地问："干妈，这幅画像里的人是你儿子吗？"

"不是。"

"是你老公？"

"也不是。"

"那是谁呀？"

"偷心的人！"

黄近山看到肖芳有苦难言的样子，不敢再追问下去了，只好转过话题说："干妈，我看村里不少墙壁上都写了'中国共产党万岁''中国工农红军万岁'等标语，是不是以前红军留下来的？"

"是！"肖芳高兴地打开了话匣子，"那时一支红军队伍路过我们鸡鸣村，一共驻扎了三天，离开时留下了几位重伤人员，我家负责照顾一位叫范石的红军战士。范石身上有几处枪伤，但没伤及要害。我爸妈就像对待自己的孩子一样照顾他，端屎倒尿毫不避讳。等到范石能走路了，我便扶着他锻炼身体，爬山游泳。他是一个多才多艺的人，不但歌唱得好，还会画画。我爸妈的遗像就是他画的。在回部队的前一天晚上，他陪我在门坪看了一晚上月亮，要不是我爸催促，我们还想一直坐到天亮。"

"干妈，你当年几岁？"

"十八岁，就像肖桃一样，长得也是水灵灵的，范石说我是一朵美丽的茉莉花。"

"干妈，你现在还很美。"

"我都不敢照镜子了！"

"芳姑，那你把镜子送给我。"肖桃又从大门外飘了进来。

"别的东西可以送，唯独镜子不行。"

"为什么呀？"

"那是我的心肝宝贝！"肖芳神秘地说，"肖桃，你们聊，我要去给近山煮饭了。"

看着肖芳走进厨房的背影，肖桃说："芳姑这个人心肠挺好的，认识很多草药，救活了不少村里人，我是其中一个。"

"她为什么没有嫁人？"

"我也问过她，但她不告诉我。后来，我去问了李叔婆，才知道她在等一个人。"

"等谁？"

"你看，就是画像中的这个人。李叔婆说，她见过这个人。这个人是一名红军战士，当年在芳姑家里养伤，离开时送给芳姑一面小巧玲珑的镜子和这幅画像。芳姑把它们当作心肝宝贝，刚才你也听见了。李叔婆还说，这个红军战士还给芳姑留下一句话。"

"什么话？"

"这个红军战士说，等到革命胜利后，他会回来娶芳姑。谁想到，这个红军战士始终没有回来，而芳姑至今还在痴情地等待。"

"呵，我明白了，干妈刚说他是偷心的人，原来是他偷走了干妈的心。这个故事太感人了！"

"近山，如果你还想知道更多芳姑的故事，只有慢慢等她自己跟你说了。"

黄近山点头说："我会耐心等她对我说的。"

肖桃疑惑地问："听这口气，你不回家了吗？"

"唉，我是有家不能回了！"

"是什么原因，能否跟我说说？"

"我不走了，以后再告诉你。"

肖桃听到眼前这位帅哥要在鸡鸣村长住的消息，心里感到兴奋不已。她说："近山，桃妹给你介绍一份工作，想不想去做？"

"远吗？"

"挺近。"

"那说来听听。"

"我们鸡鸣村原来有一间设在祠堂里的小学分校，主要教一年级学生。前年，唯一的代课老师李叔婆得病死了，因找不到合适的老师，镇政府就把这间分校撤了。村民们虽然有意见，但也没办法，只好把孩子送到几公里外去上学。如果你想做这个代课老师，那我就去镇政府找我舅舅李远征，叫他帮忙把这间分校重新开办起来。"

"你舅舅有这个权力吗？"

"他是我们镇的副书记，当然有这个权力。"

黄近山思考了一下，说："我原来在我们山下村教过一年级的学生，可以说轻车熟路。肖桃，我愿意接受这项工作。"

早晨，黄近山走出大门，来到门坪右侧的围墙旁，望着围墙那边大声地喊："肖桃，肖桃。"

肖桃从屋里出来，问："近山，你找我？"

"你靠近一点。"

肖桃来到围墙边，仰起头望着黄近山，问："什么事？"

"能不能把分校搬到我干妈家里来？"

"你怎么会有这个想法？"

"不是我的想法，是我干妈的。"

"你同意了？"

"这是村里的事情，我怎么能决定。干妈见我不支持，竟然骂我不尊重老人的意见，还说吃了早饭要去镇政府反映。你说这事怎么办？"

"你拉我过去。"

肖桃在黄近山的帮助下越过围墙，随后走进厨房，说："芳姑，你煎的鸡蛋真香呀！"

"这么早又来找近山了？"

"芳姑，我是来找你的。"

"肖桃，你什么时候学会骗人了？"

"芳姑，我今天真的是来找你的。"

"找我什么事？"

"我听近山说，你想把分校搬到你家里。"

肖芳心里想："这小子，竟然搬来了救兵！"但嘴上却说："没错，我是这么想的。"

"芳姑，你给我说说搬的理由，你要是能说服我，那我就支持你。"

"过去分校设在破败阴森的祠堂，很多小孩都不愿意去那里读书。我听你妈说，你读一年级时，不就是死活不肯去吗？"

"是，当时很害怕。"

"昨天下午我去祠堂看了，发现又有一些桁桷掉落下来，学生在那里读书相当不安全。所以我想，我家也有地方做教室，供近山教五六个学生没问题，而且我还能帮近山做点杂事。"

"你不怕麻烦吗？"

"我不怕！"

肖桃觉得肖芳说得实在，很有道理，心里完全接受她的想法。肖桃说："可是芳姑，如果你家成了学校，墙壁上可能要张贴一些教育标语和宣传画之类的东西，你能否把厅堂那幅画像取下来？"

肖芳犹豫了一下，说："肖桃，只要你们同意我的想法，那我可以把那幅画像挂到我房间去。"

"好，我同意。近山，你呢？"

黄近山爽快地说："我当然没意见，今天就把学生的课桌搬过来，好好布置一下教学环境。"

"那我去告诉村民们，叫他们过来帮忙。"

开学那天，肖芳在门坪放起了鞭炮，响声震撼了山谷，更感动了人们。

第二十五章

迎着朝阳，黄近山跟着肖芳爬上了鸡鸣山，来到了一个山坳里，站在一棵挺拔的松树下。这棵松树被石块围了起来，树旁竖了一块小石碑，石碑上刻着"红军树"三个字。在松树旁还有两块小木牌，左边那块写着"江西"和画着一个箭头，右边那块写着"福建"，也画着一个箭头。他惊喜地说："原来这里就是一脚踏三省的地方！"

这里还是客家先民挑盐担上江西的必经之路。

肖芳在石碑前插了一炷香，然后对黄近山说："我曾经听奶奶讲过，我们鸡鸣村的公鸡一啼，山那边的江西、福建村民都能听得到。"

"这么神奇！"

"那个红军战士范石离开我们鸡鸣村时，我一直把他送到这棵松树下。他从路边捡起一块石头，在上面刻了'红军树'三个字，立在这棵松树下。他说我要是想他时，就到这里看一眼这棵松树。解放后，我跟着哥哥去了客都县矿山，一住就是十三年，回来看到那块红军树石碑不见了，马上又找人刻了一块更大更漂亮的补上去。"

黄近山肃然起敬地说："干妈，你真是一个有心人！"

"唉，我的心被范石偷走了。但我没怎么怪他，只是偶尔对着他的画像诉说几句心中的思念。如今我能为他做的，就是到这里看看！"

"干妈，你去矿山是嫁人吗？"

"我当时不知道，到了矿山见到一个比我大十岁的男人，才明白哥哥是要我嫁给他。但我不答应，坚持对哥哥说我不喜欢那个人。"

"干妈，其实你心里还装着那名红军战士范石是吗？"

"是的，当时我是故意反对这门亲事。我心里怎么能容得下第二个男人呢？后来我想回鸡鸣村，没想到碰到黑蛋的爸爸妈妈突然身亡，不得不带着黑蛋在矿山住了十多年。"

黄近山感慨地说："干妈，你是世界上最伟大的女人！"

肖芳叹息道："唉，我是黄土埋到脖子的老人了，不知哪天就会断了来这里烧香的脚步。"

"干妈，我会替你接着烧！"

肖芳审视了黄近山一番，说："近山，干妈相信你有这个孝心。但是，你毕竟不是干妈的亲骨肉，不可能在鸡鸣村长期生活下去。"

"干妈，你不相信我？"

"除非你答应和肖桃结婚，我才相信。"

"干妈，我早就跟你说了，我爱肖桃，但我的户口不在这里，怎么能和她结婚？"

"昨天肖桃对我说了，只要你答应和她结婚，她就叫她舅舅把你的户口迁到鸡鸣村来。"

"干妈，现在迁户口不是那么容易的。如果肖桃她舅舅能把我的户口迁过来，我就在鸡鸣村安家落户，侍候到你百年归寿！"

"你放心，肖桃她舅舅有办法！"

肖桃的舅舅李远征找到客都县江下镇山下村村委会，向黄海书记亮出了政府的介绍信。

黄海看到来人是一位镇级领导，肃然起敬地说："李书记，你这么远来这里，有什么事要我帮忙？"

"黄近山是你们山下村的吧？"

"是。"

"我是来帮他迁户口的，麻烦你给我开张迁移证明。"

黄海以为李远征是来找事的，生气地说："我这里开不了。"

"什么原因？"

"他半年前死了，去'青山大队'报到了。"

"黄书记，你真会开玩笑。"李远征微笑着说，"黄近山在我们那里生活得很好，你怎么说他去了'青山大队'？"

黄海不相信这个事实，说："李书记，你比我更会开玩笑！"

李远征哭笑不得地说："黄书记，我说的是实话，黄近山确实在我们那里！"

"李书记，我说的也是实话，黄近山确实死了！"

李远征觉得双方这样较真儿解决不了问题，连忙拿出一封信，说："黄书记，你看看这信封上写的什么？"说完把信递过去。

黄海接过信，念道："烦交母亲陈春收，黄近山托。"说完把信还给李远征，说："这就奇了怪了，黄近山没死！"

"黄书记，现在相信我的话了吧？"

"嗯。"黄海点头说，"我有点相信了。但我想问你，黄近山什么时候去你们那里的？"

"半年前。"

"呵，他在你们那里干什么？"

"当代课老师。"

"身高多少？"

"将近一米八，右额有块疤。"

"在我印象中，他没有疤。"

"没错，他原来是没有疤，但因为犯了投机倒把罪，被你们村的民兵打破了头，结果留下了这块疤。黄书记，你们村的民兵真够狠的！"

黄海感到脸上火辣辣的，耳朵发烧，连忙说："李书记，麻烦你回去转告黄近山，说对不起！"

"我会转告，那你给我开证明吧。"

黄海心里十分不愿意，但觉得这事阻挡不了，只好照办了。

李远征收起开好的证明，说："黄书记，请你带我去见黄近山的妈妈。"

黄海书记想起陈春几次来村委会又哭又闹，叫他把黄近山还给她，心里至今还有点发怵，说："我还有事走不了，我叫一个民兵带你去。"

李远征见到面前放着竹篮、手里捧着一本画册的陈春，喊道："陈春大姐，你儿子黄近山叫我来看你了。"

陈春自从听说黄近山跳河自杀的消息之后，郁结于心，一直神志不清，不是拿出黄近山留下的人字拖鞋来穿，就是抱着给黄近山送饭的竹篮来亲，甚至还捧着黄近山的一本画册来看。今天突然听到李远征带来的喜讯，可能是过于激动，她瞬间晕倒在地。

"妈妈，你怎么啦？"黄近田迅速在母亲人中上掐了几下，没想到奇迹出现了！

陈春很快苏醒过来，像正常人一样坐了起来，咳了几声，吐出了一口浓痰。她兴奋地说："箩匣没死，真是老天开眼！"

黄近田瞧见被母亲撞翻的竹篮底部好像夹着一张折叠的二分钱纸币，连忙把它取了出来，展开一看，惊喜地说："妈妈，二哥当初逃走时留下了血书！"

"你念给妈听。"

"妈妈，儿子以后会回来。"

黄英说："田板，当初你怎么没去检查一下竹篮？"

"我疏忽了。"

李远征拾起那本画册，翻阅了一下，看到一共有三十一页，每一页都画了一座大房子，色彩鲜艳，禁不住问："这是谁画的？这么漂亮？"

陈春说："我儿子近山画的。"

"这么多客家民居，是哪里的？"

黄近田说："远在天边，近在眼前。"

"都是你们山下村的？"

"是！"

李远征把黄近山写的信拿给陈春，说："陈春大姐，这是近山给你的信。"

陈春接过信，问："这位同志，你是从哪里来的？"

"梅北县。"

"我儿子在你们那过得好吗？"

"他过得很好，在我们那里当代课老师。他就要和我外甥女结婚了，我今天是来帮他迁户口的，至于其他事情，他可能在信里向你说了。"

"近山大难不死，又要结婚了，真是祖宗保佑！"陈春高兴地说，"同志你坐。"

"我不坐了，要赶时间去办理近山的户口迁移。你有什么事，可以给近山写信。"

"那好，我就不留你了。你先帮我捎个口信，告诉近山家里一切都好！"

肖芳一遍又一遍地看黄近山和肖桃的结婚证，心里感到十分惬意。她那张刻着岁月的老脸，闪现出前所未有的亮光。她高兴地对面前的黄近山和肖桃说："我明天就找人挑一个好日子，请四门六亲来喝一杯喜酒，为你们送上祝福！"

黄近山说："干妈，我们一切都听你的。但是，我想在结婚之前，带肖桃回家一趟，先去拜一拜黄家祖宗。"

"近山，这是应该的，干妈不反对，你们哪天回去？"

"平时走不了，明天是星期六，我们明天就回去。明天上午学生来了，我给他们布置了作业就走，你负责督促他们完成。"

"没问题，这事干妈能做好。"

翌日早上，天朗气清。

黄近山给学生布置了作业，便带着肖桃走到公路边，坐上了开往客都的客车。在江下镇下车后，他碰见了黄双飞的父亲黄福添。黄福添兴奋地对黄近山说："黄双飞一直在台湾做水果生意，几年前跟着老婆去马来西亚发展了。近山你今天突然回家，会不会被黄海他们抓起来？"

"福添叔，我的户口不在山下村了，他们管不了我了。"

"也是。"

黄近山和肖桃刚刚走过山下村的简易木桥，迎面便碰见了黄海书记。黄近山平静地说："黄书记，多谢你放我一马！"

"近山，你小子命大。这个女孩子是你什么人？"

"我老婆肖桃。"

"祝福你！"

突然，黄近田骑着自行车来到他们面前，高兴地对黄近山说："二哥，你回来了！"

黄海书记知趣地说："近山，我有事先走了。"

黄近田问："二哥，黄海是不是又想找你麻烦？"

"没有，你去哪里？"

"我准备去江下镇邮局给你寄信，没想到你 —— 这位是我二嫂吧？"

"是，她叫肖桃。"

黄近田甜甜地喊了一声："二嫂。"

肖桃有点不好意思地应了一声："哎！"

第二天早上，陈春领着黄近山和肖桃来到黄伯旺坟前烧香跪拜。仪式过后，黄近山对肖桃说："我曾经对你说过，我老家也有一棵大圆子树，你还记得吗？"

"我记得，在哪里呀？"

"它原来就生长在这里，比鸡鸣村的圆子树大许多，可惜被人砍掉了！我每次走到你们村口的圆子树下都要端详几分钟，现在你明白我的用意了吧？"

"我明白了，你在思念故乡！"

在黄近山的大儿子黄小笋八岁、小儿子黄小亘五岁那年，黄近山从收音机里听到了一个振奋人心的消息：国家恢复高考制度了。他兴高采烈，不顾黄小箩和黄小匣兄弟俩在面前，一把抱起老婆肖桃在原地转了一圈。

肖桃嗔怪道："当着儿子的面，你发什么神经？"

"太高兴了，我有机会圆梦了！"

"圆什么梦？"

"圆大学梦！"黄近山抑制不住激动的心情，兴奋地说："国家今年恢复高考制度，不单是今年六月毕业的高中生可以参加，就连我们这些老三届的学子也可以报名。明天是星期天，我们带上儿子和干妈，坐你哥的拖拉机去县城拍张全家福，我顺便去新华书店买一些复习资料和学生用的纸笔。"

"我说近山，你十年前所学的文化知识已经交回给老师了，难道还能重拾回来吗？"

"肖桃，我一直没有和你提起过，我从小学到高中都是优等生，那些文化知识都储存在我脑海中，基本上不会遗忘的，只要稍加复习就有希望考上大学。"

"你就那么自信？"

"在这方面我当然自信，不信你等着瞧！"

"我等着看你的笑话！"

黄小箩说："爸爸，你不要去考大学。"

黄近山蹲下去，扶着小箩的肩膀，问："小箩，你有什么想法？"

"你要是走了，谁来教我们一年级学生？"

"你妈妈。"

肖桃睁大眼睛，吃惊地说："我？我教不了！"

"肖桃，我觉得你还是可以的。这么多年来，你帮我做了不少教学方面的工作，粉笔字也写得漂亮。小箩曾经对我说，我们家有三位老师，一位是爸爸，一位是妈妈，还有一位是奶奶。"

肖芳从房间出来，说："小箩，你说奶奶是老师，能教你们什么呀？"

黄小箩天真地说："奶奶，你给我们讲红军的故事，还教我们扫地、洗菜、煲粥。"

黄小匣说："还有，奶奶教我们念'月光光，秀才郎。骑白马，过莲塘'。"其他人也跟着小匣念，"莲塘背，种韭菜。韭菜花，结亲家。亲家门前一口塘，放条鲤嬷八尺长，送给红军叔叔尝一尝，吃饭打胜仗，回家娶新娘。"

肖桃端过一张凳子给肖芳坐，说："干妈，你刚才听见近山说的话了吗？"

"我听见了。"

"他要去考大学，你是支持还是反对？"

"我当然支持，还要祝他高中状元！"

黄近山高兴地说："干妈，多谢你支持干儿子！"

果然，黄近山如愿以偿地考上了中山大学，在家里摆了几桌酒席。调到县政府工作的李远征专程从县城赶来，兴奋地说："近山，你是我们梅北县的骄傲，也是我们梅北县的光荣，祝贺你！"

"舅舅，没有你的帮助，哪有我黄近山的今天。等一下吃饭时，我要好好敬你几杯酒。"

肖桃悄悄地对黄近山说："干妈不见了！"

黄近山吃惊地问："这个时候她会去哪里？"

"你快去找找。"

黄近山走出大门，看见肖桃的哥哥在摆放鞭炮，连忙问："哥，你看到我干妈了吗？"

"我刚才看到了，她带着小箩上山去了。"

黄近山顿时明白，干妈去给红军树烧香了。他急忙赶上山，远远眺见干妈和儿子在向红军树鞠躬，心里又油然生起对干妈的敬佩之情。下山时，他背起了肖芳，心疼地说："干妈，你快七十岁的人了，还敢随便乱走。"

"唉，干妈今天看了红军树，也许明年我就没有精力来了。我担心你读了大学出去做事，断了红军树的香火，所以我只好交代孙子去做这件事了。"

"干妈，这香火是不会断的，会子子孙孙传承下去。"

"近山，看到你们父子的态度，干妈不再担心了！"

在宴席开始前，黄近山在大门侧挂了一块小黑板，扛了几套桌凳，放在门口台阶下。他站在大门口，对候在门坪赴宴的嘉宾和村民们说："各位领导、亲朋好友、父老乡亲，多谢大家多年来对近山的关照，在这里我先给你们鞠上一躬。"鞠躬后他接着说，"鸡鸣村是我的第二故乡，我爱这里的一草一木。明天我将带着父老乡亲的嘱托，踏上人生新的征程。为了表达我诚挚的谢意，现在给大家朗诵一首我昨夜刚写的小诗：美丽小山村，希望红土地。憨厚乡亲们，大写情和意。红军树，米饭香，游子不忘记。春风吹进山，鸡鸣传万里！"

黄近山第一天进村时遇到的那个农妇愁眉不展地问："近山老师，你走了，谁来教我孙子他们？"

"你放心，新老师马上和大家见面。"

肖桃捧着一年级语文课本从屋里轻盈地走了出来，微笑地望着面前的嘉宾和村民们。

黄近山把主位让给肖桃，说："经镇领导同意，肖桃同志将担任鸡鸣村代课老师，接替我的教学工作。"

一个中年瘸子说："一个初中都没毕业的人，能教好学生吗？"

"现在是见证奇迹的时候了！"黄近山大声地说，"同学们，你们都出来上课了。"

六个孩子背着书包从屋里跑了出来，走到课桌前放好书包，端端正正地坐下，专心地望着肖桃。

肖桃说："同学们，今天是我给你们上的第一节课，请同学们拿出语文书。"看到学生拿出了语文课本，她又说："同学们，我们先复习一下上一节数学课的内容，近山老师教的乘法口诀都记住了吗？"

"记住了。"

"背给肖老师听听。"

"……一三得三，二三得六，三三得九……"

"非常好。"肖桃微笑着说，"这一节语文课，请大家翻开第六页，老师教你们认识一个'坐'字。"她说完转身，在小黑板上写了一个工整的"坐"字，接着又写了一个拼音"zuò"。

"肖老师，这个字怎么念？"

"别急。"肖桃操起一枝小竹枝，指着拼音说："同学们，我们已经学了拼音，先把它拼出来。"

"ｚｈ——ｕ——ｏ——捉。"

"不对，ｏ念第四声，不翘舌，重来一遍。"

"ｚ——ｕ——ｏ——坐。"

"对了。"肖桃把小竹枝移到"坐"字上，"这个字就念'坐'，同学们真聪明。你们看上面两个'人'字，下面一个'土'字，这三个字近山老师在上学期教过你们，大家都认识。现在把这三个字组合起来，变成了一个'坐'字。有同学会问，我们坐的是木头凳子，为什么下面那个是'土'不是'木'？"

"老师，我也想知道。"人群中有人说。

"好，我来告诉同学们。古人还不会用木头制作凳子的时候，一般都是背靠背坐在泥土上，所以我们的先人就是按这个意思把'坐'字造出来的。你们各自转过身去，背靠着背试一下，真正理解'坐'字的含义。"

中年瘸子高兴地说："我也听懂了，肖桃真有水平！"

"好，请同学们拿出作业本，认认真真地把这个'坐'字写十遍。"

同学们埋头书写的时候，肖芳摇着孙子玩过的货郎鼓从大门里出来，张着掉了几颗牙齿的嘴笑着说："同学们，赶紧去洗手吃东西。"

黄小笋问："奶奶，今天吃什么？"

"鸡蛋。"

一阵掌声过后，黄近山说："这几年来，我干妈都是编外老师，一直协助我做后勤工作，没有一分钱报酬。"

肖芳说："近山说得不对，我有报酬。"

"你有什么报酬？"人群中有人问。

"学生都叫我奶奶！"肖芳兴高采烈地说，"你们说，我做编外老师合格吗？"

"合格！"

"那我儿媳妇肖桃呢？"

"合格！"

晚上睡觉时，肖桃翻来覆去没有入睡。黄近山猜测她心中有事，坐起来问："肖桃，你在想什么呢？"

"没想什么。"

"不对，你有什么话就说吧。"

肖桃一骨碌坐了起来，疑心重重地说："近山，大学有很多漂亮女孩，你会不会和她们日久生情，抛下我这个山妹子？"

黄近山手搂在肖桃肩膀上，真诚地说："我是共产党员，不是那个无情的陈世美，你呢？"

"我是共青团员，不是那个软弱的秦香莲。"

"对，对，我们是黄小箩和黄小匣的爸爸妈妈，彼此都要给孩子们树立良好的榜样。"

第二十六章

　　黄近山走进大学校门，不像其他人那样浪费时间去谈情说爱，而是把主要精力集中在学习上。谁若想见他，只要到教室、宿舍或者图书馆找，保证不会落空。他写的《关于农村问题的思考》在校刊上发表之后，一时间声名鹊起。

　　钟堤教授非常赞同黄近山在这篇文章中提出的观点。一天，他主动来到学生宿舍找黄近山，想会会这个有远见卓识的才子。当他看到一位躺在床上读书的学生时，以为这个人就是自己要找的黄近山，连忙靠上去说："黄近山同学，你不能这样看书，会把眼睛累坏的。"

　　这位学生坐了起来，说："我不是黄近山。"

　　"呵，我搞错了，你知道他在哪里吗？"

　　"按他平常的活动轨迹，这个时候不是在教室就是在图书馆。"

　　钟堤教授递给这位同学一张纸条，说："等黄近山同学回来了，请你把这个交给他，叫他来找我。"

　　黄近山抱着三本书回到宿舍，问："张兄，你怎么不去观看文艺晚会？"

　　"我没有文艺细胞，不会欣赏。刚才有一位叫钟堤的教授来了，他给你留下了一张纸条，叫你去找他。"

　　黄近山接过纸条看了一眼，问："他离开多久了？"

　　"不到两分钟。"

　　黄近山踏出走廊从七楼往下面瞧，看见一位学者模样的人向校道走去，心想这个人在五楼转弯处和自己擦肩而过，应该就是来找自己的钟堤教授。他一口气跑下楼，追上了这个人，问道："请问你是钟堤教授吗？"

这个人停下脚步，转过身说："我是钟堤教授，你是——"

"我叫黄近山！"

"呵！"钟堤教授握住黄近山的手，"原来你就是黄近山同学，那个有独到见解的年轻人！"

"钟教授，我只是一知半解，还请你这位前辈多多指教！"

钟堤教授把黄近山拉到一张石椅旁，说："黄近山同学，我们在这里坐一会儿，我有几个问题想向你了解一下。"

"教授，你请坐。"

坐下后，钟堤教授问："黄近山同学，你长得英俊魁梧，应该是北方人吧？"

"我是客都人。"

"客都哪个地方？"

"江下镇。"

"离江上镇远吗？"

"不远。你去过吗？"

"我没去过，但听家在江上镇的一个大学同学陈夏说过，那里四通八达，市场繁荣。而且我还听陈夏说他姐陈春嫁到了江下镇山下村，收养了一个烈士遗孤。可怜陈夏同学在'文化大革命'中被造反派迫害致死，要不然我会叫他带我去江上镇走一走，了解当地农业、农村、农民的发展状况。"

"钟教授，你说的陈夏同学是我大舅，我就是陈春收养的那个烈士遗孤。"

钟堤教授瞧了黄近山好几秒钟，吃惊地说："黄近山同学，原来你是陈夏的外甥，真是外甥似舅，写出来的文章呱呱叫！"

黄近山谦逊地说："钟教授，你过奖了！我只是一个在农村长大的孩子，熟悉那里的一草一木，了解农民的喜怒哀乐，并没有什么真正本事。"

"虽说近水知鱼性，近山识鸟音，但没有知识积累，也难以写出有高度

272

的文章。"钟堤教授肯定地说，"我正在研究农业发展方面的一项课题，暑假时想邀请你做我的向导，到你们客都县农村去调查研究，也好拜见一下你那位了不起的养母陈春大姐。"

"钟教授，我非常乐意做你的向导。"

陈春接到黄近山的来信，知道他要带着一位教授和一位女同学回家，要求她准备好两个干净房间。她心里不免产生了疑问，对黄近田说："田板，你二哥放暑假不是马上回鸡鸣村和老婆孩子团聚，而是带着教授和女同学先到我们山下村，你说他是不是丢妻恋妾了？"

"我哪里会知道，到时见到了二哥，你一问不就明白了。"

"如果真的出现这种事情，我一口饭也不会给他们吃，连夜把他们扫地出门。"

"妈妈，不管怎么样，二哥毕竟是你儿子，不能伤了他的心。"

"他伤心，就不怕妈伤心了？"

"那妈妈，我们还要给他们准备房间吗？"

"不要！"

黄近田担心二哥像母亲怀疑的那样，也怕他有家不能进，从而闹出笑话。晚饭后，他去到黄莲英家里，看见十多位老人和孩子在厅堂里聚精会神地观看电视节目。

这台十四寸的黑白电视，是黄莲英的堂兄去年从马来西亚带回来的，给这个闭塞的山下村带来了不少欢乐和改革开放的信息。自从假结婚之后，她一直和周老师生活在客都，没想到就在黄近山考上大学那一年，周老师被癌症夺去了生命。没办法，她只好又回到了山下村，联系上了海外的亲人，一个人过上了无忧无虑的生活。她回头瞅见黄近田站在人群背后观看，连忙从房间里搬出一张凳子走到他身旁，说："田板，你乜来了，坐。"

黄近田坐下后，说："莲英姑，等一下看完电视，我有事和你说。"

十二点，大家散场了。

黄近田对黄莲英说："莲英姑，我二哥过几天要回来了。"

"是他一个人回来吗？"

"不是，还有一个教授和一个女同学，我妈怀疑二哥和这个女同学好上了。她说这事一旦得到证实，就把二哥扫地出门。"

黄莲英笑着说："我想，你二哥不会移情别恋的，是你妈多心了。"

"莲英姑，希望像你说的那样。但我想给二哥留一条退路，如果出现了这种情况，能不能让他们到你这里住上几天？"

"这个没问题，我会给他们准备好房间，日用品也会买新的。"

黄近山领着钟堤教授和女同学史丽丹走过山下村的简易木桥，迎面碰上了黄海牵着一个小孩子。他连忙问："黄书记，你要去哪里？"

"我孙儿小志被狗咬了，带他去卫生站打狂犬疫苗。"

"你儿媳小梅呢，她不会带去吗？"

"她病了，不能动。"

"什么病？"

"赤脚医生说，得了肝癌。"

"黄书记，你现在不当领导了，有的是时间。看在小梅给你生了两个孙子的份上，要送她去大医院治疗。"

"我没钱。"黄海说完走了。

钟堤教授问："他是什么人？"

"这个人叫黄海，原来是我们山下村的书记，一直以来利用手中权力，在村里做了好多不得人心的坏事，去年被上级罢免了职务。"黄近山边走边对钟堤教授说，"黄海不择手段，要挟村里最漂亮的女孩李小梅嫁给他跛脚的大儿子黄利雄，可怜黄利雄前年过渡船时脚下一滑，掉到客都河淹死了。黄海还有一个小儿子黄利兵，参军后在汕头牛田洋强台风中壮烈牺牲了。"

"听起来黄海这个人有点可悲，但转而一想，也许是命运对他的一种惩罚吧！"

史丽丹问："近山，听起来你和这个叫小梅的有点关系。"

"不瞒你们说，她是我的初恋。在我几次遇到急难时，她都想办法让我逢凶化吉。"

"现在知道她病得不轻，你会对她伸出援手吗？"

"我会的。"

陈春坐在门槛上喂黄近田的小儿子黄小军吃饭，看到黄近山突然出现在面前，立即站起来，挡住他们，不等黄近山开口，她却先问："箩匣，你身后两位就是你信中所说的人？"

"是，左边的是钟堤教授，右边的是女同学史丽丹。妈妈，其他事情我们回屋去说吧！"

"不，就在这里说。"

钟堤教授感觉有点不对劲，连忙说："丽丹，我们先去看看前面那棵高大的杨桃树。"说完转身就走。

史丽丹跟了上去，说："教授，近山妈妈好像不欢迎我们。早知道是这种情况，我们就不要到这里来。"

"丽丹，既来之则安之。"

几分钟后，黄近山来到杨桃树下，对钟堤教授说："钟教授，对不起，让你们吃了闭门羹！"

"是什么原因，能说吗？"

"我妈误会了，她以为丽丹是我新交的女朋友，心里不高兴，所以把我们拒之门外。现在没事了，我们回屋去吧。"

史丽丹笑着说："近山，如果你没有成家，我还真愿意做你的女朋友。"

钟堤教授说："丽丹，以后你不许再和近山同学说这种话。"

陈春站在大门口把他们迎进大厅，说："钟教授，我刚才失礼了，请你们谅解！"

"误会解除了就好。"

"钟教授，我儿子箩匣说，你是我弟弟陈夏的大学同学。可惜陈夏命短，没能活到现在。"说完陈春眼眶红了。

"陈春大姐，你不要难过，现在陈夏已经得到平反，相信他在九泉之下也可以安息了。"

黄近山说："妈妈，你准备了钟教授他们住的地方吗？"

"你们想住几天？"

"计划住三天。"

"田板，把厨房的事交代你老婆去做，你现在去江下圩买被褥。"

黄近田从厨房出来，说："妈妈，钟教授他们住的问题，莲英姑已帮助我们解决了。如果你同意，午饭后就叫二哥带他们去莲英姑家里休息。"

"这事你为什么不告诉我？"

"我怕你批评。"

钟堤教授说："近山，我们就在你家挤一挤，去别人家不太方便。"

"钟教授，这个莲英姑不是别人，是我干妈，就像我家里人一样。"

陈春说："也好，她那里地方宽敞、干净、安静，还有黑白电视看。"

钟堤教授感激地说："陈春大姐，我们给你们添麻烦了！"

"你们大城市人，肯到山旮旯来，我们只有高兴，一点也不麻烦。我们还嫌对你们招待不周呢！"

钟堤教授挂着一根木棍，站在鹧鸪窝的山坳里，望着不远处十多座旧房子，问："近山同学，这里就是你文章中提到的鹧鸪窝？"

"是，我爸的徒弟刘冲之就住在那座有炊烟飘起的房子里。"

"这山前山后都是光秃秃的黄土地，只有几棵低矮的松树和杉木，怎么会有鹧鸪出没？"

"在五十年代，鹧鸪窝周边都长着参天大树，草木茂盛。这里不但鹧鸪多，而且有不少珍禽异兽。后来，特别是'文化大革命'期间，乱砍滥伐现象非常严重，别说是山上的鹧鸪，就连田地里的蛇和老鼠都快要绝迹了。不少人外出逃荒，还差点发生饿死人的事件。"

"没想到'文化大革命'对农村的影响这么大，可悲呀！好在党中央拨乱反正，带领全国人民进入改革开放快车道，农民的生活水平一天天好起来了！"

"钟教授，我们走吧。"

刘冲之屋里聚集了十多个村民，大家都在听刘冲之讲话。他说："各位兄弟，明天我们就要告别爸爸妈妈、兄弟姐妹、老婆孩子，告别鹧鸪窝，前往陌生的深圳打拼了，你们真正做好了吃苦的准备吗？"

"做好了！"

"那你们回家去，再帮家里做点事情。"

一位年轻人说："我回去只想做一件紧迫的事。"

另一位年轻人问："什么事？"

"和老婆睡觉！"

"我也是！"

刘冲之刚送走村民，便看见黄近山他们朝自己家里走来。他连忙迎上去，高兴地问："箩匣，你什么时候回家的？"

"才回来两天。"

"这两位是谁？"

"钟教授和史丽丹同学。"

"呵，大城市来的，真是稀客，进屋吧。"

走进大门，黄近山看到墙角堆着打包好的被褥和日常用品，好奇地问："冲之叔，你这是不是要出远门？"

"你们坐。"刘冲之拿起茶壶边泡茶边说，"我有一个表哥在深圳，现在深圳不是准备建设特区吗？他说深圳大搞建设，叫我拉起一支工程队伍出去揽活干。十天前，我去了一趟深圳，承包了一项室内装修工程，今天我已把生产队的青壮年组织起来了，明天我们就去深圳大干一场！"

"冲之老弟，你们很有超前意识，真是眼光独到，可喜可贺！"

黄近山说："冲之叔，我们刚刚从能干叔那里来，他们油茶坑群众的生活比你们的还差，但他们就没有你们的胆识和眼光。"

"其实，我从深圳回来的第二天就去找了你能干叔，想邀他也组织一些人去深圳闯一闯。但他不领我的人情，一心想守着老婆孩子，说以后再考虑这事。"

钟堤教授说："现在处于社会变革的时代，百业待兴，人与人的意识千差万别，谁先搭上了改革开放的列车，谁就能率先享受到国家政策带来的好处。"

黄近山称赞道："冲之叔，你们抢占先机了，祝你们旗开得胜！"

在回家的路上，钟堤教授感慨地说："近山同学，通过这三天的调查了解，我深刻地体会到，你们山下村历史悠久，人文底蕴深厚，是一块不可多得的风水宝地。可惜这十多年来损伤了元气，要想改变现状，恢复生态环境，必须依靠国家政策一步一步来，相信山下村将来会建设成美丽的新农村！"

"钟教授，我代表山下村的父老乡亲，收下你的金言玉语！"

史丽丹说："近山，我们明天就要离开山下村了，你好像还有一件事没办。"

"什么事呀？"

"你不是对我们说过要帮助你那位患病的初恋情人吗？"

"呵，原来是这件事，我已办好了。昨天晚上，你们在我干妈那儿看电视时，我向干妈要了一笔钱，交到我们山下村的村支部书记黄英手中，叫他不要告诉李小梅是我给的，以村委的名义送她去县医院治疗。"

钟堤教授表扬道："近山同学，你这种行为令人敬佩！"

"我只能做到这一步了。"

"做到这一步也难能可贵了！"

钟堤教授走到鸡鸣村村口的圆子树下，望着这个绿意盎然的小山村，兴奋地说："山重水复疑无路，柳暗花明又一村。鸡鸣村真是世外桃源啊！"

史丽丹说："近山，这里与你老家相比，就环境而言，真是天壤之别！"

"是啊，这里民风淳朴，在'文化大革命'中没有受到伤害，真是万幸！"

突然，前面石阶上跑来两个小孩，大声喊道："爸爸，爸爸！"

史丽丹疑惑地问："近山，他们是不是叫你？"

"是，两个都是我儿子，大的叫黄小笋，小的叫黄小匣。"

"很特别的名字，有来历吗？"

"我姓黄，老婆姓肖，亲爸姓罗，所以我给大儿子起名叫黄小笋。但这个'笋'有竹字头，起因是我的小名叫笋匣。小儿子出生后，就顺理成章地有了黄小匣这个名字。"

钟堤教授说："据我了解，笋匣是一种竹制品，是以前客家人走亲访友时拿来装礼品的工具，现在已经很少使用了。"

史丽丹睁大着眼睛，好奇地问："近山，你为什么叫笋匣？"

"我是烈士遗孤，出生时被装在笋匣里，被我养母捡回家。为了记住这件事，她就给我起了'笋匣'这个小名。"

"呵，原来你是笋匣装的儿子！"

钟堤教授风趣地说："好货！"

黄近山对两个孩子说："小笋，你牵着钟爷爷。小匣，你牵着史阿姨。不要走太快，免得摔倒了。"

一路经过十多座矮房子，看到每座房子的墙上都写着"中国工农红军万岁""中国共产党万岁"等标语口号，钟堤教授禁不住问："近山同学，以前红军到过这里吗？"

"听我干妈说，以前一支红军到过这里。"

钟堤教授肃然起敬地说："鸡鸣村不仅是世外桃源，还是一块红色土地。这些当年留下的红军足迹，是宝贵的精神财富，能够完整地保存下来，让子孙后代记住这段难忘的历史，鸡鸣村的父老乡亲功不可没呀！"

肖芳和肖桃站在自家大门口，笑迎尊贵的客人。钟堤教授他们刚坐下，肖桃便端出可口的饭菜。

肖芳热情地说："钟教授，你们走了那么远的山路，肚子一定饿了，赶快吃饭。"

史丽丹好奇地问："肖阿姨，你们这么早把饭菜准备好了，是不是知道我们今天要来？"

"我们不知道。"肖芳笑眯眯地说，"今天一早，我这屋后大树上有喜鹊在叫，我就断定干儿子近山要回来了。"

黄小匣说："奶奶，你骗人！"

"小匣，你怎么说奶奶骗人？"

"难道不是吗？明明是爸爸写信回来说今天到家，要妈妈准备好钟爷爷和史阿姨住的房间。妈妈，是不是？"

肖桃摸着小儿子的头，说："小匣，你说的是事实，但你奶奶说得也没错，妈妈也听到那喜鹊叫声了。"

黄小箩说："我也听到了，很清脆。"

黄近山向大儿子使了一个眼色，说："好了，小箩你带弟弟去外面玩，别影响钟爷爷他们吃饭。"

第二天吃过晚饭，大家坐在客厅里聊天。

黄小匣走到史丽丹身边，贴着她的耳朵悄悄地说："史阿姨，我奶奶有很多故事，你想听就叫她讲一个。"

"哪个最好听？"

"她和红军范石的爱情故事。"

肖芳说："小匣，你是不是又在讲奶奶的坏话？"

"我没有。"

史丽丹说："小匣说你有很多故事，最好听的就是你和红军范石的爱情故事。肖阿姨，你讲给我们听听好吗？"

肖芳微笑着说："那都是老掉牙的故事了，讲出来会被你们后生笑话，我不讲。"

钟堤教授说："肖大姐，我是过来人，也想听你的美好故事。"

黄近山说："干妈，你就说嘛。"

肖芳咳了一声，说："这样吧，我的故事以后再说，先给大家讲一个红军首长还蓑衣的故事，好不好？"

"好！"

"有一天下午，红军首长带着警卫员到老乡家里嘘寒问暖，谁知走到村口那棵圆子树下时下起了大雨。他们不得不躲在如伞的圆子树下避雨，想等雨停了再走，但雨就是不停。警卫员想回老乡家里借雨具，但又怕自己一走，只留下首长不安全，因此焦急地捶打圆子树。首长看出了警卫员的心思，风趣地说：'小鬼，你着什么急。我们正好在这里享受雨打树叶的天籁之音，这是多么难得的一堂音乐课呀！'忽然，树上飘下一顶斗笠。警卫员惊喜地捡了起来，连忙戴在首长头上。接着，树上又掉下一件蓑衣。警卫员又捡了起来，想给首长披在身上。谁知首长挡住了警卫员的手，还把斗笠摘下来，说：'这是老乡的东西，我不能用，你把它放下。'警卫员看到首长的衣服淋湿了好多，心疼地说：'首长，你再淋下去会生病的。这树上也没人，我们暂时借用一下，完了我再送回来。何况，你还要赶回司令部参加会议，误了时间我可负不起责任呀！'首长仔细地往树上瞄了一会儿，说：'好吧，我听你的。'当首长回到设在祠堂的司令部时，大雨才停了下来。"

史丽丹说："贵人出门有神助！"

黄小笋问："后来呢？"

"首长看到雨停了，没有叫警卫员马上把斗笠和蓑衣送回去。会议结束后，他又带上警卫员，踏着月色在潮湿的小道上穿梭，寻找雨具的主人。终于，他们在靠近圆子树的地方找到了雨具的主人李嫂。"

史丽丹说："这故事太感人了！"

肖桃问："干妈，你说的李嫂是不是以前分校的代课老师李叔婆？"

"对，就是她。"

黄小笋不解地问："奶奶，那个李叔婆当时是不是在圆子树上藏着？"

"她对我说，当时她在圆子树附近，看到首长躲在树下避雨，便回家取了斗笠和蓑衣，走到圆子树的石坎边，悄悄地丢到首长面前。"

钟堤教授说："鸡鸣村群众支持红军的事迹，还有那些存留下来的红色资源，必将载入史册。将来国家强大了，也会为当地经济发展带来丰厚的回报。"

第二十七章

黄近山虽挎着大学时使用过的蓝色书包，穿着旧衣裳，但看上去还是英姿勃发。他看了看手表，整了整身上的衣服，大踏步地走进设在一楼的市委办公室。

办公室里坐着七八个人，靠里的办公室主任罗明辉来到黄近山面前，问："这位同志，你找谁？"

黄近山从书包取出报到证递过去，说："我是大学毕业生，今天来报到。"

罗明辉看过报到证，热情地说："欢迎你，黄近山同志。"

"领导，我该怎么称呼你？"

"我姓罗，是办公室主任。你先在这坐一下，一会儿我叫刘标副主任给你安排工作。"

黄近山顺手拿起凳子上的一张报纸来看。

刘标走过来，说："黄近山同志，你好。"

黄近山急忙放下报纸，站了起来，问："刘主任，安排我什么工作？"

"你跟我来。"

刘标把黄近山领到大门右侧的一个小房间，说："黄近山同志，从今天开始，你在这里办公，主要负责收发信件报纸，下班时打扫办公室卫生。你看这墙上贴有市委领导和有关部门的有关信息，希望你尽快熟悉业务，不要错送了信件。"

"刘主任，请问原来做这份工作的同志呢？"

"她快要请假生孩子了，现安排在我们办公室。怎么，听你的口气好像不满意这份工作？"

"满意，满意。我只是想请教她几个问题，并没有其他想法。"

"你等着，她叫温兰，我这就叫她出来和你交接。"

温兰蹒跚地走来。她的肚子看上去并不很大，顶多有六个月身孕。她傲气地对黄近山说："刘主任告诉我，你想问我几个问题。问吧，尽量简单一些。"

黄近山本来想向温兰咨询分发信件的注意事项，但看到她不高兴的表情，觉得还是别问了，自己慢慢摸索吧。于是，他说："你回去吧，我不问了。"

"你这人真是，叫我出来又不问。"

黄近山坐在藤椅上，认真地端详墙上贴着的领导和部门的有关信息，然后拿出笔记本抄写了一遍，看到准确无误了，便把笔记本装进书包。

邮局的投递员送信件来了。

黄近山有条不紊地按照楼层把信件和报纸分拣好，将该投入信箱的投入信箱，该送到办公室的送到办公室。

市委徐书记和秘书在办公室说事，看到黄近山进来把报纸放下就走，连忙说："小同志，你稍等。"

黄近山把踏出门的脚收了回来，转过身问："徐书记，你还有什么指示？"

"你是办公室的？我怎么没见过？"

"报告徐书记，我是今天才报到的大学生。"

"如果我没猜错的话，你叫黄近山，中山大学毕业的高才生。"

"对，我就是黄近山。徐书记，我们俩从没见过面，你怎么知道我的情况？"

"小黄，我们俩虽从未谋面，但我读过你写的《关于农村问题的思考》，有质量，有深度。我们客都是山区，非常需要你这样有学问的人才。所以，我向人事局打招呼，把你要来了。"

"徐书记，多谢你对我的厚爱！"

"办公室罗主任安排你什么工作？"

"每天负责收发信件、报纸，打扫办公室卫生。"

徐书记生气地说："这个罗明辉，简直乱弹琴！小黄，你先把今天上午的工作做完，下午去市委调研室上班，找丘星主任。"

"可是徐书记，办公室罗主任那里……"

"你放心，我会跟他说！"

黄近山到了市委调研室上班后，刻苦钻研业务知识，不畏辛劳，一次次圆满完成了市委的重大项目和调研任务，深受徐书记的赏识和认可。仅仅几年时间，他就从一个科员一步步提拔为副处级干部。在一个周末的早晨，黄近山带着两包礼物赶到汽车站，搭上了开往梅北县的第一班车，按照约定时间提前五分钟到达了肖桃的舅舅李远征家中。他说："舅舅，我这次没有食言吧？"

"我们约了好几次，这次总算成功了，还想我表扬你？"

"舅舅，这次差点又要失约了。昨天晚上十一点，我接到我们调研室丘星主任的电话，当时以为又有新任务，心想可能回不了家了。没想到丘星主任不是交代工作，而是转达市委徐书记对我的关心。"

"徐书记关心你什么？"

"徐书记对丘星主任说，这个周末不管有多急的材料要赶，都不能安排我加班了，要让我回家看望老妈和妻儿。"

"徐书记是一位好领导，会体贴下属，跟着这样的领导有前途。"

他们出了门，坐上了长途客车，在梅北县与汇西省交界处下了车，走上了林间小道。

黄近山说："舅舅，我突然有了一个想法，从这里到鸡鸣村约五公里路程，若干年后如果能将这条泥泞小道改为水泥村道，既方便鸡鸣村群众出行，又有利于红色土地开发，那该多好哇！"

"近山，你这个想法很好，相信有朝一日会实现的。如果将来你当了梅北县的父母官，可要想办法玉成这件事情。"

"舅舅，我当不了官，但我会把这件事情记在心上。"

黄近山回到家里，看到鸡鸣村的肖书记在这里候着，禁不住问："肖书记，你什么时候来的？"

"我等你好久了。"

"等我？有什么事吗？"

"镇委陈书记给我来电话，叫我赶来通知你即刻赶回客都。他叫司机在镇上等着，马上送你回去。"

"这么急，说了具体什么事吗？"

"没有。"

肖桃端出一碗鸡蛋煮粉，对黄近山说："老公，你把这个吃了。"

肖芳说："近山，慢慢吃，别烫着。"

黄近山感到一阵心酸，叹息道："干妈，我本来打算回来好好陪陪你们，没想到事与愿违，实在对不起你们！"

"工作重要，干妈不怪你。"

黄近山赶回市委调研室，看到丘星主任和另外一位同事吴科在商讨事情，连忙问："丘主任，这么急叫我回来有什么事？"

"你先坐下来喝杯水。"

丘星主任拿了一份材料给黄近山，说："黄副处长，这是吴科给徐书记准备的在全省农业会议上的发言稿。今天上午徐书记的秘书把它退了回来，要求我们重新修改，徐书记还专门指名叫你负责，明天上午九点前必须交，不要耽误了他去广州的时间。连晚上算上去，前后不到二十个小时了，你有信心完成吗？"

"时间紧了点，但我会争取。"

"不是争取，而是一定！"

"好，一定！"黄近山笑着保证道。他说："吴科，把你手中的其他资料给我看看。"

吴科不好意思地说："黄副处长，因为我的水平有限，影响了你和家人团聚，对不起！"

"同事之间，互相帮助是应该的！"

晚上十二点，黄近山听到有人叩响办公室门，以为是丘星主任送夜宵来了，说："丘主任，我说饿了会吃饼干，你怎么还来给我送饭？"说完打开门，顿时傻眼了。

徐书记站在门外，手里提着一个小塑料袋，袋里装着饭盒和饮料。

黄近山惊讶地说："徐书记，这么晚了你还来关心我，让我心里不安呀！"

"你是我的爱将，关心一下是应该的！"

黄近山接过塑料袋，说："徐书记，你回去休息吧，明天还要跑长途呢！"

"看你吃了我再走。"

黄近山给徐书记倒了一杯开水，然后狼吞虎咽地吃起来。

徐书记说："小黄，我昨天对丘星主任说，这个周末不管有多急的材料要赶，都不能安排你加班了，让你回家看望老妈和妻儿。没想到小吴写的材料重点不突出，难以体现我们市改革开放以来农村的新变化、新气象。我担心再让小吴修改，也达不到比较高的质量，没办法只好又召你回来了。"

"徐书记，我也不一定能达到你的要求，但我会用心去修改，争取提前送到你手中。"

"我相信你！"

第二天早上八点，丘星主任来到调研室，看到黄近山伏在桌上睡着了。他轻手轻脚地拿起黄近山打印好的材料，一口气把它看完，觉得与吴科写的完全不同，不但主题突出、逻辑性强，而且观点鲜明、有理有据，明确地提出了"若要富，先修路""路通财通"的理念，令人耳目一新！他看到黄近山睡得很沉，又悄悄地把门关上，带上材料去五楼找徐书记了。

徐书记连续看了三遍材料，在几个地方增加了一些词句，然后问："丘主任，小黄走了吗？"

"还在办公室等着。"

"这材料写得非常到位，你拿回去修改一下就行了。另外，小黄累了，你叫他赶紧回去休息。"

黄近山向丘星主任请了半天假，叫一位专门做水果生意的朋友赖金平开车送他回山下村。到了江下镇镇政府，他向镇干部借了两辆自行车，和赖金平一人一辆骑着到干妈黄莲英家里。

此时，在黄莲英的房间里，陈春坐在床沿上和躺着的黄莲英说话。看到儿子黄近山突然回来了，她惊喜地问："箩匡，今天又不是星期六，你怎么有时间回家？"

"黄英在电话中告诉我干妈病了，我便请了半天假。"说完，黄近山靠近床沿，问："干妈，感觉怎么样？"

黄莲英睁着失神的眼睛望着黄近山，疲倦地说："好多了，多亏有你妈照顾。"

"干妈，要不我现在送你去县医院看医生？"

"不用了，过几天就会好的。"

黄近山转身对陈春说："妈妈，在这里见到你，我就不回家了。我想去村委会见一下黄英，然后返回客都。"

"好，你去吧。"

黄近山来到村委会，看到黄英在办公室打电话，便在大厅里等待，欣赏墙上挂着的几张奖状。

不一会儿，黄英从办公室出来，说："近山，没想到你这么快就赶回来了，去见你干妈了吗？"

"我刚从她那里过来。"

"来，进办公室喝茶。"

"不，"黄近山摆手说，"我们还是先去见黄海书记，然后再回来喝茶。"

"近山，黄书记叫我打电话给你，也不知道他有什么事想对你说，你要有思想准备，见了面不要随便答应他的要求。"

黄海站在自家大门口，专注地眺望着山下小学的方向。看到这个情景，黄近山好奇地问："黄英，你看黄书记在望什么？"

　　"我想他在等你。"

　　黄海满头白发，目光呆滞，看到黄近山来到跟前，突然跪了下去，叩了一下头，悲哀地说："近山，你总算来了，我还以为你记恨我，不会再来见我了。"

　　"你黄书记叫我，我怎么敢不来。"黄近山平静地说，"黄书记，你赶快起来。"说完扶起了羸弱的黄海。

　　回到屋里，黄近山坐在黄海对面，问："黄书记，你叫我来有什么事？"

　　黄海有气无力地说："近山，过去我做了好多对不起你、对不起山下村的事情，心里好后悔呀！"

　　"黄书记，那些都是过去的事，我们不要再提。但我希望你振作起来，把小宏、小志两个孙子抚养成人！"

　　"我恐怕也活不了多久，无法尽到这个责任了。今天，我想拜托你帮一个忙：请你收养他们。"

　　黄近山连忙摆手，吃惊地说："不行，万万不行，假如你有经济困难，我倒愿意助你一臂之力！"

　　黄海老泪纵横地说："近山，这是一个将死之人最大的心愿，也是你同学小梅的遗愿！"说完他从口袋中取出一张字条，"你看，这是小梅临死时给你留下来的。"

　　黄近山突然感到一阵冷风吹过，手臂上不禁冒起了鸡皮疙瘩。他缓缓地把手伸过去接过字条。看了之后，他心情沉重地说："黄书记，既然你和小梅想法一致，那我愿意收养你两个孙子。"

　　黄英俯在黄近山耳边悄悄地说："近山，你要三思啊！"

　　"我小时候是一个孤儿，是陈春妈妈把我收养。现在小宏、小志成了孤儿，而我有了能力，将心比心，我愿意负起抚养他们俩的责任。"说完，黄近山把李小梅的遗书递给黄英看。

黄英看了李小梅的遗书，欲言又止，只好点了点头。

黄海步履维艰地走进房间，牵着两个穿上新衣服的孙子来到黄近山面前，说："小宏、小志，你们当时答应了妈妈，愿意跟近山叔叔生活，是不是？"

兄弟俩小声回答："是。"

"那好，你们给近山叔叔跪下，高高兴兴地叫一声干爸！"

兄弟俩立即跪了下去，清脆地喊了一声："干爸！"

黄近山心酸地应了一声："哎！"然后，他伸出双手，同时牵起两个干儿子。

回到村委会，黄近山叫赖金平和两个干儿子在门坪等着，然后跟着黄英走进办公室，交代道："黄英，这事你先不要对我妈妈说，等过几天，看到我干妈身体好了，你再告诉她。"

"你带小宏、小志去客都，有地方住吗？"

"去年单位分了一套房，三房两厅。"

"家里一下子多了两个人，你老婆肖桃会不会有意见？"

"她和两个儿子还在梅北县老家。肖桃是个通情达理的人，相信她能接受小宏、小志。只是我每天要上班，可能照顾不了这兄弟俩，所以到时请你帮忙叫我妈妈去客都住一段时间，协助我管管这两个孩子。"

"好。"

徐书记送走了市委组织部部长，马上叫秘书打电话通知黄近山到他办公室来。黄近山来到之后，徐书记吩咐秘书把内门关上，不要让任何人来打扰他们。

黄近山感到心里有点紧张，以为是自己下基层任职的事泡汤了，忐忑地问："徐书记，你找我什么事？"

"没什么大事，我只是想和你拉拉家常。自从你进了市委调研室，我一直都叫你干活，有时累得你喘不过气来，对你关心不够，至今都还不知道你的家庭情况，是我失职了！"

"徐书记，你是父母官，心里装着我们客都几百万人民群众的生产、生活，还有很多大事、小事要办，肩上的担子相当重。我能帮你分担一点点压力，心里也感到很快乐。虽然你不了解我的家庭情况，似乎对我关心不够，但恰恰说明你对待下属就像对待老百姓一样，没有半点偏袒，一心扑在工作上。"

"小黄啊，谢谢你对我的理解和评价。不过，今天我还是要了解一下情况，就算是一次例行公事吧。"

"徐书记，我是共产党员，保证如实回答！"

"听说你家庭关系复杂，是吗？"

"我上有一个亲爸、一个养母、两个干妈，中有一个老婆，下有两个亲儿子、两个干儿子。不幸的是，我亲妈在一九四八年牺牲了，我养父也在我刚上学时从屋顶上摔下来死了。"

"你是烈士遗孤？"

"是的，我们市的张平山副市长十分了解我小时候的事情。我现在使用的派克钢笔，还是他当年送给我的。"

"你和张副市长一直都有联系吗？"

"有，我们就像一家人。"

"这个老张，竟然对我保守秘密！"

"徐书记，你再问吧。"

"你两个干儿子是怎么回事？"

"他们的妈妈是我在客都县高级中学读书时的初恋，后来我们被山下村的黄海书记不择手段拆散了。在我多次碰到危险时，她都挺身而出帮了我。没想到她老公黄利雄和小叔黄利兵先后死了，而她又在半年前因肝癌病逝。在弥留之际，她给我写了一份遗书，请求我收养她的两个儿子。"

"这两个孩子的爷爷，就是那个黄书记，没能力抚养吗？"

"是的，我带走两个孩子还不到一个月，黄书记就病故了。"

"那份遗书还在吗？"

"因为去办理两个干儿子入学的事情，这几天我都带在身上。"黄近山从西装内袋中取出钱包，将折叠好的遗书递给徐书记。

　　"近山，你是一个有担当的男人，曾经带给我多少美好的回忆。老同学，请你接受一个苦命女人的临终嘱托，用心帮助我抚养两个嗷嗷待哺的孩子小宏、小志，我在九泉之下会多谢你的。李小梅泣血绝笔！"

　　徐书记看过李小梅写的遗书，鼻子酸酸地说："小黄，你做得很好！我现在给你交个底，有人告你违反计划生育政策，今天就算澄清了。下个星期，你可以理直气壮地去梅北县任职副书记了。但我要提醒你，作为一个领导干部，你必须对党忠诚、廉洁奉公，要以工作为重，全心全意为人民服务。"

　　"徐书记，请你放心。我，黄近山，是一个共产党员，愿意为党的事业鞠躬尽瘁！"

第二十八章

黄近山的主要工作是负责梅北县境内乡村公路水泥硬底化的规划和建设。一天，在参加全市乡村公路建设会议后，他被乡村公路建设总指挥张平山副市长叫去办公室。

"近山，你在徐书记面前说我什么了？"

黄近山心里一惊，想想自己没有说什么，连忙说："张叔叔，我只向徐书记说明了我们之间的关系，不超过三句话。除了徐书记，我再没有向其他领导提过我们的关系。"

"你这样处理是正确的，但张叔叔主要是想叮嘱你，乡村公路建设工程量大，一定会有人上门拉关系、送红包，目的是想从你手中得到实惠。我希望你无私无畏，不要逾越这根红线。"

"张叔叔，我不会逾越这根红线！"

"近山，你没有基层工作经验，凡事都要三思而后行，不能急于求成。上任后，第一步你打算怎么走？"

"我觉得乡村公路建设不是一句口号，而是一项民生工程，需要制订一个远景规划方案。所以我想在半年之内，踏遍梅北县的每一个角落，绘出一幅精准的农村交通网络图，迎接明年乡村公路建设高潮的到来。"

张平山副市长喜悦地说："近山，你这个思路符合中央和省委的要求，就是要打有准备之仗。但你下乡时要注意安全，不要让领导和亲人们担忧。在工作中如有什么困难，需要我帮忙解决的，你尽管说。"

"张叔叔，我现在就面临一个困难。"

"说。"

"我下乡时间相对比较多，需要一辆专用车，自己当司机。"

"县里不是有小车队吗？"

"没错，但要用车得先挂号，这么多领导都在等着用，我不想自己刚上任就争着要。"

"那你想怎么办？"

"我已相中了一辆能跑山路的皮卡车。"

"要多少钱？"

黄近山微微一笑，说："不花一分钱。"

张平山副市长马上警觉起来，以为黄近山刚走马上任就有人提前行贿了，疑惑地说："天下没有掉馅饼的好事，莫非是哪位老板想收买你？"

"张叔叔，你想到哪里去了。我有一个做生意的朋友，家里有一辆闲置的旧皮卡车，我想花几千元买过来。"

"呵，原来是这么回事。"

"张叔叔，我钱不够，你能不能借我一些？"

"可以。但我要提醒你，在使用过程中产生的一切费用，你要自己承担，不得拿去单位报销。"

"好，我会把下乡补助费用来养车。"

每次下乡，黄近山都不带秘书，穿着普通，在皮卡车后面绑一架自行车。在皮卡车走不了的地方，他便改骑自行车。一天上午，他开车来到一座山脚下，谁知被一条小溪挡住，皮卡车过不去了。

这里原来架了一座简易的木桥，前段时间被一场洪水冲垮了，导致附近几个自然村的群众出入都只能涉过一尺多深的溪水。

黄近山用双脚丈量了小溪的宽度，然后返回车上，将有关数据和地理位置记在笔记本上，并画了一张草图。当他准备从车上卸下自行车时，忽然听到有人喊"救命"，他连忙循声望去，眺见对岸山坡上有人向他招手。黄近山来不及多想，一口气跑到那人身边，只见一个小孩模样的人坐在地上，额头直冒冷汗，双手抟住左脚脚脖子，稚气的脸上现出痛苦的表情。黄近山问："小兄弟，你怎么啦？"

"我叫陈文山，刚才被银环蛇咬伤了左脚，大哥请你救我！"

"小陈，你不要紧张，我这就送你去镇卫生院。"

"大哥，你先把我背到溪边。"

黄近山迅速把陈文山背到溪边。陈文山拔出腰上系着的一把匕首，往左脚上被毒蛇咬伤的部位划了一个十字，然后把左脚伸进水中，让水流冲去伤口的鲜血。做完这一切，陈文山说："大哥，麻烦你给我找一根绳子。"

黄近山立马跑到车上，翻到了一根红色塑料带子，然后回来将带子绑在陈文山的脚脖子上。

"大哥，我们走吧。"

黄近山将陈文山抱到车上，掉转车头，以最快速度开往当地卫生院。这时，陈文山已有点头晕了，左脚也开始肿胀起来了。

医生无奈地对黄近山说："这位老乡，我这里没有抗银环蛇毒血清。"

"县医院有吗？"

"我也不清楚。"

"你赶快帮我联系一下。"

医生立即出去打电话，一会儿回来说："县医院也没有，你只能把病人送往市人民医院了。"

"市人民医院确定有吗？"

"市人民医院是粤东地区医疗设施比较完善的市级医院，相信一定会有。但从这里开车去，少说也要两个小时，恐怕病人还没到医院就已经没救了。"

"医生，根据你的经验，这个小兄弟的生命还能维持多久？"

"最多一个小时。"

黄近山觉得事态紧急，思考了一会儿，说："医生，你先给这个小兄弟处理一下伤口，我去找院长。"

　　院长看到黄近山走进来，连忙问："这位同志，你有事吗？"

　　"你抓紧帮我拨通镇派出所电话，我有事要和所长说。"

　　院长迟疑了一下，问："你想向宋所长反映什么？"

　　"这个你别问，抓紧打。"

　　院长只好拨通了镇派出所电话，说："通了。"

　　黄近山拿过话筒，说："喂，镇派出所吗？我是梅北县县委副书记黄近山，请你们所长听电话。"

　　"我就是，黄书记有什么指示？"

　　"你们镇卫生院有一个被银环蛇咬伤的病人，我们马上要把他送到市人民医院，请你立即把警车开到卫生院！"接着，黄近山又拨通市委徐书记的手机，汇报了这里的紧急情况，然后说："徐书记，这是我下乡碰到的第一个严重问题，请你支持我！"

　　"好，我马上交代市人民医院院长，叫他们派出医生，五分钟内带抗银环蛇毒血清向梅北县出发。"

　　黄近山坐在警车副驾驶位置上，对开车的宋所长说："时间就是生命！你不但要开得快，还要保证行车安全。路上碰到市人民医院的救护车，你立即将车停靠在路边，把病人转移到救护车上去。"

　　"黄书记，我一定完成任务！"

　　黄近山掉转头，说："院长，医生，辛苦你们了！"

　　陈文山已呈半昏迷状态了，被院长和医生夹在中间。院长说："黄书记，这是我们的职责，刚才在办公室……"

　　"那是小事，我不会计较，你小心照顾好病人就行。"

　　"多谢黄书记包涵！"

　　当警车开到梅北县与客都县交界处时，时间已过去了五十分钟，但还没有看见市人民医院救护车的影子。黄近山觉得抢救病人的黄金时间就要过去，陈文山的生命随时都会戛然而止，他感到心急如焚。他回头说："院长，你再探探病人的鼻孔，看还有没有气出？"

"有，我一直在留意。"

突然，在一个下坡转弯处，市人民医院救护车鸣笛呼啸而来。

宋所长立即按了几下喇叭，然后减速靠边停下，与市人民医院救护车接头。大家忙而不乱地把陈文山转移到救护车上。市人民医院随车医生为陈文山检查了一下伤口，再查看病人有点扩散的瞳孔，说："病人还有生命体征，一定能抢救回来！"

他们及时为陈文山注入了抗银环蛇毒血清，几分钟后陈文山的左脚开始消肿了。当到达市人民医院时，陈文山已睁开了眼睛，脸上也有了血色。

黄近山感激地说："院长，你们挽救了一条年轻的生命！那些治疗费用，我会负责支付。"

"钱的事你不用操心，市委徐书记已安排妥当，接下来只需护理好病人。"

"院长，多谢你们。"

黄近山看到陈文山转危为安了，便向护士打了一声招呼，回家去看望老婆孩子。当他带着肖桃为陈文山准备的饭菜返回医院时，却发现陈文山不见了。他连忙找到护士，问："护士同志，那位小兄弟去哪了？"

"不是在病房吗？"

"没有。"

"刚输完液，我叫他好好睡一觉。"

黄近山去厕所看了，没有人。他又跑遍了其他角落，还是不见陈文山的踪影。眼看天要黑了，陈文山会去哪里呢？黄近山那颗刚放下的心，一下子又悬了起来。他担心陈文山走失，急忙到大门口找到保安，问："同志，打扰你一下。"

"你想找哪个科，哪个医生？"

"我不是来看病的，是想找一个十五六岁的病人，他赤着脚，穿白背心，左脚有伤，你有看到这样的人走出大门吗？"

保安挠了一下头，说："好像有这个人，他还问我汽车站在哪里，怎么走，我告诉他了。"

"大约走了多久？"

"差不多有半个小时。"

黄近山心里明白了，陈文山是想偷偷坐车回梅北县去。他连忙叫了一辆出租车，说："师傅，麻烦你载我去汽车站，要快！"

黄近山走进汽车站候车室，只见有十多位旅客在那里坐着，但不见陈文山。他又去到售票窗口，问："同志，请问还有开往梅北县的班车吗？"

"今天没有了，明天早晨有。"

"刚才有没有一个剃平头的小兄弟也来问过这事？"

"有，问完后他就走了。"

黄近山无奈地离开了汽车站，心情沉重地朝市人民医院方向走去。突然，他瞄见陈文山在对面一间小饭店吃饭，心里一阵惊喜，连忙拔腿跑了过去。

陈文山看到救命恩人从天而降，感到不知所措，慢慢地咽下最后一口饭。

黄近山拉过一张凳子坐在陈文山对面，问："小陈，你是要回家吗？"

"是。"

"那你也要等病好了再走。"

"我怕病好了就走不了了。"

"怎么走不了？"

"我身上没有一分钱，付不起医药费。"

"小陈，钱的事你不用担心。你现在吃饭的钱哪来的？"

"我求同房的病友送的。"

"送你多少钱？"

"一张车票钱。"

"那你吃饭花了一点钱，不够坐车了，明天怎么回家？"

"我想好了，吃完饭就走路回家。"

"这么远的路程，你要走到什么时候？你还是跟我回医院，把病治好，到时我会送你回家。"

陈文山用手擦了一下嘴，说："大哥，你是一个好人，救了我这条小命，我永远不会忘记。但我今晚必须回家，爸爸和弟弟还躺在床上，等着我回去给他们做饭哩！"说完，他眼睛红了。

黄近山同情地问："小陈，你爸爸和弟弟怎么啦？"

陈文山流着眼泪说："我爸爸瘫痪几年了，生活不能自理。我弟弟是个瞎子，昨天又摔断了右腿。我本来指望今天抓了蛇卖上几个钱，带弟弟去找跌打医生看看，可蛇没抓到，自己还差点送了命。"

"你家里还有其他人吗？"

"妈妈在我十岁时病死了。"

听到陈文山家中的不幸遭遇，黄近山觉得一颗心好像被人揪了一下，疼痛难忍。他站了起来，说："小陈，你先跟我回医院，看看医生还有什么事叮嘱你。办好出院手续后，我马上送你回家，好不好？"

"好。"

经过邮局门口，黄近山拉着陈文山走进去，说："小陈，你在这里等着，我给朋友打个电话，你别走啊！"

"我不走。"

黄近山拨通了朋友赖金平的电话，说："金平，我是近山，你有时间帮我做件事吗？"

"什么事？"

"你借我三百元，去华侨城福添草药店载上我福添叔，叫他带上接骨用具和草药，到市人民医院大门口等我，现在就去。"

办好出院手续后，黄近山领着陈文山来到大门口，去侧旁小店买了一袋面包。不一会儿，赖金平载着黄福添来了。他们驱车到了被洪水冲垮的木桥旁边，涉水走到对岸，又走了半个多小时才到达陈文山家。

陈文山住在破败的矮屋里，家里一贫如洗，连一件像样的家具都没有。在黄福添为陈文山的弟弟治疗断腿时，黄近山走进另一个房间，看着陈文山喂他父亲吃面包。

陈文山父亲咽下一口面包，努着嘴说："我说同志，你们这么晚了来看我，又给我们送吃的，多谢了！"

"不用谢，这是我们应该做的。"

"你们是什么人？"

赖金平说："大叔，他是你们县的黄副书记。"

"贵人呀！"

黄近山拿出向赖金平借来的三百元，交到陈文山父亲那只还会活动的右手中，说："大叔，这点钱给你们暂时解决一点困难，以后党和政府还会帮助你们的。"

陈文山突然跪下，泪流满面地说："大哥，黄书记，请受小弟一拜！"

黄近山急忙把陈文山拉起，说："小陈，你是家里的主心骨，肩上的担子很重，但你要记住，困难是暂时的，好好照顾爸爸和弟弟，一定要对未来充满信心。在你弟弟的腿好了之后，我会带他去眼科医院检查，希望能把他的眼睛治好。"

陈文山父亲说："多谢党，多谢政府！"

梅北县召开乡村公路建设动员大会。黄近山在大会上说："同志们，乡村公路建设是一项伟大的民生工程，惠及农民，惠及农村，惠及农业。我们全县上下要以饱满的精神状态，积极投入乡村公路建设大会战中去，为子孙后代营造福祉，向党和人民交出一份满意的答卷。"

"路通财通！"

"农民有盼头了！"

"改革开放好啊！"

大会结束后，黄近山又带领有关部门负责人到乡村公路建设现场去检查工作。谁知黄近山坐车离开县委大院不到一公里，就被后面赶来的一辆小车超过去挡住了去路。县委办公室主任从小车上下来，走到黄近山车边说："黄书记，刚才你爱人打电话到办公室，她说你干妈得病了，送进了市人民医院，叫你赶紧回去。"

黄近山犹豫了一下，说："我知道了，多谢你！"

"黄书记，那你下车，我送你回去。"

"我现在不能走。"

"黄书记，我斗胆问你一句，是工作重要还是亲情重要？"

"两个都重要，但有主次之分。你不要浪费我时间了，回去吧。"

坐在后排座位上的公路局局长说："黄书记，要不我代你带队去检查，你跟着主任回去。有什么情况，我明天会向你汇报。"

"你们不要劝了，开车！"

傍晚时分，黄近山才回到肖芳病床边。

肖桃嗔怪道："近山，你怎么这时候才回来？"

"今天工作忙，请你原谅！"

"这是你第三次对我说这句话了，希望不要出现第四次！"

肖芳说："桃妹，你不要埋怨近山，他吃的是公家饭，就要干好公家事。只有先公后私，近山才不会犯错误。"

肖桃不高兴地说："干妈，你每次都为近山撑腰，一次都不支持我。"

"我为他撑腰，是因为他做得对！"

黄近山把肖桃拉到病房外，问："干妈得了什么病？"

"医生说，初步诊断为高血压、高血脂、高血糖。"

"今天下午有人来医院看望干妈吗？"

"市人民医院院长来了，黑蛋哥也来了，他们都给了干妈一个利市。"

"干妈哪天可出院？"

"医生说，至少五天。"

黄近山看到身旁人来人往，又把肖桃拉到楼梯口，说："肖桃，我突然有一个想法。"

"什么想法？"

"我现在负责梅北县乡村公路建设项目，有些老板为了得到部分工程，可能会想办法和我拉关系，给我送大礼。这次干妈得病的事，因为你给县委打电话通知我而传出去了，说者无意，听者有心，不排除有人借机来慰问干妈，给我们送钱，你收还是不收？"

"我当然不收，当场退回去。"

"退不回去怎么办？"

"我也不知道。"

黄近山在楼梯边走了几个来回，说："老婆，我们叫医生帮忙，明天把干妈转移到隔离病区去，这样就可以避免麻烦了，你说好不好？"

"我听你的。"

第二天早饭后，肖桃收拾从家里带来的日用品，黄近山给干妈穿鞋，戴帽子，做出要出院的架势。

一个病友家属问："老妹，你干妈要出院了？"

肖桃平静地说："是，我干妈今天回家。"

医生来了，对黄近山说："老人家回去以后，一定要注意饮食，还要按时给她服药。"

"我们会遵医嘱。"

第二十九章

一天，一位上级领导来指导工作，在张平山副市长陪同下前往梅北县乡村公路建设现场视察。

在座谈会上，上级领导充分肯定了梅北县乡村公路建设取得的成绩，然后对黄近山说："黄书记，你对梅北县未来乡村公路建设还有什么设想和期待？"

"我们梅北县制定了乡村公路建设十年规划，前五年争取每个行政村通上水泥硬底化公路，后五年基本实现自然村通上水泥硬底化公路，让小车直接开进农家大门口，让农民的农副产品卖出去，缩小城乡差距。"

"不错，你们梅北县很有超前意识，完全符合党中央大政方针！"

"我们梅北县是革命老区，百姓们曾对中国的解放事业做出了积极的贡献。特别是红军曾在我们梅北县留下了许多足迹和佳话，是一笔不可多得的宝贵财富，而这笔宝贵财富，恰恰又藏在边远的自然村落中。"

"对，你们梅北县是一块红色土地。你们要把这笔宝贵财富保护好，合理利用，带动农村的经济发展，造福当地老百姓。"

"可是，老百姓目前的生活水平还很低，主要制约因素是交通闭塞，出入不便利。但这些都是暂时的，只要我们把公路修到老百姓家门口，让他们借助红色资源优势，大力发展乡村红色旅游和特色产业，很快就能使老百姓脱贫致富！"

上级领导满意地说："黄书记，你说得非常到位，振奋人心。我们完全相信，随着改革开放不断深入，农村面貌将会焕然一新！"

座谈会结束后，上级领导来到鸡鸣村，在圆子树下听了黄近山讲述红军首长还蓑衣的故事，肃然起敬地说："这个故事体现了军民鱼水情深，我们要传承这种精神，把它发扬光大！"

上级领导来到当年红军首长临时办公的宗祠，看到墙壁上写着那么多革命口号，不无感慨地说："黄书记，你们梅北县有不少红军旧址，是中国革命历史的见证。你们当地政府要努力把它修缮好，保护好，将来作为传承革命精神的红色教育基地。"

"我们县已出台了红色革命遗址的保护方案，有关部门也正在努力组织实施。"

上级领导又不顾疲劳爬上鸡鸣山，来到红军树前，听了黄近山讲述这棵红军树的故事，感动地说："这个爱情故事很感人，体现了战争年代当地老百姓对红军的热爱和无私奉献的精神。黄书记，这个故事的主人公目前还健在吗？"

"还健在，今年七十多岁了。她就是我的干妈肖芳。"

"那我们现在一同去见见这位可敬的老人。"

"她现在不在村里，和我全家一起住在客都。"

上级领导嘱咐道："黄书记，你干妈为中国革命做出了贡献，你要好好照顾她老人家，让她安享晚年。"

"我一定会的。"

一天，黄莲英匆匆忙忙去到山下村村委会，等了一会儿才看见黄英骑着自行车来了。她迎上去说："黄书记，我遇到一件急事。"

黄英放好自行车，说："莲英姑，进我办公室去说吧。"

黄莲英走进黄英的办公室，找靠墙的凳子坐下，说："黄书记，我昨天收到堂哥从马来西亚寄来的一封信，里面夹了一份律师函。堂哥叫我接信后，马上出发去马来西亚继承爷爷留下的部分遗产。"

黄英惊愕了一下，连忙把房门关上，问："莲英姑，你跟其他人说了吗？"

"没有，你是第一个知道的。近山说过，你是他信得过的兄弟，遇到什么事可以先和你商量，所以我就找你来了。"

"这事非同小可，我们还不能外传，免得节外生枝。你要我干什么？"

"你替我给近山打个电话，告诉他我要马上见到他。"

"好，我这就打电话给近山。"

这时，黄近山刚好请了假，带陈文山的弟弟陈文石去做了眼科手术。一回到家，他就接到了黄英的电话。

黄近山叫朋友赖金平开车载自己回到山下村，看了那份用英文写的律师函，禁不住问："干妈，你爷爷有多少子孙？"

"具体我也不清楚。"

"从律师函中可以看到，按照你爷爷的遗嘱，在他小老婆死后二十年，拍卖一座橡胶山，将拍卖所得分给所有子孙。看得出你爷爷在世时，生意一定做得风生水起。"

"我小时候听爸爸说，爷爷当年是马来西亚侨领，拥有几条街道的商铺，不但支持孙中山推翻清朝政府的统治，而且带头捐款买飞机打击日本侵略者，还出资修建客都桥。"

"干妈，你爷爷是一位了不起的客家人！"

"近山，你能陪干妈去马来西亚吗？"

"我是国家干部，身不由己，现在还无法答应你，要向组织请示一下再定。"

"干妈能够理解。"

"这事非同小可，在你去马来西亚之前，一定要做好充分的准备工作。"

"准备什么？"

"你要聘请一位知名律师，由他帮忙把能证明你和你爷爷血缘关系的有关资料准备齐全，包括协助你办理出国护照之类的一切手续。"

黄莲英有点担心地说："近山，干妈年纪大了，虽然身体没有什么大碍，但是要漂洋过海，心里还是非常害怕。如果你不陪同，干妈没有胆子出去！"

"干妈，我争取陪你去。"

黄莲英高兴地说："这才是我干儿子！"

"干妈，我觉得到了马来西亚人生地不熟，除了你、我和律师同行外，我还想请黄英跟我们一起去，多一个人商量，事情就多一分把握。"

"近山，还是你考虑周全。"

市委机关报公示：黄近山拟任梅北县人民政府县长。不少同学、朋友纷纷给黄近山打电话，表示衷心的祝贺，甚至有人见到黄近山，当面就喊"黄县长"。

已离休的张平山也把黄近山叫到家里，问："近山，你做好当县长的思想准备了吗？"

"张叔叔，说实话我心里还没底，还要请你多多指导。"

"近山，你是中大高才生，智商比我高，不用我教。这些年来，你做出了不小的成绩，有口皆碑。我想，你当上县长之后，还是按照原来的工作思路，保持党的优良作风，全心全意为人民服务！"

"张叔叔，我一定以共产党员的标准严格要求自己。"

没想到，公示时间过去了，黄近山并没有走马上任，而是被国安部门带走了。事情源于一封实名举报信：黄近山利用出国机会，向间谍组织泄漏国家机密。

"黄近山与间谍勾结，被公安机关抓起来了！"

"一颗冉冉升起的新星，竟然坠落在间谍组织的阴沟里！"

"黄近山罪不可赦！"

转眼间，黄近山被免去了梅北县县委副书记职务。

肖桃不相信黄近山会干出有辱祖宗的缺德事，强忍着泪水找到张平山，难过地说："张叔叔，我老公近山不是这样的人，一定是被冤枉的，请你帮帮近山洗脱这个罪名。"

"桃妹，近山犯的不是一般的经济案件，这个忙我实在帮不了，请你原谅张叔叔。"

肖桃又陪着婆婆陈春坐火车去到北京黄晖老师家里，在黄晖老师的引荐下，陈春见到了姑姑刘丽英，向她说明了此行的目的。

"陈春侄女，姑姑我已离休十多年了，加上身体又不好，可以说很少关心时事了。至于你儿子近山这件事，我老人家不方便过问，但你要相信国安部门，他们会实事求是调查清楚，不会去冤枉好人的。"

在国安部门的审讯室里，办案人员问："黄近山，你认不认识一个叫黄双飞的人？"

"是不是我们山下村的黄双飞？"

"对，就是这个人。"

"我和他从小一起长大，他小学没毕业就在家务农了，'文化大革命'开始时，我带他去北京'串联'，谁知他一路晕车到了广州。他走丢后就被人带到了香港，又去了台湾高雄，住在他叔公家里，这是后来才知道的。没想到二十多年后，我陪同干妈黄莲英去马来西亚继承她爷爷留下的遗产，竟然又和黄双飞见面了。一打听才知道，他是我干妈堂哥的孙婿，在马来西亚做水果生意多年。"

"你们见了几次面？"

"三次，第一次是我们第一天到马来西亚的晚上吃饭时，第二次是他带我们去他的水果批发市场参观，第三次是我们回家的前一天晚上。"

"你和他讲了什么？"

"都是拉家常。"

"还说了什么？"

"我简单地介绍了国内改革开放的大好形势，希望他回家乡投资。他说他也有这个打算，准备过一段时间就会带着老婆孩子回家乡考察。当时我们座谈时，一起去马来西亚的蔡律师和山下村的黄英书记也在现场。"

"再没有说其他事吗？"

"没有。"

"黄近山，你和蔡律师以前认识吗？"

"我们以前不认识。"

"那你们怎么会请他做律师？"

"我原来在市委调研室工作，后来我去梅北县当县委副书记，和调研室丘星主任一直保持联系。当他听到我说要请律师时，他便向我推荐了这个蔡律师。不瞒你们说，在上个月我干妈领到遗产后，慷慨地给了蔡律师一笔丰厚的报酬，谁知他并不满足，打电话把我骂了一通，还说要告我！"

"黄近山，你要对你说的话负责。"

"我用党性保证，我所说的全是实话。"

国安部门经过三个月的调查取证后，最终认定那封实名举报信内容失实，属于诬告。国安部门将调查结果通报给市委，建议市委领导妥善安排好黄近山。

这一天，市委调研室丘星主任坐上了梅北县人民政府县长的位置，喝上了甘醇的梅北绿茶。

也是在这一天，黄近山疲惫地回到家中，迎接他的却是一个噩耗！他跪在干妈肖芳的遗像前，泣不成声。

肖桃把黄近山扶起来，说："老公，干妈在咽气之前给你留下一句话：把她的骨灰埋在鸡鸣山上的红军树旁边，让她天天守着红军树！"

"干妈是怎么死的？"

"十天前，干妈叫我陪她去东教场社官庙烧香，祈求神明保佑你平安回来。谁知在回来的路上，被一辆无牌无证的货车撞了，送去市人民医院急救了两个多小时，但由于流血过多没有抢救回来。"

"谁帮你处理干妈的后事？"

"陈春妈妈、黄英、赖金平和福添叔，还有我哥、黑蛋哥和鸡鸣村的几个乡亲。"

"莲英干妈呢？"

"她因为思念你，到现在还病倒在床上。不过，她托陈春妈妈送来了两万元。前天，肖芳干妈的事情处理完后，陈春妈妈跟着黄英回去了，她说她心里担心着莲英干妈。"

黄近山把肖桃抱在怀里，感激地说："老婆，这三个月来辛苦你了！"

肖桃把头埋在黄近山胸口，问："老公，你现在没事了吗？"

"没事了，是小人诬告我。"

"可恶的小人，一定会遭到报应的！"

第二天早饭后，黄近山坐上赖金平的小车回山下村，看见母亲陈春便把她抱住，哽咽着说："妈妈，儿子让你担惊受怕了！"

陈春噙着泪水说："箩匣，你确实让妈吃不下饭睡不着觉，事情过去了吗？"

"过去了，我干妈现在怎么样了？"

"精神不好，昨天还躺在床上。我跟黄英商量，决定今天将她送去市人民医院检查一下。"

"妈妈，我们去见干妈吧。"

"好。"

黄近山推开黄莲英的房门，走到床边，看到她闭着眼睛，连忙喊道："干妈，我是近山，你醒醒。"

黄莲英睁开眼睛，看到日夜思念的干儿子，有气无力地问："你没事了？"

"我没事了。听肖桃说，你生病十多天了，我今天来载你去医院，抓紧把你的病治好。"

黄莲英在市人民医院治疗了九天，基本恢复了元气，黄近山把她带回家里调理。当他安顿好干妈后，手机响了，他连忙接听。讲完电话，他对肖桃说："老婆，我出去一下，你给干妈弄点吃的。"

"什么事这么急？"

"回来再告诉你。"

黄近山骑上自行车来到市委大院，走进市委书记办公室，看到市委组织部部长也在场，有点胆怯地喊道："书记，部长。"

市委书记说："黄近山同志，请坐。"

黄近山站着不动，说："书记，我站着就好。"

"今天上午，我们召开了市委常委会，一致通过恢复你梅北县县委副书记职务的决定，并且免去丘星梅北县人民政府县长职务，将他降级调任。"

黄近山没有感到高兴，反而冷淡地问："那以后呢？"

"以后，我们还会考虑你提拔的问题。明天，组织部部长会带你回梅北县，在全县科级以上干部会议上宣布市委的决定。"

"多谢书记！多谢部长！"

"近山同志，过去的事就让它过去，不要背着包袱工作。组织信任你，也支持你！"

黄近山刚回到小区门口，看见一辆崭新的奥迪车向自己驶来。他准备躲闪时，奥迪车却在他面前"嘎"的一声停下。刘冲之从车窗里探出头来，笑着对惊魂甫定的黄近山说："老侄，吓着啦？"

"冲之叔，你真的吓着我了。"

肖桃看见黄近山这么久才回来，急不可耐地问："老公，你出去干什么？赶快告诉我。"

"我恢复职务了！"

"那诬告你的人呢？"

"已经降级调任。"

黄莲英高兴地说："我就说嘛，我儿近山是真金不怕火炼的，这不又站起来了！"

刘冲之说："大难不死，必有后福！"

黄近山边泡茶边问："冲之叔，最近顺利吗？"

"顺利。"刘冲之边抽烟边说，"现在的深圳，到处都在建设高楼大厦，可以说遍地都是人民币，但凡有点能力和经验的人，在深圳都能找到用武之地。所以我想注册成立一家建筑装修公司，不但承接装修业务，还经营建筑项目。今天从深圳回来，就是想筹集一笔资金，把生意做大做强！"

"冲之叔，你这个思路是对的，你想去银行贷款还是向民间借款？"

"我没有财产抵押，不可能去银行贷，准备向民间借，但又担心不会有人相信我，支持我。"

"你想借多少？"

"俗话说，船大好冲浪，我现在已经锁定一个上千万的建筑项目，没有一千万资金根本不敢去参与竞标。"

"这么说，你有了这笔钱就有希望拿到这个项目？"

"八九不离十。"

黄近山思考了一下说："这么多年，你除了承包装修工程，还承包过建筑业务吗？"

"我承建过三个两三百万的建筑工程，都达到了优良标准，这里面有近田、近石、近草三兄弟的功劳，他们都能独当一面了！"

肖桃问："冲之叔，装修利润大还是建筑效益高？"

"当然是建筑效益高，但建筑垫资较多，没有足够的周转资金可不行。"

黄近山问："冲之叔，你带回那个千万建筑项目的有关资料了吗？"

"我带回来了。"刘冲之从皮包里拿出一个公文袋，递给了黄近山。

黄近山看了资料，说："冲之叔，下午我给你引荐市建筑设计院的高级工程师李叔，让他帮你审核一下这个项目。如果他认为操作性强，那我们再谈筹资的事。"

"老侄，还是你想得周到。"刘冲之心情愉悦地说，"本来，我这次回来还有一个目的，想邀请你跟我一块干。你有知识，又有头脑，当建筑公司的法定代表人兼董事长。我做总经理，在你的领导下闯出一番新天地。可是没想到，你又恢复了职务，还捧公家的铁饭碗。"

黄近山苦笑道："冲之叔，我在里面待了三个月，还真想过去深圳投奔你，向你讨一碗饭吃。"

"是吗？"

"我不骗你！"

"那你辞职算了。"

市建筑设计院的李叔仔细研读了刘冲之提供的有关资料，悄悄地对黄近山说："这个项目有操作性，也有挑战性，可以去争取一下。"

"假如这个项目拿到手了，你能去帮我冲之叔吗？"

"如果有必要，我会辞职下海！"

第三十章

　　黄近山回到单位后，依旧能感受到干部群众对自己的支持和信任，这使他心里感到舒畅。他很快调整好心态，全力以赴投入到工作中去。然而，就在市委重新确定他为梅北县人民政府县长人选时，又一封匿名告状信到了市纪委书记手中。告状信中提到黄近山在主管乡村公路建设项目过程中，利用职务之便，受贿一千多万元人民币。只要领导将黄近山和几个承包工程的老板叫来一问，事情就会水落石出。

　　市纪委书记看到这封告状信，感到问题相当严重，马上在告状信上批示：这是一件严重的经济案件，一定要彻查到底！

　　这天，黄近山下乡检查工作，在半道上被市纪委工作人员截住，带到了一个隐蔽的地点。工作人员说："黄书记，今天纪委突然把你带走，是想向你了解一些事情，希望你能配合我们的工作。"

　　"你们想了解什么？尽管问。"

　　"梅北县乡村公路建设如火如荼，你黄书记费了不少心血，功不可没。"

　　"你们过奖了，我只是……"

　　"黄书记，你不要插话，等到要你回答时你再开口。"

　　"好。"

　　"你们在搞乡村公路建设项目时，是如何操作的？"

　　"我们依据国家乡村公路建设发包办法，对每一项大小建设项目进行招标，做到公平、公正、公开。在招标过程中，均有公证员全程监督，现场开票宣布结果。"

"你会不会先向中标者透露标底？"

"我没有这样做，也不可能这样做！"

"有没有老板请你吃饭，给你'大团结'？"

"什么是'大团结'？"

"你不知道？"

"我不知道，请你告诉我是什么。"

"'大团结'就是人民币。你说，老板送你钱了吗？"

"没有，他们不会给我送一分钱，就是请吃饭我都没有参加过一次。你们如果不相信，可以向所有承包工程的老板问一遍。"

"黄书记，你不要把话说死，我们会调查的。如果你能主动把受贿的事说出来，组织上会酌情减轻你的罪行，否则，你将后悔莫及，遗憾终生！"

"你们去调查吧，我认命了！"

午饭后，工作人员又问："黄书记，听说你投资一千多万元，在深圳开了一家山桃房地产建筑装修公司，是不是？"

"投资一千万元是真的，但公司不是我开的。"

"可是他们说，你是公司的法定代表人兼董事长。"

"你们道听途说！公司是我爸爸的徒弟刘冲之开的，一千万元是我借给他的，怎么可能是我当法定代表人兼董事长？"

工作人员拿出一张照片递给黄近山，说："黄书记，你看看。"

黄近山看了照片上清晰的"深圳市山桃房地产建筑装修有限公司"营业执照复印件，发现注册资金是一千万元，法定代表人是黄近山。他无比震惊地说："真是一件怪事，怎么会出现这种情况？"

工作人员收回照片，说："黄书记，事实摆在面前，你不要否认了。"

"这个冲之叔，竟然不告诉我。"

"黄书记，你是一位国家工作人员，哪来这么多钱？"

黄近山感到心里像灌了铅似的，无比沉重，一时间陷入了痛苦之中。

"说吧，这些钱是不是老板向你行贿的？"

"我上午已经说了，老板不会给我送一分钱。至于这一千万元的来历，我可以明确告诉你们，是我干妈继承她爷爷留下的遗产。她爷爷原来是马来西亚成功的客商，半年前我陪她去马来西亚把钱领了回来。"

"真有这事？"

"千真万确！"

"你干妈在哪里？"

"在我家，你们可以去问她，也可以通过有关部门向律师事务所了解。但我想提醒你们，我干妈身体不好，建议你们和她交谈时，尽量不要采用刺激的语言，也不要暴露我现在的状况。"

"黄书记，这事不用你提醒，你还是考虑自己的问题吧。"

肖桃站在一座山坡上，看见黄近山被一条吐着信子的大蟒蛇追赶，眼看就要追上了。

黄近山惊恐地喊："老婆，快救我！"

肖桃倏地操起一根木棒，纵身一跳，不偏不倚落在大蟒蛇面前，双手握着木棒，呵斥道："你这条蛇精，我老公是善良的人，你不能对他下毒手！"

大蟒蛇以为是南海观音菩萨突然驾到，立即消失在高山密林之中。

黄近山惊魂未定地说："多谢老婆！"

这是肖桃晚上睡觉时做的梦。醒来之后，她心有余悸地对黄莲英说："干妈，我刚才做了一个噩梦，有一条大蟒蛇在深山里追赶近山，但被我救下来了。"

黄莲英笑着说："桃妹，你是日有所思，夜有所梦。近山一个多星期没回家了，你是想他了吧？"

"干妈，我不是想他，而是担心他又会出什么事情。"

"那你打电话给他，问一问。"

"我不敢打，他曾经对我说过，没事不能给他乱打电话，别影响他工作。"

"我来打，你把近山的手机号码告诉我。"

"我打通后给你讲。"

"打吧。"

谁知黄近山的手机关机了。肖桃连续拨了几次，黄近山的手机都是处于关机状态。肖桃惊慌地说："现在是上班时间，近山不可能关机，难道是又出现意外了？"

"桃妹，你怎么尽往坏处去想。你要是担忧，那你就打电话给张叔叔，叫他去了解一下。"

"张叔叔在医院住院，我不敢劳烦他。明天是星期天，也许近山今天晚上会回家。"

"桃妹，那你中午下班回来时买点饺子皮和猪肉，我们下午包饺子等近山和孩子们回来吃。"

突然，有人摁响门铃。

黄莲英说："会不会是近山回来了？"

肖桃边开内门边说："有这个可能，以前多次出现这种情况。"

外门站着两个陌生人，其中一个胖子说："大姐，你好，你是黄近山书记的爱人吗？"

"是，你们有什么事？"

"我们是市纪委的，想找你了解一点事。"

肖桃打开内门，把他们引到客厅，问："同志，你们有工作证吗？"

胖子连忙把工作证拿出来，伸到肖桃面前。

肖桃确认了他们的身份，心里便不安起来，忧虑地问："同志，是不是我老公出事了？"

"我们把他请到市纪委了，正在调查中。"

肖桃紧张地问："他有什么问题？"

"我们无法奉告，请大姐原谅。今天，我们主要是来调查一件事情，请你配合一下。"

"什么事？"

"你老公投资一千万元，在深圳成立了一家山桃房地产建筑装修有限公司，任法定代表人兼董事长。大姐，请你实事求是地说清楚这家公司的来龙去脉。"

"筹办过程有点啰唆，我就不详细说了。至于我老公担任法定代表人一事，他并不知情，是他爸爸的徒弟刘冲之临时从我手里借去了他的身份证，做好了公司营业执照才告诉我的。我问冲之叔为什么先斩后奏，让近山知道了多尴尬呀！冲之叔说近山投资了一千万元，他不做法定代表人说不过去，叫我不要对外张扬。我一想事已至此，也就默认了。"

"你老公真的不知情吗？"

"是的，他还一直被蒙在鼓里。"

"大姐，你说一说这一千万元是怎么来的？"

"你们是不是怀疑这钱来路不明？"

"我们想了解清楚。"

"这事我来说。"黄莲英一直默默地坐在沙发二，一言不发。

胖子把目光转向黄莲英，问："阿婆，你是黄书记什么人？"

"我是他干妈。"

"好，阿婆你说。"

"我爷爷是马来西亚著名侨领，半年前我带着干儿子近山去马来西亚，继承了我爷爷的一笔遗产。我终身未嫁，膝下没有一个亲生子女，视近山为己出，近山也把我当亲妈看待，对我无微不至地照顾。我考虑到自己年岁大了，用不了这笔钱，从马来西亚回来后，我便把这笔钱转到近山名下。你们可以去银行查一下，马上就会知道答案。"

肖桃问："同志，除了这些，你们还有什么要问的吗？"

胖子说："我们暂时先了解这些。"

"我老公什么时候能回家？"

"我们也不知道，要看调查结果。"

胖子他们走后，肖桃担心老公的安危，流下了悲哀的泪水，痛苦地喊："天哪，这事怎么办？"

　　黄莲英本来身体还没恢复好，现在又听到这件焦心的事，突然感到胸口隐隐作痛，连忙站起来，精神恍惚地走进自己的卧室，慢慢地躺下去，右手捂住了胸口。

　　肖桃从泪眼中瞄见黄莲英的神态，觉得有点不对劲，急忙擦去眼泪跟进去，找出救心丸给她服了一粒，说："干妈，我送你去医院。"

　　"我没事，让我静一下。"

　　肖桃回到客厅，想了一下，拿起电话给刘冲之打了一个电话。

　　短短几天，流言蜚语像平地刮起一阵狂风，不断地在社会上扩散。

　　"黄近山胆大妄为，受贿千万元，不枪毙不足以平民愤！"

　　"黄近山是官场上的明日之星，想不到转眼间就陨落了，活该！"

　　"黄近山这个腐败分子，就像一颗长在人身上的毒瘤，应该使用锋利的手术刀将他彻底根除！"

　　然而，事情出现了戏剧性变化。两个月之后，黄近山竟然安然无恙地回到肖桃身边。当肖桃打开房门让黄近山进来时，她不顾黄莲英、刘冲之和辞职下海的李叔在场，一下子扑进黄近山的怀抱，泪水像决堤的洪水哗啦啦地流淌。

　　黄近山镇静地说："老婆，有客人在家，你不要这样。"

　　肖桃连忙放开黄近山，破涕为笑地说："我太激动了！"

　　黄近山坐下后，问："冲之叔，你们什么时候回来的？"

　　"昨天晚上。"

　　"冲之叔，你向肖桃借去我的身份证，擅自作主叫我当公司的法定代表人、董事长，害我呀！"

　　"老侄，对不起！"

　　"但我现在不会责怪你，反而要多谢你！"

　　刘冲之本来做好了挨骂的准备，没想到黄近山却毫无责怪他的意思，他无法理解，说："近山，你这是反话吗？"

"冲之叔，我这是心里话。如今我受贿的问题澄清了，又是像上次一样遭到小人诬告。刚才，我向市委提交了辞职申请，决定紧跟形势下海经商，跟着你冲之叔干！"

刘冲之做梦也没想到，自己走的一步臭棋竟然变成了一步好棋，惊喜地说："太好了，我们叔侄并肩战斗！"

肖桃生气地说："老公，这是一件天大的事情，你应该深思熟虑，回来和家人商量一下。可没想到你草率行事，办了件傻事。"

"老婆，这事别人不理解我，难道你也不理解我吗？"

李叔问："黄书记，领导批准你辞职吗？"

"市委书记叫我回家休息一段时间，尽快调整好心态，然后回到工作岗位上去。"

"那你还是回到工作岗位上去。"

"开弓没有回头箭，我豁出去了！"黄近山毫不动摇地说，"老婆，你去准备饭菜，我要和冲之叔、李叔喝三杯合作酒！"

黄近山背起干妈肖芳的骨灰盒，在肖桃和刘冲之的随同下回鸡鸣村。当刘冲之把车开到梅北县和江西省交界处时，黄近山看到鸡鸣村肖书记和几位村干部等候在那里。稍微寒暄之后，大家踏上林间小道，一个多小时后才走到鸡鸣村村口，只见圆子树下站着十多位敲锣打鼓的鸡鸣村群众，其中两个年轻人擎着一条红布横幅，上面写着："欢迎肖芳姑婆魂归故里"。然后，在大家的陪伴下，黄近山捧着骨灰盒上了鸡鸣山。

黄近山手执一炷香，向安放了干妈骨灰盒的纪念亭拜了三拜，说："干妈，你今天回家了，每天可以看着对面的红军树，等待你那位红军哥哥范石回来团聚。"

在当地政府的重视下，鸡鸣村祠堂已修葺一新，把红军标语和红军使用过的东西保存了下来。黄近山在祠堂门前办了几桌酒席，答谢鸡鸣村的父老乡亲。在开席前，肖书记说："我们尊敬的肖芳姑婆，一生行善积德，热爱家乡，为革命做出了贡献，堪称我们学习的楷模。她的优秀品质、高尚的精神，永远激励着我们奋发前行！现在，有请肖芳姑婆的干儿子，也就是即将担任我们梅北县县长的黄近山讲话，大家欢迎！"

黄近山向大家招了一下手，说："鸡鸣村的各位父老乡亲，我首先声明一下，就在昨天上午，我向市委递交了辞职申请，从今天起我和大家一样，是一位普通老百姓了。"

村民们脸上都露出了惊诧的表情。

肖桃的哥哥不解地说："妹夫，你原来对我说，要支持鸡鸣村修建水泥村道，帮助村民脱贫致富，现在看来，不就成为一句空话了吗？"

"哥，这件事我一直记在心里。村里有两条村道，一条是主道，已纳入政府财政预算中，估计明年可以铺设水泥路面。而另一条是附道，就是你们平日去坐车的林间小道，当时没有把它列入乡村公路建设规划中，但我可以明确地告诉你们，今年这条林间小道就可以改造成四米宽的水泥路。"

底下的村民问："要好几十万元呢，是不是也是政府埋单？"

"我干妈在世时，多次叫我有机会、有条件时要为鸡鸣村做点实事。为了实现她老人家的心愿，我和肖桃商量决定，全额出资建设这条路，路名叫'肖芳大道'。到了年底，汽车就可以开到你们家门口了。"

一位后生问："你不是在骗我们吧？"

黄近山把脸转向肖桃，说："老婆，把钱拿出来。"

肖桃从包里取出二十捆崭新的百元面额人民币，放在桌面上。

"哇！"村民们一个个都瞪大了眼睛。

黄近山说："这二十万元，作为建设肖芳大道的预付款。肖书记，这事拜托你牵头，成立鸡鸣村村道建设筹委会。在建设过程中，你们遇到什么问题，可以直接和我老婆肖桃联系，她会协助你们解决。"

"我们一定把这事办好！"

第三十一章

　　参加完公司中层以上的干部会议，黄近田、黄近石和黄近草又一齐来到董事长办公室，与兄弟黄近山见面。他们仨都是公司总经理刘冲之当初带来深圳的，对建筑装修业务样样精通，可以说是精英级人物了。

　　黄近山问："今天你们又想打什么小报告？"

　　黄近石说："我没有。"

　　黄近草说："我也没有。"

　　黄近田说："我有。"

　　黄近山拿起钢笔，问："与业务有关吗？"

　　"看上去没有，但实际上有。"

　　"说吧。"

　　"我们建筑队一线工人有几十个，到了月底发工资时，只有七成的人才能领到全额工资，在剩下的三成人当中，有三分之一的人不但领不到一分钱，甚至还欠公司的钱。"

　　"出现这种现象，是从什么时候开始的？"

　　"自从公司成立之后，确切地说，就是二哥你坐镇公司五年来，因业务发展，一下子招进了不少洗脚上田的农民工。他们当中有一部分人，每月到了中旬都向公司预支工资，我又不好制止，为了工作只好满足了他们的要求。"

　　"石哥，草弟，你们装修队有这样的事吗？"

黄近石说："我们队有一些。"

黄近草说："我们队和田哥那里的差不多。"

黄近山生气地说："你们还是我的好兄弟吗？这么严峻的问题早就要向我反映了！"

黄近田说："二哥，我们三兄弟曾经也讨论过这个问题，但觉得这是一件小事，只要他们不影响工作就算了。今天我能够说出来，还是公司财务总监建议我向你汇报的。"

"那些工人拿到预支款，是用来赌博还是去花天酒地？"

"我问过一个作业班长，他说他上有生病的爸妈，下有残疾的孩子，每月的工资都塞进这个无底洞去了。"

黄近山听了，感到心里不是滋味，问："草弟，那个梅北县的陈文山在你队，他预支过工资吗？"

"他预支过几次，上个月又向我借钱时，我向他打探了家里的情况。他说爸爸生活不能自理，全靠视力低下的弟弟照顾。他还说多亏山哥你的帮助，才使他弟弟见到了光明。"

黄近石说："山弟，我觉得这些借钱的农民工，绝大部分都是因为家里贫穷，才会前月扯过后月粮。"

三个兄弟离开后，黄近山靠在大班椅上闭上眼睛，心里翻江倒海，想起了自己的身世，想起了李小梅留下的两个儿子，想起了陈文山爸爸那个无助的眼神。

笃，笃，笃。

黄近山连忙收回思绪，坐好，说："进来。"

刘冲之握着手机走进来。

"冲之叔，你坐。"

刘冲之坐下，问："近山，今天近田他们打的什么小报告？"

"他们反映了一个关乎军心稳定的大问题。"黄近山说。然后，他说出了问题的具体内容。

322

"这事我也听说过，你怎么把它和军心稳定连在一起？"

"冲之叔，我提一个简单的问题，你说熟练工好还是临时工好？"

"这个还用说吗？肯定是熟练工好。"

"他们背着思想包袱做事，会不会影响工程质量和出现安全隐患？"

"我没往深层去想过这个问题，不过你现在一提，我还真觉得时间久了，难免会出现乱子。"

"防患于未然。"黄近山认真地说，"冲之叔，这事我们必须重视起来，要把它当作一件大事来对待，抓实、抓好。"

"你想怎么做？"

"具体怎么做我还没有考虑好，但目前要着手的，就是对公司所有员工进行摸底，掌握他们的家庭状况。"

看完了两百多份家庭情况调查表，黄近山感到心情异常沉重。他万万没有想到，五十多个一线员工的家庭，不是有这个困难就是有那个问题，一直生活在贫困之中。其中山下村占了六个，他们家里都有老弱病残！

刘冲之看到这组统计数据，禁不住问："近山，你说这些农民工会不会故意虚报？"

"人带面目树带皮，谁愿意往自己脸上抹黑，让人家瞧不起。"

"也是，那你接下来打算怎么办？"

"你先看这个方案。"

刘冲之虽然小学没毕业，但经过几十年的磨炼，工作经验和判断能力不亚于大学毕业生。看了黄近山递来的《山桃公司五年扶贫济困方案》，他提出了一个质疑："我们民营企业有这个义务吗？"

"这个倒没有，但扶贫助困是可以做到的。"

"近山，你的觉悟比我高，不愧为当过大领导的人。你在方案中说，不但要帮助这些贫困家庭渡过难关，还要给他们提供脱贫致富的思路和办法。这个目标能达到吗？"

"我想只要有恒心，朝着这个目标努力，相信五年就能收到效果。"

"那我们就干吧！"

黄近山率领扶贫小分队回到山下村，走访了六个贫困员工家庭。在离开的前一天下午，黄近山带着新轮椅去拜见已经八十多岁的老同志林芬。

林芬患了严重的糖尿病，半年前便无法下地走路了，每天都在房间里度过。她儿子黄育兴把她抱到门坪，小心地放在黄近山带来的轮椅上，然后推着她走了几圈。她高兴地说："好舒服，我又能出门看风景了！"

"妈妈，村里都是泥路，坐轮椅不好走，你还能去哪看？"

回到客厅，林芬说："近山，姨婆大胆求你一件事。"

"姨婆你说。"

"我们山下村经过几次大运动，已是伤痕累累，多少文物被破坏，多少山林遭砍伐，多少房屋将崩塌。自改革开放以来，其他村庄发生了日新月异的变化，而我们山下村除了修村道、安电气之外，再没有其他实质性变化了。"

"姨婆，这几天我走访了公司几个贫困员工家庭，也深刻地感受到我们山下村实在是太落后了，没有跟上国家改革开放的步伐。今天上午，我和黄英书记见了面，探讨了这个问题。他说他水平不够，心有余而力不足，无法带领村民改变贫困面貌，愧对父老乡亲。"

"除了水平不够，更主要的是他身体有病，精力有限。"

黄近山惊讶地问："他有什么病？"

"他患肺结核二十多年了，听说最近几年咳嗽次数比说的话还多。上个月他来看我，说他已提交了辞职申请，一批下来就去北京他叔叔黄海涛那里找专家治病。"

"这个领头羊一定要选好。"

"黄英对我说，他推荐了支部委员黄双年，但我觉得黄双年魄力不够，与群众关系不太好。唉，我们山下村要是有你这样年富力强的人当书记，广大村民就有盼头了！"

"我哪有什么能力。"

黄育兴说："社会上出现了一种现象，有些贫困村物色在外创业的成功人士返乡当村支书，村庄面貌马上就发生了改变。近山，你回来带领山下村村民脱贫致富吧！"

林芬附和道："近山，这也是我今天求你的事情。"

黄近山连忙摇头，说："不，我工作很忙，脱不开身。"

黄育兴说："近山，你可以两头兼顾。"

"针无两头利，我做不到！"

林芬说："近山，我觉得不是做不做得到的问题，而是你有没有为家乡排忧解难的觉悟！"

"姨婆，你让我为难了！"

再过二十天就是春节了。江下镇李书记率领江下镇春节慰问团专程前往深圳，看望在深圳工作和生活的乡贤。

在黄近山的办公室，李书记单独和他见面。李书记问："黄董事长，听说你画了三幅山下村的山水画，能让我欣赏一下吗？"

"谁告诉你的？"

"我来深圳的前一天，专门去见了你们山下村的黄英书记。他叫我问候你，还透露了你画了三幅山下村的杰作的事。"

黄近山把李书记引进待客室，指着墙上挂着的三幅画，谦虚地说："书记，请你指导。"

看了第一幅，李书记说："以前的山下村多美呀！"

"大家都这么说。"

看了第二幅，李书记说："'文化大革命'给山下村带来了毁灭性打击，真是不堪回首！"

"是啊，大家都感到痛心。"

看了第三幅，李书记说："未来的山下村宛如天堂！"

"这是我的梦想，也是山下村父老乡亲的梦想，本来想通过黄英的手把它变成现实，但黄英竟然不领情，反而把责任推给我，要我去完成这个伟大的使命！"

"黄董事长，这是山下村村民共同的心声！"

在第二天下午的座谈会上，李书记首先通报了江下镇的经济社会发展情况，然后说："这两天来，我们兴致勃勃地参观了深圳市山桃房地产建筑装修有限公司，还走访了几位乡贤的实业，心里感到十分振奋！各位乡贤，你们多年来努力拼搏，取得了事业上的成功，我代表家乡人民向你们表示衷心的祝贺！下面请黄近山董事长讲话，大家鼓掌欢迎！"

在热烈的掌声中，黄近山走上台中央，说："我是烈士遗孤，如果不是我养母陈春和养父黄伯旺，还有我干妈黄莲英和山下村村民的关爱，可以说就没有我黄近山的今天。为了报答他们的养育之恩，我决定个人出资六百万元，在江下中学兴建两幢四层的教学大楼，改善学校的教学环境。一幢叫春旺大楼，另一幢叫莲英大楼，这两幢大楼的设计图纸已经弄好了，计划在春节后开始施工，争取在明年国庆节前交付使用。"

黄近山和李书记他们握手道别之后，马上把担任公司副总经理兼办公室主任的大儿子黄小箩叫到办公室，问："小箩，你冲之叔公出国考察到什么时候回来？"

"还要半个月。"

"你去把公司营业执照给我拿来。"

黄小箩取来了公司营业执照，看着黄近山从笔筒里拿出一支铅笔，将法定代表人"黄近山"三个字画掉，换上了刘冲之的大名。他吃惊地问："爸爸，你这是干什么？"

"这家公司原本是你冲之叔公创办的，是他让我当法定代表人、董事长，现在我不想干了，全部还给他。在他回国之后，你要把它变得更好。"

"可是在公司起步阶段，是你注入一千万元周转资金，又是你运筹帷幄，带领公司干部职工冲锋陷阵，辛辛苦苦创造出几个亿的固定资产。你是公司的顶梁柱，怎么能随意换掉呢？"

"小笭，如果没有这个平台，爸爸再好的拳脚也施展不了。再说，爸爸当初注入的一千万元本金，去年已经全部返还了。"

三年前黄小笭大学毕业后，本来可以进入政府部门工作，但黄近山考虑到儿子是学建筑设计的，公司非常需要这方面的人才，便动员他到公司发挥作用。在黄小笭心目中，父亲才华横溢，是一位了不起的人物。他担心父亲一旦离开了公司，极有可能影响了公司的发展。他顾虑重重地问："爸爸，你做出这样的决定，是不是有点草率了？"

黄近山微笑着问："小笭，你是担心公司接下来的发展吗？"

"是。"

"这个你不用担心，爸爸虽然不在公司的领导岗位，但还会帮助你冲之叔公出谋献策。"

刘冲之参加房地产协会组织的考察团，在新加坡逗留了两个多月，腊月二十五才回到了自己公司。看到办公桌上放着的画掉名字的营业执照，他心里感到奇怪，连忙去董事长办公室，但没有见到黄近山，打他手机，结果关机。他又拨通了黄小笭的电话，问："小笭，你爸爸去哪里了？"

"在十天前，他陪黄英伯伯去北京看病。"

"你在哪里？"

"我在机场接爸爸他们。"

"小笭，营业执照是怎么回事？"

"我爸爸不想做法定代表人了，名字是他画掉的。"

黄近山一下飞机就听到黄小笭说刘冲之回来了，而且还过问了更换营业执照法定代表人的事。他先将黄英安顿在宾馆，然后回到公司，叩响了总经理办公室虚掩的房门。

"进来。"

黄近山走了进去，看见刘冲之靠着大班椅，聚精会神地看报纸，问：

"冲之叔，有什么好新闻吗？"

刘冲之连忙坐好，把报纸放在桌上，说："近山，快坐。"

黄近山先把门关上，然后坐下，问："冲之叔，这次出去时间比较长，收获一定不小吧？"

"收获是不小，但损失更大！"

"哪方面损失？"

刘冲之做出无奈的样子，说："唉，这次出门不利，竟然被人欺骗了！"

黄近山听出了弦外之音，嬉笑道："冲之叔，你不要打哑谜了，我看你是对变更法定代表人一事有意见吧？"

刘冲之嗔怪地说："近山，这么多年来，无论大事小事，你都会和我商量，可这么一件大事，你却自作主张，让冲之叔我很伤心！"

"冲之叔，我这是向你学的。当初公司注册时你背着我做了手脚，让我莫名其妙地做了法定代表人。现在，我以其人之道，还治其人之身，表面上看起来有点过火，但实际上合情合理。我已交代了小箩，叫他抓紧把营业执照变更过来。"

"近山，你这样做的真实目的是什么？"

"冲之叔，我先讲一个近亲结婚的故事，你想听吗？"

"你说。"

"从前，一个年轻人逃婚，带着恋人来到一座山上安家落户，接连生下两个女儿，大的叫小花，小的叫小草，姐妹俩相隔两岁。后来妈妈回娘家，带回她妹妹十七岁的儿子张山，这姐妹俩情窦初开，天天和张山一起玩耍，还睡在一张床上。不久十六岁的小草怀孕了，爸妈把张山留下来和小草做了夫妻。十月怀胎后，小草生下一个智障儿子。过了两年，在小花出嫁那天，小草又生下一个智障儿子。"

"这是真的还是假的？"

"真的，这事就发生在油茶坑。"

刘冲之震惊地说："近亲结婚害人呀！现在，这一家人怎么样了？"

"上个月我们回山下村走访贫困员工家庭，从能干叔嘴里了解到这种情况。我立即带着礼品前去看望这个不幸的家庭，见到了满头白发的小草和她两个只会吃不会走路的儿子。看到她家一贫如洗，所有在场的人都流下了同情和辛酸的泪水。"

刘冲之沉默了一会儿，说："近山，这个愚昧无知的家庭比较典型，可以作为主要帮扶对象。"

"我们不但要帮扶这个家庭，还要帮助更多山下村的贫困户。"

"你又有什么新举措？"

"我已经接受了任命，春节后回山下村当村支部书记。"

刘冲之恍然大悟地说："哦，我明白了，你想变更公司法定代表人，原来是另有图谋！既然这样，那我对你也没有怨言了。以后你有什么需要我帮忙的，尽管对我说，我会做你坚强的后盾！"

"冲之叔，有你这句话，我对改变山下村面貌的信心更足了！"

肖桃从大儿子黄小箩打来的电话中得知，黄近山又一次辞职，要回山下村当村支书了，心里无法接受，即刻把打好的包裹全部倒了出来，生气地对婆婆陈春说："妈妈，我们不去深圳过年了！"

大学毕业后被分配在县委办工作的黄小宏说："桃妈，你们不去，山爸会不高兴的。"

"他不高兴，我更不高兴！世上哪有放弃康庄六道不走，宁愿去过独木桥的傻子！"

陈春说："桃妹，你老公不是傻子，他是一个有抱负的人！我觉得他选择这条路是正确的，我们没有理由去反对，应该积极支持他才好。"

黄莲英说："我也觉得近山没有做错！他回山下村，我也跟着回去。我要亲眼看着山下村发展变化，以后才有面目去见祖宗。"

黄近山听到肖桃不愿意来深圳过年，只好叫黄小箩开车送他回去。在路上，他再次告诫儿子："小箩，你现在升任公司总经理了，一定要像爸爸一样，业务上的大小事都要向你冲之叔公汇报。只有得到了他的支持和认可，你才能心安理得地做好工作，更好地发展进步。"

"爸爸，我在你身上学到了许多待人处事的道理，还有不少美德，知道如何尊重别人，绝不会去拆冲之叔公的台！"

肖桃见到黄近山，并没有表现出不满的情绪。但到了晚上睡觉时，她的怨气马上升起来了，绷着脸问："老公，你当官还没当够吗？"

"我以前不是当官，现在也不是当官。一直以来，我都觉得自己是一个普通人，努力去做普通事。"

"大家都说，农村工作千头万绪，错综复杂，想搞好不是那么容易。何况你不再年轻，是一个奔五十的人了，有必要继续折腾自己吗？"

"老婆，我知道你是爱我，为我好，但我不想放弃自己的理想和追求，请你理解，像以往一样支持我。"

"老公，你两只脚都迈出去了，我还能拽回来吗？难了！现在我只想问你一句，家里的钱糟蹋光了怎么办？"

"只要山下村家家户户都过上幸福生活，那也是值得的！再说，那不是糟蹋，你用词不准确！"

"不是糟蹋是什么？"

"那叫回报！"

晚上，黄近山去看望赋闲在家的张平山，送上了春节的祝福。当听到黄近山决定回老家当村支书时，张平山赞许地说："小黄，你不愧为烈士后代、革命事业接班人，不管遇到多少挫折，还是坚持当初的信念，心里装着人民群众的疾苦。这副担子可不轻，你要做好足够的思想准备。"

"我准备好了！"

元宵节后的一天上午，偌大的山下村村委会座无虚席，与会者都是山下村村民。主席台上坐着老书记林芬和黄英，中间坐的是黄近山。

在主席台后面的墙上，挂着黄近山画的三幅山下村山水画，非常醒目。

黄英宣布了任职公告后，黄近山便站了起来，说："尊敬的山下村父老乡亲，我小名叫箩匣，是多情的山下村给了我第二次生命。我虽在政府部门工作多年，在社会上打滚多年，但心里始终装着山下村父老乡亲的恩典。今天，我接受任命回山下村担任村支书，目的只有一个，就是要带领广大村民脱贫致富。也许有人会问，黄近山，你讲的是心里话吗？我可以响亮地回答，我说的是肺腑之言！最近我已经制订了山下村十年发展规划方案。在第一个五年计划里，我们要把山下村所有村道改造成水泥硬底路，将山下桥重建起来，还要修缮山下小学和所有崩塌的老屋舍，美化村容村貌，开发鹧鸪窝、油茶坑，让大家共同致富。"

一位老年人站起来，问："近山老侄，你想做这么多事情，需要很多资金，请问这钱从何而来？"

"这位阿叔问得好！今天，我请来了三位财神爷。第一位是福添叔的大儿子黄双飞，他在马来西亚做水果生意，准备投资开发鹧鸪窝，种植各类时鲜水果。第二位是刘冲之，深圳市山桃房地产建筑装修有限公司董事长，计划斥资一千万元建设山下村。第三位是赖金平，从事蔬菜批发业务，他计划在油茶坑打造油茶和蔬菜基地。现在请大家用热烈的掌声欢迎他们出场！"

在热烈的掌声中，黄双飞、刘冲之和赖金平笑容可掬地从过道走到主席台上。

黄近山分别和他们签订了协议书。签订协议之后，黄近山说："今天是个好日子，深圳市山桃房地产建筑装修工程队开进山下村，开始动工铺设水泥村道。"

黄近山的话音刚落，村子里便响起了惊天动地的喜炮声。村民们纷纷奔向施工现场……